胡耐安著

遯園雜

三民書局印行

中華民國五十九年九月再版

遯園雜憶

特價新臺幣貳拾伍元

內政部出版登記證內版臺業字第六六〇號

著作者 胡耐安

出版者 三民書局有限公司

發行所 三民書局有限公司
臺北市重慶南路一段七十七號

印刷所 正文印刷公司
臺北市西園路一段二二二巷三一號

三民文庫編刊序言

書是知識的滙集，知識是人人必備的，因而書是人人必讀的；我們出版界的責任，就是要提供好書，供應廣大的需要。不但在内容上要提高書的水準，同時在價格上也要適合一般的購買力，至於外觀求其精美，當然更是印刷進步的今日應該做得到的。

知識是多方面的，社會科學、自然科學的知識，文學、藝術、哲學，歷史的知識，莫不為人所必需，推而至於山川人物的記載，個人經歷的回憶，也都包括在知識的範圍以内；這樣廣博知識的滙集，就是我們所要出版的三民文庫陸續提供的讀物。

在歐美日本等國，這種文庫形式的出版物，有悠久的歷史及豐富的收穫，人人愛讀，家家傳誦，極為我們所欣羨。近年來我國的出版界，在這方面亦已有良好的開始；我們願意站在共求文化進步的立場並肩努力，貢獻我們微薄的力量，參加裁種的行列。我們希望得到作家的支持，讀者的愛護，同業的協作。

中華民國五十五年雙十節

三民書局編輯委員會謹識

目錄

楔子

謝謝友好輩的慫恿，他們深以爲：像我這樣歷經世變、睥睨世情、而又少受世俗牽纏，並能擺脫利名韁鎖、況復慣愛舞弄文墨、更加上一付不曉事、不長進、不淨觀、不媚權貴、不今不古、不合時宜、且又難得是有一付「死生達觀」之頭腦的自了漢；何妨趁此既無須聞達諸侯、也無須計較錙銖之身閒、心淨、媮息人間的當兒，儘可任意逞興的憑思索之所及：或追說天寶當年，或漫談長安往事；或寄情於邊徼蠻荒，或託蹟於高山流水；或搜尋宮闈掌故，或摭拾湖海傳聞；或拊掌以論天下之大，或絮語以遣閒情之私；天下之奇聞、名物、異事，人世間之詭變、榮辱、炎涼；一鼓腦兒收入腕底筆下。當風清月白之良夜，助談鬼說玄之餘興；能飲者飲辣酒，即充做下酒物；能吟者吟酸詩，即以之備詩料；莫務正經，聊資嘲謔；不亦快哉！不亦快哉！

在我，不得不「謹承命」；然而不然，用什麼文筆來寫？直、曲、實、虛，何所取從？何所舍棄？天下滔滔，我思悠悠；又怎能心情安定的輕易思索！無已，姑且雜湊一些個「記憶」所及；當然，也許並不全是躬親經歷；從而，其人、其地、其時、其物、其事，自不免小有出入？其實，縱然是身臨其役或目擊其事，在時光輪轉裏，備忘無錄；自難一一的絕無折扣的失當或不經？不過，在我却是戒愼恐懼的希望不致出入太大。這是願望讀者諸君子，多予曲亮，萬幸萬幸！

這些個雜憶，打算從年代遠的憶起：雖說不免有些恍兮惚兮的難盡眞切；可比眼前事、對面會的「人事」煩擾，總會多些「避免」餘地？徼幸：天假我年，神明無疚，留點「餘地」備「後；有期」的「等着瞧」；豈不更夠「回味」！何況，老實說，人各有其自我的抱負、願望與見解人我絕不敢强人人苟同我，可是我也絕不肯更不屑譁衆邀寵的媚人人；假定，我所雜憶的，牽涉到某一人、某一地、某一物、某一事，在我原是「臣心無他」；或許，有些人讀來，顯現得未免「尷尬」難安、或愧赧無地？儘可，此地無銀三百兩，於我又有「鳥」的干連；大大方方的打幾個哈哈了事。這，在我便不勝感幸之至；特該予以「預先申明」，萬望原諒則個！

還有：每一個憶的寫出，是與之所至的任意「憶」起的任意寫出；並沒有時之先後或後先的「順次」安排：也許？這一憶較其後一憶的時距十年或更多年，那一憶比其前一憶的又提早若干年；這一憶所寫的或超過一萬字數，那一憶寫來的却祇一兩千字；既沒有寫「故事」小說那樣的章回分明，也沒有去着意內容的線索連貫。或且，更有此一憶彼一憶間，顯出人與事之相互抵觸，時與地之相互矛盾與相互出入之處；馬頭或生角，駱駝不腫背，父子不同鄉里，山頂却能行舟，甚而張冠李戴、糖酸、醋甜什麼的；這些之不經、無稽、荒謬而至絕倫的有所失措，自不敢認爲絕對烏有，但決不是蓄意犯「罪」；也該請就「事過境遷」，姑予寬恕、免予苛責。

再次：在芸芸人海中，我之爲我，我之所相與的人、所相關的地、所相預的事、所相及的物、以至旁之所敲、側之所擊；天可憐見，祗是大圈圈兒裏一個小而極小的戔丁點兒的微而不足計數，自亦無足稱「値」的；幹嗎又災梨禍棗的或者該說殃及鉛槧的將一張凈白紙弄上些墨黑汚點？「世事已如鴻印爪」，撫時感事，懷舊心情之積鬱無奈罷了！加上，人可不是擁有「感情的動物」這個稱號？其實，同一是人，又不免有其先天秉賦之遺傳的、後天感染之模擬的差異而有不同；是以故：忘情、矯情、熱情、濫情、以至於苦情、病情、而殉情；甚矣哉，情之難以捉摸也至於此極！從而，我在構思、追憶、鋪紙把筆、寫將下去時；情之作用，忘、矯、熱、濫、苦、病或殉？當然，我擠不上太上之至人的行列，也就難以達成忘情的境界。從而，憶之所及，思之所感，筆之所出；自不免有其所私或偏？囿限？拘牽？何況，彼一是非，此一是非？當其時，實在是莫由自主的說不出一個眞正的所以然來。同時，情思澎湃，更是不能自已的寫將出來；這也許由於「結念」所蓄與「積習」所累之或所難免吧！可是，我得鄭重，鄭重於字句的結構；於人，「人皆可以爲堯舜」、「桀紂之惡不如是甚」！褒之？貶之？與其貶之失，寧可褒之濫。於事，毋求全以責備，尤忌偏以概全、強人就我的武斷與曲斷。總之，千萬別「故入人罪」，「人之欲善，誰不如我」？更不容那種人獨我清或衆醉獨醒的衡事推理；如此不厭繁亂瑣碎的表白我寫此一份雜憶的態度，歸根到柢，仍然是，無非希望少開罪人，多結些善緣罷了！不過，我也時在警惕的「千萬別過分的師心自用」；因之，以羊易牛，容或出於不忍；將人比畜，敢信絕無此心；皇天后土，神明昭臨！

還有，我所憶中的某些個人：或於其「生平」不免出入？或於其「事功」不甚的確？該得聲明：我這祇是「不盡正經」的「閒情遣興」的「信手拈來」的；既不是修「國史」、「家譜」、「方志」什麼的，更不是敍述某一人的生平行狀，也不是寫墓誌銘之諛墓文字；而且又沒有左圖右史的資料供我蒐集或采擇。再，更應補充附白的：所有這些個憶，有的是在十多二十年前，就已散見於報章雜誌；有的是積壓很久而重新加以緣飾「出籠」的；前後所用標題和署名，也各各的不盡一致。因此，特鄭重覼縷籲請於讀者諸君子：千萬別耗費神思以「考證」、「辨正」、或甚而說「挑剔」什麼的。更請：寫文章引掌故的女士們和男士們，別把這些個雜憶的冊子，當做一冊a reference book；君爲我累，人爲君累，累累不已，在下我百身難當矣！前人便說過：畫魔鬼易、畫犬馬難，畫固如此；寫掌故、說部，又何當不是如此。尤其寫掌故，猶如畫犬馬，是不能事太離譜；不能和寫說部那是猶如畫魔鬼相等量，充其量至多含有一星半點兒「假借」與「影射」而已；這就是畫犬馬之難于畫魔鬼的寓意：犬馬在人人得而見之，肖、不肖？一眼就能分別無誤：魔鬼者無人得而見之，儘可就「凶煞來兮」着筆，決不會給人指責對不對。本來呢，寫掌故類的書冊，祇宜「印」行於至少要在一百年以後。潛意識裏我記取「寶瓶旁蹲着一隻該打的耗子，可得高抬貴手、莫打」的勸世警言；又怎能秉筆直書？何況，這些個雜憶；一言以蔽之，不務正業時、不幹正經事的一些「遊戲」文章；其實，不配稱之曰文章，祇是一張張白紙面塗抹着斑斑點點的墨沱沱罷了；那是值不得一本「正經」的將小哈叭狗當做大獅子看待，以至於對它作深度的窺測與計較。楔而出之，無非免得塵封於記憶間；何況，人生無常住，任是錦心繡口，倒將下來終不免是隨着臭皮囊兒一同化爲蟲沙！如是云爾，嘮嘮叨叨個則甚！

謹此表白，伏維　亮察！

遯叟

民國丙午歲重九日於指南山麓遯園

譚組菴、胡展堂的師期唱和

譚延闓（組菴、一作組盦）、胡漢民（展堂）二氏，在中華民國肇造之初：一爲湖南都督，一爲廣東都督，二氏固皆未嘗知兵，也就是都是以「書生」身分出任都督；在並世各省的都督中，也許是沒有第三人可相與並論的？不過，兩人的出處，並不全盡相同：譚氏是以「簪纓門望」顯，胡氏是以「革命黨人」稱，譚氏是一挫再挫的曾經三度督湘，胡氏却祇一任粵督不再復起。他二人的個性，也是大異其趣：譚氏器度恢弘，雍容易與；善馭下，尤能自安於下；但期有利黨國，不甚計較名位：做主席可，做院長亦可；做總司令可，做軍長亦可；無可無不可。胡氏風骨崚嶒，涇渭分明；苟利黨國，死生以之；有犯必校，不隨和、委蛇，不忮不求；剛勁不阿，不爲人留絲毫餘地。我這種說法，當然祇是我個己一私的看法；莊、惠的濠梁對話：不就够我們作「史事」論斷者理喻得一清二白？我絕不願也不忍「唐突」先輩；何況，我之於譚，有「託庇幈幪」的雅故；於胡，也嘗有「妙高台」（胡客香港時的寓所所在，地名是不是不對？）「拜承教益」的因緣。甚願二氏的親屬，對我之萬一的措辭造句的偶或有失檢點；加以曲亮則箇。請相信：，「人」。畢竟不是「神」，是「血肉軀」之「有實質」的人，而不是「土木偶」之「塑模型」的神；人，自必應具有人之「性」，人之「情」的：喜、怒、愛、憎、哀、矜，以至許許多多之倫理的、宗教的、習俗與制度的框框格格來事防閑、枉直、矯飾；所謂聖、賢、頑、愚、奸、惡輩，老實說：好人或壞人，祇是「義」「欲」的多、少、全、缺而已，人世間壓根兒沒有所謂「完人」，完全十足而一無「缺」的「完人」；那祇是經過髹漆之朴而失眞的「樣子人」—不是「眞人」。至史冊裏讀到曰聖曰明的贊詞，全是僉壬輩歌頌傑作的「溢美」之詞；對被譽為「聖明」也者，並不見得有何好處。天下事該有公論，例如匪魔輩之毛匪的頌揚，任用若何美妙語彙寫成的，傳之後世祇是穢史；穢史祇能快意一時的。我不願如彼下流，我更不願厚誣我所傳記的先輩。我再加重的强調我的觀念：我認為把一個「人」尊做神聖莫犯的「神」；那不是敬愛，而是「侮弄」。其實，我之所以記述譚、胡二氏的，祇是本於表彰先輩們的風雅掌故；文章「原是」千古事，和身世、行藏，原用不着有所涉及。然而，在我想來：譚、胡二氏生當國運嬗替之交，身處國勢振興之會，讀其書，識其世，諳其時，明其勢；尤其是「言志」的詩，撫事、感時，更在在顯露着其人的襟抱與識斷；難道不應有這樣的一段前言？

試讀譚、胡二氏的詩文，當然不僅僅在此所記的「師期唱和集」；譚氏的「非菴詩存」？也祗是他之詩的一部分；中年的一部？胡氏的「不匱室詩鈔」，似乎可以說是胡詩的完整無遺？其實，早年部分略有散佚；中年部分亦有刪芟。我們或能由二氏的詩，揣度他倆之間的所同所異，像我在前面所說的；不敢謂然，也不一定全不謂然。要而言之：譚組菴，是盛世的治世之相的相才，看來好像是平淡無奇，隨緣常住；實際上其間的周折轗軻之順應調和的煞費平章；又豈是局外人所能體味得盡其辛酸況味。胡展堂，他不是善爲「王者佐」的相才；有猷，有爲，可不願唯諾謹愼的守其故常；他不及譚組菴之具有能容人的雅量大度，他的敬事執一的貞誠，似又爲譚組菴之所難能。從而：譚氏一生，是順而安的既少遭人忌、也無多驚險、而實至名歸的「太平宰相」。胡氏却歷經「世變」，再度作「海外逋臣」；孤憤抑積，此老性情，也就不免剛、柔間難得濟衡；晚年心境，更顯得落莫寡歡；既傷老成的凋謝，行自念也的又是不如意事十常八九，終以宿疾而告不起。再就譚、胡二氏的書法論：譚脫胎歐、柳，渾化南園，備極圓融柔和的調適之工；胡摹曹全碑，方隅稜角，不容有一筆一畫的脫略之處。至于二氏的身材，也是肥、瘦各不相同，但高矮却似相若？譚氏善爲諧語，片言解紛，令人即之也溫的如在大寒冷天裏沐受着太陽的照射。胡氏却不愛多說「題外」的曲折語，道一不二的不容許別人討價還價；可是，在事後却留給人一種像嚼檳榔般的遺味醰然。民十七、八、九年間，譚任行政院長，胡任立法院長，譚、胡皆能詩，胡喜以「師期」爲韵，據傳多達百疊韵；冒廣生有「奉題展堂先生師期百疊韻詩後」之作，即其明證。在胡氏「不匱室詩鈔」中，可以讀到胡氏酧答友好詩篇用師期韵的，並不祗是譚氏一人；如陳融（協之）、林植勉、胡毅生（氏之堂弟）、葉楚傖、古應芬（勷勤）、靳仲雲、桂東原輩，皆有用師期韵的贈答詩。尤其在民十九的那一年，胡氏的詩，幾乎多半用師期韻；不僅用於友好唱和之作，即如詠事、詠物以及「感懷」，也多是用師期爲韻。胡、譚之師期唱和的開始，是在民十九的春初；那是胡氏祝賀譚氏生日的詩：

組菴先生以臘月生日。適協之得其所書詩冊屬題。因以爲壽　文采風流是我師。翁錢應悔未能詩。似從長慶參坡老。竟以平原傲米癡。虎臥龍跳非易事。春松秋菊可同時。蒼生不病君無病。爲祝南山無盡期。

按譚氏生辰，爲太陰歷的臘月十四日；太陰歷與太陽歷的差距，大約有一個月上下。這一年，民國十九年，太歲在庚午，譚氏生日的臘月，是己巳歲的臘月；譚氏五十一歲。當年，我們追隨譚氏左右的人，每屆臘月十四日這一天，例有一次醵飲；我初到臺灣的那年，好像是席開三桌？由彭長貴辦菜。嗣後，年少一年，改在胡少懷的健樂園；彭、胡皆屬譚氏曹厨子那個「系承」的。自從楊綿仲云逝後，提調無人，也就不再醵飲；其實，數今日湘軍總司令部中秘書處同人，其間當秘書的除在下我外，似乎祗有朱玖瑩兄一人；晨星寥落，恐怕難得湊合成桌了；可嘆可嘆。

譚、胡之師期唱和，分見於譚之「非菴詩存」（？此書徧搜坊肆未得）與胡之「不匱室詩鈔」（民四十七印行、臺灣書店經售）；其單行本的「師期唱和集」，係非賣品，我得到的一冊，在干戈飄泊裏，早已失去。惜夫譚氏就在這一年民十九的九月二十一日以腦溢血逝世；此調便成絕響。胡氏後譚六年棄世，其離別人世的時期，是在民二十五的夏間。當胡氏有生之年，在他的詩裏，仍有「憶組菴」之作，而且，仍以師期爲韻；二人友誼之篤，於此可略窺其一斑。

於此，我先將譚氏的幾首錄下：

㈠次韻展堂見贈

平生風義友兼師，喜入新年第一詩，不道杜陵矜瘦硬，相應王約誚肥癡，奴書自悔非崇古，老學深慚已後時，筆健輸君緣壽骨，行能多恐負相期。（按此即酧和胡氏祝生日詩）

㈡再答展堂

（其一）歲朝休沐息官師，餘事猶能鬬小詩，遺我粽眞能益智，眩人符自笑唫癡，布衣興國懷前事，蒲澗聽泉話昔時，文致太平知不讓，雍容裘帶想襟期。（其二）年來多病託醫師，剩有勞歌與惡詩，災難未饒愚且魯，生涯應笑老而癡，更無方術肱三折，只把年華歲一時，結習未忘慚耄友，沉吟就列負前期。（其三）粵學當年有大師，淵源弟子盡能詩，光明各放迴塵刦，慧智端宜滅意癡，雲起龍驤開國日，水深魚樂富民時，廿年迴首成今昔，盡起瘡痍自可期。

叠韻和展堂

〔其一〕長城爭取摠偏師，火急煩君更作詩，無事未從犀首飲，有情終類虎頭癡，抽絲乙乙仍相續，伐木丁丁又此時，奔故不嫌勞侍史，詩筒嚮答果如期。〔其二〕點筆推君一字師，巴人下里敢言詩，已無醒醉頗中聖，尚有雲山想大癡，饋歲華筵慚老輩，宜春綵勝似兒時，明朝便復愁羈鎖，如此清閒未可期。

疊韻再和展堂

〔其一〕少年文陣擅雄師，老去何人敢定詩，自鑄偉詞如鐵聚，不治他技合書癡，萬言倚馬直堪待，一見猶龍自失時，穎士奴眞愛才者，已知書到不他期。〔其二〕昔聞廐馬盡臣師，主善無常況學詩，境過只餘飛鳥跡，書成愁似凍蠅癡，佯狂已嘆無多子，閒暇能及猶是時，流水高山吾豈敢，知音方恃有鍾期。〔其三〕後堂絲竹已無師，陶寫中年賴有詩，山上蘼蕪憑采擷，燈前兒女故嬌癡，乍憐蒙叟行歌日，正值周婆制禮時，聾者那知音樂美，攢眉曾與太常期。〔其四〕日日升堂作講師，料應無暇復言詩，韋編倘不憂三絕，書帙還思借一癡，且善倫削談藝樂，略同長夜劇棋時，自憐今已知方盡，準備看花更索期。

題師期唱和集

走卒知君亦可師，碧紗籠處恐無詩，嗜痂敢笑劉邕癖，掩骼幾同廣漢癡，驥尾青雲慚自附，蛙聲紫色總非時，未能藏拙翻成拙，好事流傳匪所期。

胡詩與較譚爲佳，每和譚詩常倍之，如譚和三章胡答六章；除「開始」的一首錄前外，其餘的錄如下：

組菴見和卽答

〔其一〕多能少賤故多師。一笑滄浪得和詩。矯健自緣天所授。弘深早悟叔非癡。如含瓦石應規我。餘有刀圭亦救時。(君佩病走問處方數日輒愈) 徒步披荆拈舊句。廿年辛苦共心期。〔其二〕瘦硬通神不二師。公然翻案喜坡詩。須知充實方爲美。未信疏狂已降癡。南北有賢皆學漢。宋唐何事强分時。紛紛流派從今息。統一車書會有期。〔其三〕商量舊學有餘師。內史書名故掩詩。客到開門吟未倦。人前說夢語非癡。絕無狡獪欺人處。如見縱橫殺賊時。入海騎鯨同此趣。劍南何必作安期。

組菴再和三章依韻答六首

〔其一〕惟有虛心竹可師。高歌爲和使言詩。慣於刻畫都成癖。定要追尋未算癡(我要尋詩定是癡江弢叔山行句) 勝事不忘開國日。客遊常憶好花時。一枝聊贈歸鄉者。(謂勦勤兄) 爲道歸期亘有期。〔其二〕嶺表曾驅十萬師。軍中裘帶未忘詩。歌成白雲人難和。坐愛紅棉客亦癡。遺澤尙存思老輩。狂瀾能挽重當時。玉關消息催余去。攬轡中原恐誤期。〔其三〕乘韋誰與犒秦師。氷雪周旋賴有詩。試汝心胸幾邱壑。任人皮骨相姸癡。(晉書慕容超見姚興深自悔匿興謂曰諺云姸皮不裹癡骨徒妄語耳) 姬姜顦顇非無故。滄海橫流又一時。惟幸中興諸將在。吳山立馬不如期。〔其四〕穿鼻由人孰阻師。閉門風雨自刪詩。依然酒食先生饌。忍說平生萬事癡。(放翁自詠句平生萬事付憨癡) 畫有餘情才半幅。棊收全勝未多時。寶書異國猶堪讀。破浪乘風似有期。〔其五〕倚劍崆峒復出師。東山零雨可無詩。喜聞國士功稱最。尤祝蒼生福盡癡。談藝漸除門戶見。耽書還憶少年時。數珍自是貧家事。慚負生平有厚期。〔其六〕臘底剛逢奏凱師。書生縛袴且談詩。何曾文字如君健。恨不年時賣我癡。勒石燕然當有日。買田陽羨或非時。龐降想見韓門笑。汗走居然可豫期。

答組菴見和二首

〔其一〕轉益多師是道師。掃除萬事莫如詩。與人議論寧求勝。憂國心情常近癡。縑墨久聞傳異域。鐃歌令要答明時。我如小國參王會。黽勉從公敢後期。〔其二〕長沙守國有雄師。客去宵深尚送詩。我輩肯先天下樂。一家齊笑主人癡。屏除絲竹惟君早。不廢吟哦是此時。未爲吾文加點竄。此情無俚更相期。

組菴書來又媵詩四首再答二首

〔其一〕拔熟魚龍歎偃師。飛來十首受降詩。縱因北海樽常滿。豈敢南牀坐便癡。（唐侍御史食座之南設橫榻不數月遷南省故號南床亦謂之癡床言坐者皆驕傲自得如癡見通典）禮樂叔孫慚妄作。文章歐九喜逢時。不嫌臧穀亡羊恨。韻事新年合再期。〔其二〕撞鐘以　未收師。剝啄人來又索詩。分韻何如依韻便。還書原似借書癡。（曾與組菴借太平軼史許以不還）拔山倒海爾無敵。棄甲曳兵吾有時。且待江南春水長。阿瞞重與問歸期。

前詩意有未盡續簡六首

〔其一〕蓐食須防夜起師。沈唫未盡又徵詩。故園且喜音書便。畫手難圖主客癡。猶有江河流萬古。不妨風露立多時。蓬瀛水淺無人渡。謬說滄桑第幾期。〔其二〕卅載荒唐但媿師。（放翁書南堂壁荒唐但向先師媿）不因事業始存詩。嚶嚶出谷鶯鳴急。戀戀果南鳥意癡。擊楫祖生宜破敵。登臺臣甫向憂時。傷心耆舊凋零甚。何必當年向子期。〔其三〕關山風雪未從師。騎馬京華輒有詩。要以此身當世變。那容黠鬼笑人癡。（放翁秋晚詩幸有濁膠從客醉常憂黠鬼笑人癡）苻秦尚冀投鞭日。趙國寧憂返璧時。聞道監河能借粟。嗷嗷鴻雁苦相期。〔其四〕不道忘憂易可師。斤斤小辯託於詩。儒占五十方聞過。佛說三千總戒癡。遠道有懷春霽候。苦吟無寐夜寒時。最憐蜀客杭州住。不負殷勤九日期。（東坡杭州牡丹詩不負黃花九日期）〔其五〕入幕寧賢盡得師。分持短冊乞題詩。生涯共信貧非病。得半難分黠與癡。（放翁出門閑望有作人笑黠癡俱得半）君爲南園更張目。我漸東塾未同時。（來詩粤學人師云云蓋指東塾）祧唐禰宋徒多事。惟有心心與古期。〔其六〕世知褒度百僚師。偶愛雕鐫出小詩。曾不擇書中令歎。未能到聖左徒癡。（昌黎感春屈原離騷二十五不到聖處寧非癡）歲寒先見窮簷日。機事還欣溉澤時。（用組菴雪枯槔兩詩意）已是蒼生忘不得。幾人黃髮以爲期。

答組菴

〔其一〕地異多魚忽漏師。大軍橫壓是新詩。愛彈清瑟情非怨。嫌負香衾意總癡。半斧讀完朝食後。一襟披受曉涼時。雖無圯上貽書者。常恐相期或後期。〔其二〕祇憶童年出就師。夙興無忝愛葩詩。常如驛路登程早。卻笑遼西入夢癡。殘月曉風相屬處。雞晨鴉旦已多時。蒲團睡味新能識。仍怕宵深有會期。

和組菴苦雨

一霖雨無因作帝師。惟堪擊壤效歌詩。出門輒遇青天破。隱几翻成白日癡。狼藉憐渠芳草地。橫狂誤我好花時。去年憂旱今憂潦。何止枝空失蛙期。

和組菴寄協和

徒倚鄉園自得師。殷勤更訪散原詩。刺天群喙終當息。塡海孤禽未免癡。草樹餘馨留客住。溪山無恙覓君時。端陽節過新晴好。買櫂東來定踐期。（按協和爲李烈鈞字）

憶組菴仍用師期韻

太傅沖和未易師。灌蘭鋤艾尙無詩。擬從安石規棋癖。肯學君虞有妒癡。風景不殊公逝後。江山無恙我憂時。去年今日經風雨。正是回章索和期。（按此首似爲民二十年初夏作，距譚氏之逝，將半年矣。）

悼組菴先生仍用師期韻

此身眞付五禽師。達者何知識在詩。諸葛自稱仍謹愼。汾陽所得是聾癡。平生部曲應流涕。餘事文章亦映時。惟有典型隨歲改。弓髯攀託慰無期（按此首仍爲二十年所作，但與前一首，並不同時；似較晚？）

譚、胡二氏，眞可以說是「其生也榮、其死也哀」的；尤其死後的「國葬」有禮、「褒揚」有令，「史册」有傳；二氏的「凌烟」功勳，固然是自足千古；不過，秦皇、漢武，今又何在？轉不若白丁布衣，憑其一技一藝，更足永傳人世；譚、胡二氏的字與詩，也許，或者可說是「其實」，無疑將會比對黨國「功、勳」什麼的，更將永恒的有其千古！

三一八血案

本黨總理孫中山先生逝世後，廣東各界有「北上外交代表團」的組織；此一組織，包括農、工、商、學、兵，各個職業各個階層份子；由林子超(森)先生任團長。好像是林團長並未久留？卽行南下？也許是因爲參加「西山謁靈」（西山會議派）而被擯棄？記憶不眞，請免苛責。我雖不是團員，却因爲負有「使命」去張家口一行，也到了北平；代表們中在廣州時，有好幾位就已和我見過面。我由張家口回到北平（時稱北京）後，並未立卽南返復命；閒暇時，常和他們會面，同時；由於我負荷着一個學術性社團搞文藝什麼的；和北大的同學們也有所往還。舊事重憶：三月十八日（民國十五年）前夕，北大的段君和鄧君，請我在前門鮮魚口華樂園看郝壽臣、貫大元、馬富祿、程艷秋合演的「法門寺」；戲後，我就請他倆在便宜坊吃燒鴨。酒酣耳熱，大家高高興興在我寄寓的「常桃漢沅館」坐了片刻；段君邀我去他們宿舍玩，到了那裏，有好幾位熟朋友來打招呼。眼見他們在忙着做小紙旗，還有兩桿長達一丈開外的粗竹竿；綴着一幅長可逾丈的整幅白布，上面寫着「反對賣國外交」之類的字樣。他們一面忙，一面和我談笑；長沙的張×蘭小姐，買了幾串糖葫蘆，送一串給我；我手持着糖葫蘆，隨口咬了一個轉遞給鄧君；就在道謝聲中告別了他們和她們。

十八日一大早，代表團裏的工人代表賴君？來找我，他們是住在鐵獅子胡同的？那是執政府爲孫先生預備的寓所。據說原是北京四大凶宅之一，顧維鈞、李彥青（曹錕嬖幸，爲馮玉祥捕殺）皆曾居此；顧失官，李喪生。我曾到過那裏，够得上氣派豪華的大公館。孫先生逝世後，仍留用着，好像是有「奉靈」什麼的幾位「工作」人員住在那裏，北上代表團有不少人也是住在那裏。賴君問我去不去，說徐先生希望我去湊湊熱鬧；這時代表團的團長已由徐季龍（謙）擔任，我討厭那位「臉上無肉」（相家說那是陰謀家的面相）的人，而且我睡意正濃，便推說「頭疼」起不來身。還未喫午飯，代表團的學生代表崔君喘氣促聲的來了，一見面祇說出「打死人了」一句話，就癱在椅子上動彈不得；我斟了一杯茶給他，等了片刻，他才慢條廝理的告訴我：遊行隊伍，在天安門集合開會後，直奔執政（段祺瑞）官邸，鐵欄柵已緊閉；有一個同學利用撐大橫幅標語的粗竹竿來了個「撐竿跳高」；不料脚剛踏上牆頭，砰的一聲槍響，人就倒栽下來。頓時羣情憤慨，呼喊震天；接着槍聲響處，子彈橫飛，我們團裏死了好幾個人，我（崔君）眼見賴君是已死去，我是和他站在一起。崔君說時神情驚恐萬狀，我聽崔君把話說完，便讓他躺到床上去休息。

崔君名熹；是廣州市立師範學生。後來出任第四軍政治部主任的麥朝樞(仲衡)，是廣州市立師範的國文教員，也就是崔君的老師；麥和我有往還，崔君在廣州時就和我相識。賴君是和崔君到過我的寓所，泛泛數面，已記不清他的姓名。遲一會，門外叫賣「號外」，我買了一張；據載死亡十餘人，昨晚送我糖葫蘆吃的張小姐姓名，赫然在死亡者之列；生逢「末」世，除深深的哼出「傷哉」二字外，又有什麽可說；人生果眞如朝露，想起她昨夜那臉龐上堆滿笑容的神態，我軟癱在椅子上，不禁熱淚盈眶。接着代表團又有人來，要崔君不要回去；並說徐先生已不見了；又說還聽說衞戍司令部要來捕人封門。到了黃昏時分，北大的張小姐的一個同鄉女同學來看我，她也是參與遊行的；她說她們在執政官邸給衞兵開槍打死了十多個人。她們後來到章士釗總長官邸，去找章，沒有找到他，當下大家氣極了，七七八八的打爛了些傢俱；房子並沒有放火燒燬。章士釗那時是段祺瑞的智囊而屬「心腹」人物，他由他的長沙小同鄉易培基手裏接了教育部印，出任了教育總長(好像還兼任司法總長)。學生們爲着女師大(女子師範大學)驅劉(百昭)事件，對章早已不滿；加上周作人(魯迅)的教育部「參事」？(也許是僉事？僉事官位低於參事)被革，在晨報副鐫上寫了甚多「攻訐」章士釗的文章；所以學生們對「章總長」是大有欲得之而心甘的。徼倖他不在家，沒有挨着打；他夫人吳弱男帶着兩個兒子也是在事先就已倉皇他避。事後，章士釗因爲報紙上的新聞裏，有說他是預謀而蓄意製造血案的主角；他便登出一段啓事「止謗」，啓事中有「釗有二子，不知所出」兩句話。他的原意是說他的兩個兒子，還不知到那裏去了，表示他絕不是蓄意製造血案的人；如果是存心蓄意的要製造血案，他一定會事先將自己的兩個兒子妥爲安頓；何致臨時倉皇他避呢？不料想却給周作人找着這兩句話的雙關「語病」的破綻，寫了一段小文；於嬉笑怒罵中譏諷章的二子是「雜種」，因爲「不知所出」的話；不是證明章自己還不知道這兩個兒子是「誰」所出？最後一段裏更刻薄的向章夫人吳弱男請求答復：「究爲誰出」？

「三一八」慘案，也曾轟動過一時，廣東北上代表團被難的有兩人？一爲工人代表？一爲商人代表？後來段執政還下了一道通緝令，通緝連李守常（卽李大釗）、顧孟餘（時任北大教務長）等在內的若干人；說是他們陰謀鼓動學潮、推翻政府云云，眞是欲加之罪何患無辭？遙想當年個中人物，大都已是年過半百；至少年近半百；當然，這還是指那時的學生而言。長江後浪推前浪，世上新人換舊人，撫今追昔，又豈祗僅是個人一己之私的感慨系之：剛剛開過孫中山先生、我們的國父逝世周年的追悼大會；不料才一星期，又躬親身歷、但祇是耳聞，可並未目擊了這一慘案。而今，舊事痛憶：共產黨，那時的毛匪澤東輩還在史太林的懷抱提携中，事隔二十年後，陷大陸於如斯的陰黯慘悽；伊誰爲之？孰令致之？軍閥們的笨拙而無「新」知；政客輩的助虐而更逢惡；可惋惜的是青年羣（尤其是大專學生羣）的愛國熱情，欠缺一個良好與正當的導引；蟻穴潰堤，星火燎原；終於鬧成而今這樣的難堪的悲慘境遇！淚落、心碎、手顫，寫不下去了；其實，還有什麼好寫！還有什麼好寫！

四十年三月十八日前數日，有來索稿的熟人，便寫了如上的一段故實；可是、我終於把它塵封在廢稿堆裏，沒有「勇氣」將它交出。迄今計時，可不又是十五、六年了！檢點舊稿，附加數語。

在民十六的漢口中央日報，我和躬親參與過「三一八」血案的周開慶兄同起事來；來到臺灣後，又復「有緣」相會。開慶在他的「天聲集」（暢流叢書之三十八）裏，有一篇「記三一八慘案」；這是有關三一八血案最翔實的文獻。特地商諸開慶，以補充我所憶往事的不足，讀者諸君子，請往下瞧周開慶的「記三一八慘案」原文：

慘案背景　要明瞭三一八慘案的背景，應先從　國父北上及逝世說起。在　國父未北上以前，北方局勢常在擾攘不寧之中，時局看不出一點光明遠景，北平一般青年學生，大體上都很消沉。直到十三年冬　國父北上消息傳到北平後，才如在靜靜的湖水裏投下一塊巨石，在青年們的心裏激起了無限的革命熱情。其後　國父抱病抵平，並於十四年三月十二日在平逝世，北方青年受了　國父精神的感召，大都投入了革命的陣營。不過那時北方的革命環境，發展的並不如理想。早在　國父未逝世以前，北平臨時執政段祺瑞就拒絕了　國父對於國民會議的主張，因之國民黨亦決定黨員概不參加段所召集的善後會議。同年五月，國民黨宣言不與北平政府合作，十一月二十七日更宣佈段祺瑞罪狀，並於二十八日發動北平學生及工人，學行國民革命示威運動，包圍執政府，要求段氏下野。這可以說明當時國民黨反對段政府的情形。惟那時駐在直豫一帶的國民軍馮玉祥等部，則頗傾向於革命，國民黨亦決定要把這個部隊引導上革命陣容，以建立北方革命武力的基礎。國民軍外，這時北方還有兩大軍閥集團，就是張作霖與吳佩孚。第二次奉直戰爭後，張吳本屬交惡，至十五年一月，雙方復成立諒解，以聯合對付國民軍。段則依違於張吳及馮之間，希圖挾此以制彼。實則日本帝國主義正操縱於幕後，陰謀藉吳張聯合的力量以消滅傾向革命的國民軍。一月下旬，張部攻佔山海關。二月中旬，吳佩孚委李景林張宗昌分任討賊聯軍直魯軍總司令，聲討馮玉祥。二月十六日，國民黨發表宣言，謂國民軍陷於奉直夾擊中，本黨應造成全國反吳空氣。到了三月，戰事更趨緊急，國民軍第二軍在河南作戰失敗，吳軍於月初佔據河南。國民軍第一軍則在津浦路北端與李景林張宗昌激戰，並盛傳將由日本軍艦掩護直魯軍由海道突襲天津，以期夾擊國民軍。國民軍遂於三月九日以水雷封鎖天津大沽港口，防直魯軍之偷襲，中外船隻亦被阻出入。十二日，日本軍艦駛入大沽，與國民軍發生衝突。十六日，北平外交團受日使之運動，援引辛丑條約我國自北京至大沽口一帶不得設防的規定，向臨時執政府提出最後通牒，限四十四小時內停止天津大沽戰事，撤去封鎖。這種帝國主義假藉不平等條約以掩護反動軍閥消滅革命勢力的舉動，和執政府屈辱媚外的情形，激起北平各界民衆的義憤，遂於十八日召開國民大會，反對外交團通牒，並向執政府請願宣佈對外方針，不幸被段祺瑞嗾使其衛隊槍殺群衆四五十人，受傷者一百餘人，所謂「三一八」慘案於是發生。就上述經過看起來，這一次運動的意義所在，非常明顯，絕非如有人所說的那些犧牲了的志士是「不明其所死者何事」。北伐成功後，政府曾經規定這一天爲

「北平民衆革命紀念日」，可謂把握了這一次運動的正確意義。

當時情形　在三一八慘案發生前的一年裡，北平的各種群衆大會在天安門時有舉行，參加的人多半是青年學生，而主持的人則多半是各大學的幾位著名教授，如顧孟餘、徐謙、李大釗、朱家驊、陳啓修等人。三一八那天的國民大會，仍然是在天安門舉行的。那天我是參加師範大學那一隊，並被推爲請願代表之一。師大同學參加的約二百人左右，於午飯後整隊出發，沿途會合其他隊伍，到天安門時已近下午二時。這一天到會的群衆不下萬人，二時許宣佈開會，有徐謙、陳啓修及各界代表等相繼演說，並有人提議列隊到鐵獅子胡同臨時執政府請願，當獲通過。三時左右，大隊到達執政府，參加群衆除沿途走散外，此時尚有三四千人。執政府址前面的空地並不很寬，左右各有一重大門，一時顯得非常擁擠，大隊有一部份進入裡面，其餘尚散集門外大街上。三點鐘剛過不久，當請願代表正集合攏來向衛隊交涉請見段祺瑞時，忽然聽見有人吹號音，並鳴鎗三響。不一分鐘，鎗聲密起，繼續約三四分鐘，中間稍停，又繼續開槍，前後共開三次，似以第二次開槍的時間爲較長。這一場武裝衛士對徒手群衆的戰爭，先後大約經過十五分鐘至二十分鐘的光景，結果自然是執政府的衛隊大獲全勝，除群衆死傷狼籍外，還得到了無數手錶、眼鏡和自行車等「戰利品」。當槍聲初起時，大家還以爲是衛隊向天空放槍，藉以驅散群衆，這在以前也曾發生過同類的事，故還不甚驚惶。記得那時我正攜着一位朋友陳燮的手，他是工大的學生，身材高大，我還在開玩笑似的警告他：「老兄目標過大，得要注意。」不意話剛說完，他已中彈倒地，我亦隨之倒下，左脚上同時中了一槍。第一次開槍稍停後，群衆紛起逃命，這時兩道轅門都已經爲逃命跌倒的人所掩塞，人堆高到五六尺，無法逃出。我便爬行到左邊的馬號內暫避，途中恰逢第二次開槍，我又中了兩槍。有一鎗從下顎骨打進，幸好從右邊斜飄了出來，未中要害，不然必會「枉死」無疑。這次慘案的發生，就當時經過的情形來說，完全出於段祺瑞的預謀，無可懷疑。段氏當時已避入東交民巷，並未在執政府裏。當時執政府衞隊的佈置，和每次開槍停槍的哨音，可以說都很有秩序。又段氏及當時的教育總長章士釗，平時最討厭剪頭髮的女學生，有女妖精之目，那一天衞隊見着女學生就打，後來聽說是受了特別指示的。慘案中當場喪生的約有四五十人，受重輕傷的則在一百人以上。慘死的人，就我記憶所及，有工大的陳燮，四川長壽人，有師大的范士鎔，雲南人，有女大的劉和珍楊惠瓊。以上各人的名字，或尚有誤，其餘更無從記起。國民政府北伐完成後，曾由北平各界收集各殉難烈士遺骨，在北平西郊建一「三一八慘案殉難烈士公墓」，以資紀念。

慘案中有一件哀惋的插曲，值得一述。有川籍女大學生某女士，那天亦參加遊行請願，於第一次鎗聲停止後爬行至大門，以人堆過高，無法逃出。正悲苦無計，忽然有一位身體魁偉的男學生，提起她的後衣領把她從人堆上拋了出去。她雖跌了一交，但已經逃出了危境，她站起來想看看這個人是誰，得見那個人也正在看她，似乎在關懷她跌傷了沒有？就在這一霎那，第二次鎗聲響了，那個人的頭中了一鎗，她看見了他的頭像木屑一樣打得四面散飛，她在無限淒惶之下逃開了。她感動於這位英勇救人的革命志士為她而死，第二天早晨她曾化裝到那裏去尋覓他的屍首，希望能一盡哀思，但並未尋覓出來。此後她只要提到這一件事，就會激動得流下眼淚。這一段哀惋的故事，我曾寫過一首長詩「鐵獅子胡同的哀歌」，以記其事，可惜稿子已經淪陷在大陸上了。

慘案影響　慘案發生後，全國輿論沸騰。國民黨及旅津國會議員以及各地民衆團體，均先後電請京師檢察廳，逮捕段祺瑞依法治罪。三月二十七日，國民政府「爲北京三一八慘案發表驅逐段祺瑞召開國民會議宣言」。首先說明民國十五年來「戰亂相尋，民不聊生，推原其故，皆由帝國主義與軍閥互相勾結，操縱政權爲之厲階。」次即指責段祺瑞「諂事列强，取悅武夫，以鞏固其臨時執政地位，竟不惜違反全國人民公意，悍然發出保存不平等條約之宣言，並召集段所謂善後會議，以打消國民會議，致使　國父救國良謨，阻格不行」的種種罪行。最後痛陳段祺瑞在慘案中殘殺群衆的經過：「最近北京人民因大沽事件，激於義憤，於三月十八日召集市民大會，向段祺瑞請願宣布對外方針。段祺瑞因羞成憤，嗾使衞隊向徒手巡行之群衆開鎗射擊，死傷各數十人，生死未明者又百餘人。並下令逮捕諸愛國志士，欲圖一網打盡，遂其陰謀，倒行逆施，竟至此極。不僅濫權殺人，干犯刑章，極其媚外用意，非陷中國於永刼不復之地位不止。似此兇殘賣國之人，豈復能任其竊據高位以禍國殃民？本政府以打倒帝國主義打倒軍閥爲職志，誓當領導民衆，以爲國家除此殘賊，完成國民革命之使命」云云。四月九日，段祺瑞被國民軍迫走，逃入使館界，二十日更下野走天津，臨時執政府至此瓦解。段政府之垮台，實爲三一八慘案之直接後果。凡殃民以逞者無不敗，固不獨段政府爲然。

自慘案發生後，國民黨北平市的黨員由三千人激增至五千餘人，這說明反動派的屠殺壓迫，只足以更激起革命青年反抗的怒潮，青年人的愛國熱忱是永遠不能征服的。在今天，北平僞組織的殃民賣國，又遠甚於當日的段祺瑞，我們相信北平以至於全大陸的青年志士，終究有一天會如三一八殉國烈士們那樣怒吼起來的，那時北平僞組織也必將如段祺瑞一樣，倒在革命青年們的怒吼聲裏。

楊希閔、劉震寰叛變雜記

按本黨總理孫中山先生，于民十二春間返旆廣州，續行大元帥職權後，滇、桂軍恃功驕橫甚；滇軍力强大，以五旅之衆，擴編爲三軍，由楊希閔以第一軍軍長攝滇軍總司令篆；第二軍軍長范石生；第三軍軍長蔣光亮；桂軍力量單薄，多桂、粵邊界之雜牌軍，戰鬥力自不逮滇軍；劉震寰名雖桂軍總司令，其實，好像是滇軍的附屬部隊。盤據防地，不聽大本營調遣；每奉出兵令，即上索餉電；甚且誘致陳逆烱明入犯，作爲索餉之藉口；並有「餉多發多放槍、餉少發少放槍、不發餉不放槍」的道聽途說。尤可惡者：在防地範圍開放賭禁烟禁，魚肉平民，百般勒索；大本營亦莫可奈之何。其防地範圍奉繳大本營之正常稅捐款項，亦時遭當地駐軍攔截；東江精華地方，大都由陳逆竊據；北江則萑苻處處，科徵不易；廣州及佛山等財富之區，幾全爲滇軍所部所分割。廣州市區「攤館」「字花」以及「談話處」，亦全由楊希閔、范石生劃分捐餉；後湘軍來粵，烟餉始劃歸湘軍作給養所需。

準上憶述，可以想見孫先生當年主持革命大業之苦心孤詣。另有堪以憶述的，是滇軍第一師師長趙成梁之婚宴舖張：似在湘軍來粵不久，我們湘軍總部「校級」以上人員，得有一份印刷精緻的囍柬；說趙師長是滇軍最勇敢善戰的「名將」；此次結婚，大元帥特頒發喜賞十萬元，藉示。激新勸娘是廣州某一女校之花；喜宴排列在第一公園；我們在婚禮前數日，特地作第一公園遊，見不少搭棚工匠正在趕搭一可容兩百桌酒席（聽工匠如此說）的臨時宴客廳；園之正門的牌樓似先完成，燈火輝煌，氣象萬千，一派富麗堂皇的大富貴氣象。我們顧影增慚，好像除各處主管不得不聊事酧酢前往道賀外；我們大家都未曾去領盛宴。似乎時未逾年，在報紙上見到一件箱尸案的新聞；惜語焉不詳，紀事報導中閃爍其詞；直至楊、劉事變後，始知此一箱尸案之箱中尸，即趙之新娘與新娘之表兄：新娘（似乎馮姓？）原不肯嫁趙，而新娘與其表兄二人之間，更有勢難分捨之苦；無奈父母貪財畏勢，阿兄又思巴結一優差，惡姻緣遂致錯成。婚後，新娘仍難忘表兄，表兄亦時來就表妹；不幸，春光洩露，趙不能忍受「奸夫、淫婦」所貽「綠頭巾」之奇恥大辱，乃趁此一双表兄妹幽會之際，手而刃之，藏尸箱中；趙寓爲東山東皋大道？距黃花岡不遠；事後，趙命其馬弁舁往附近山闣叢葬處掩埋。不料中途爲巡邏警發覺，一說乃因掩埋不深爲野犬挖露；當報紙記載，不敢據事直書。設或楊、劉不謀叛，叛而不事敗；此一箱尸案不免要成爲「無頭公案」。

我們湘軍總部同人初到廣州時，是住在長堤西濠口；每天在下午兩點多鐘以後，甚而在稍前；就可聽到「國華報」、「越華報」的賣報聲；初以爲是晚報，孰知不然，是翌日的報提早半天出版，而且有第一版第二版第三版的先後不同。報館集中于西關各甫：十八甫、上九甫？下九甫？報販的會合地，似在長堤一帶？據說廣州報紙之所以提早半天出版，是受着香港報紙的影響；那時廣九鐵路，因陳烱明部橫亘其間，不能暢通。省港交通，全靠水上的輪渡，香港的早報，大約在下午兩三點鐘看到；因此廣州報紙必須提早出版，否則讀者觀衆便寧較遲幾小時而閱讀港報。大約時隔一年，時湘軍總部已移至高第街許家大屋，時有各報記者前來總部採訪新聞，閒談中道及廣州市近發生一離奇箱尸案，記者們都守口如瓶不肯迸出一絲半點；據說記者們對於涉及滇軍事；絕不願多惹麻煩。卽令是港報通訊人員，也都不便開罪滇軍；萬一惱怒他們，則明毆、暗打、甚而會遭受狙擊了却生命。凡此類事，顯見其時五羊城中之滇軍橫暴恣行；而今，與彼時身在穗垣之粵友道及當年情事，仍不免猶有餘忿；其實，滇人對「共和再造」之功，絕不因楊希閔輩之殘民以逞而減却其光輝。再：總理之所以黃埔建軍者，蓋深知革命大業，實非舊軍閥及其遺孽輩所可倚仗，革命必先革心，建國必先建軍；緬懷總理當年之睿智、堅毅，其嘉惠後人、造福人羣、裨益黨國者；又豈祗「嵩呼」致敬所能報其事功！

回憶當年：在大元帥所統屬之各軍：粵軍力量分散，不能集中于統一指揮之下；難以充分發生作用。標號「直轄」各軍，如盧師諦、朱培德，部隊不多；盧似為第「七」（？）軍，朱為第三軍；朱之軍力似較盧為強。樊鍾秀之豫軍　雖祇數千人，但肯聽命；路孝忱之山陝軍，則僅千餘人，微不足道。滇、湘、桂三軍，湘軍遠以東北兩江，東拒陳逆炯明，北防北洋軍閥；是其時大本營所能調遣之唯一而有力的部隊。滇軍已如上述；桂軍則依附滇軍，也是「衆惡皆歸」、「無善可陳」的部隊。因此，總理鑒於其時廣州形勢的如是，以為無論如何，必須於北伐中求應變之道，原擬躬親督師出發，並正稱各軍為建國軍某某軍，及移節韶關後，比因北方局勢劇變，段祺瑞派其親信許世英來，總理乃決定北上順應時變。當以後方調度之責委之胡漢民；前方軍事指揮之責委之譚延闓；任譚為建國軍北伐總司令：以宋鶴庚（湘軍第一軍軍長）為建國軍北伐中央總指揮、朱培德為左翼總指揮、盧師諦（似乎後為何成濬？）為右翼總指揮，樊鍾秀為先遣隊總指揮。總理亦深知其時江西方面方本仁鄧如琢等所部實力頗強，臨行之前，曾痛語譚延闓：「革命前途，只有進取，出兵比不出兵好，打敗仗比不打仗好；」總理之睿智與毅力，於此寥寥數語中意味無窮。同時，總理對於滇、桂軍之不可恃，亦復瞭如指掌。

民國十三年十一月，總理北上後；滇、桂軍之跋扈橫暴，較之總理在粵時日益加劇；時大本營所能轄治之區，似不足十縣：甚至縣長之派任，廣東省政府不祇無權過問，即縣衙門公事，亦逕自報由當地駐軍處理。其時：湘軍及朱培德、盧師諦、樊鍾秀等部，皆已開拔北行；大本營所倚仗者粵、滇、桂三軍，亦卽粵中遂成爲粵、滇、桂三分鼎峙的局勢。此三部分：論實力，首推滇軍；粵軍李福林據河南以自保，其他則散處各方，力量不大；加上滇、桂二軍聯合勢成；攝行代大元帥之胡漢民，除遇事予以優容外，別無制止之策。中以滇軍勢最盛，爲非作歹之殃民行徑亦最多；差幸該三個軍之主腦：楊希閔、范石生、蔣光亮等三人各有所圖，對楊之兼領滇軍總司令亦復貌從心離，軍力不能統一集中。此三個軍中以范石生所部實力最强；全市賭餉歸其掌握。蔣光亮則因駐防三水山佛各富庶地區，餉糈充裕，爲各軍冠，廣三鐵路客貨運收入與全國各鐵路較，固不以其距離短而減色，該路全在蔣光亮部防區，日由路局進毫洋三千元爲軍長三位夫人零用，私用如此濶綽，公項自更無論。楊部第一師師長趙成梁在第一公園結婚，如上所述：大元帥頒賞十萬元爲婚費；想見其時滇軍將領排場之濶綽，與夫大元帥曲予優容之苦心。桂軍劉震寰部實力雖不逮滇軍遠甚，或且不及范石生一軍所部；但因兩廣地理環境關係，由桂入粵，近水樓台，較易發展；劉復極力與滇軍各將領聯絡，狼狽相依，亦復儼然有其局勢。粵軍時以李福林（稱福軍）近在河南，維護珠江水道安全，差堪倚仗；然以孤立形勢，對滇、桂兩軍之爲禍閭閻，固亦莫如之何的無能爲力。廣州賭餉，既全由滇軍掌握，他軍絕不能分其點滴；由於滇軍之富有豪華，相形之下，格外顯見其他各軍之窮困寒酸，當然也就格外顯見其不平。我們湘軍官佐，月領伙食費毫洋十二元，兵士半之；雜牌部隊，有時竟至難謀一飽。十四年春；湘軍及朱、何、樊、路等的建國軍在贛受挫；何（成濬）之援鄂軍（？）樊之豫軍，路之山陝軍，幾全部瓦解不復成軍；湘軍雖有潰散，但仍保有魯滌平、陳嘉祐、張輝瓚等各部，祇有宋鶴庚部隨宋回湘，殆類消滅；然由于原來是一枝大部隊，故雖經敗後，實力尚有可觀。時滇軍之范石生一軍已取道廣西窺滇；在粵滇、桂兩軍：懾于黃埔學生軍的新興精銳；窃恐日形強大，乃亟謀一逞。復以所部營、團長輩，莫不腰纏纍纍，宮室之美，妻妾之奉，奢侈豪華，備極盡致；當然也就無心治軍，從而軍紀日弛，隨之軍力日衰，結果自是鬥志日弱；更欲提前發動。重以陳逆烱明的煽誘，北洋軍閥的勾結，乃趁學生軍東江對陳逆烱明戰役正緊之際，發動叛變。先是：市內已謠諑繁興；湘軍總司令部于事變前一日移河南，時大本營在河南士敏土廠，駐紮廣州市內之各機關，亦皆似有防範。

事變發生在下午二時左右，其第一槍之開火，則為長堤之叛軍向海珠軍政部挑釁；隨即槍聲大作，並夾以大炮聲；入夜槍炮聲更緊。如此者歷時約五六日，發難日似為六月×日，敉平日似為六月十一或十二日（？）。我原已奉譚延闓氏命，將去上海會晤客居上海的宋鶴庚；早向設在長堤之廣泰來定妥船位。是日我正在廣泰來探聽船期，巧遇湘軍舊人陳君，約同去大三元午餐，午餐畢事，方待結帳，突聞槍聲大作，俯視長堤一帶，見紅邊帽軍紛紛伏地向海珠方面開槍。我與陳君由後門轉進後街，擬繞道沙面渡海過河南，不料方再轉一街口，又聞大砲聲響；遙見有兵士荷槍阻止行人行走，幸陳君與廣州酒店經理稔，當在該酒店闢室以居，不敢外出，好在亦無兵來援。在廣州酒店過了兩天，又轉輾住進沙面一外僑公寓，以待事變敉平。事後，綜合各方報導；滇軍此次叛變之主力為楊希閔所部第一師趙成梁及第二師廖行超兩部，趙在東郊督戰，為我黃埔學生所發砲彈擊斃；廖駐西關，因聞趙陣亡，軍心渙散；西關原廣州豪富區，當由地方士紳出與商洽撤兵，廖索港幣兩百萬，結果以一百萬獲得和平退讓？故西關精華區，在此次兵變中未受損害。此次事變中，蔣光亮部持中立觀望，叛軍佈告祗署楊、劉二人姓名；故稱「楊、劉之役」。叛軍潰敗之速，固由于趙成梁陣亡；其擔任江防司令之李宗黃（不知是否卽現在臺灣倡導地方自治之李宗黃？），與擔任廣州××（或係警備）司令之周自得，亦皆不欲持久作戰；如是云爾，事實是否如是？不便强為斷語。就我們湘軍同人所談，謂滇桂二軍此次潰敗之速，實因譚延闓氏所部湘軍集中英德花縣一帶，併力向廣州推進；滇軍士兵十之五六為湘籍，連營長亦多湘人；其初滇軍入粵時，原祗三旅，此後逐漸擴編，士兵皆由湘招募；其間湘南綠林中人，頗多率部來歸滇軍。湘軍入粵後，滇軍統帥卽惴惴不安，深恐湘人鄉情思歸、軍心瓦解。及叛變發生，懾于譚延闓氏之威望，滇軍遂不敢正面敵視湘軍，且力避與湘軍接觸；當湘軍由花縣逼近新街，叛軍卽望風披靡。滇、桂軍潰敗後，廣州人民對滇桂軍平素橫加欺凌之宿憾，大事報復，人力車夫且有翻揭路旁水溝石蓋，劈死滇桂軍者多起；其嫁為滇桂軍之婦女，則備受鄰里之訕笑；甚至有被裸辱街頭者。粵人對各軍之辨識以軍帽為標誌；滇軍為紅邊帽，湘軍為黃邊帽；桂軍、粵軍及各雜牌部隊則不另加邊。故湘軍于進入廣州市後，嚴令官兵外出須戴軍帽；避免遭受誤會的襲擊。後聞滇軍各將領，皆無一有好收場者：如范石生，在抗戰期間；已改業行醫，懸壺昆明市，但仍爲原滇軍參謀長楊蓁之子手刃而死，楊蓁係在廣州爲范所殺，楊子乃爲父復仇云。聽雲南朋友說起：楊蓁和楊希閔、范石生等原皆顧品珍部屬，在顧拒唐（繼堯）戰役中，楊蓁出賣了顧，致顧不得其死；後楊蓁來粵，乃遭范石生槍殺，如此云云，我是無從定證。楊希閔，聞在抗戰前，已潦倒不堪，客死于南京下關小客棧中；而由朱益之（培德）爲之料理後事。蔣光亮，聞竟落魄至于在澳門鴉片烟館爲人熬烟、賭場充小夥友；以維殘生。天道好還，富貴貧賤，固祇十年廿年間之刹那一夢；惟劉震寰，聞尚在香港作其席豐履厚之寓公云。

（四十年舊稿改記）

沙基慘案與港九大罷工

民十四的六月初，滇軍楊希閔、桂軍劉震寰二部發生叛亂，歷六、七日即告敉平；其詳請參閱「楊希閔、劉震寰叛變雜記」一章。

楊、劉叛軍戡平後，廣州各界于六月二十三日舉行慶祝勝利遊行大會；時距事變終止，好像大約祇不過十日？由于滇桂軍予廣州人民以凶惡横暴的「覇王」印象過深：如住屋不付房租，名之曰住覇王屋；坐車不付車費，名之曰坐覇王車；以至飲水、進餐、用水電，無在而不顯露覇王姿態。在這一天，我的左鄰右舍，互相傳語「最好呀」；並且不以我是「外江佬」而稍有避忌。幾乎每一家每一戶，都羣相轉告：「該得去參加這回的大遊行」；故此次遊行大會，參加的人，極形熱烈。當大隊進行至沙基時，不料想駐防沙面橋鬧的英兵和印警，竟爾事先並無預告，就在英國的高級軍官哨子一響，陡地開槍掃射。遊行的人，全都赤手空拳，且在出其不意中，躲避無從，抵禦更不可能；頓時一陣混亂，驚叫聲、哭號聲，震天撼地。事後，據說死傷的人數約百四五十人；比經現場檢點，尸體就有三十多人。因爲行列太長，先行行列既在沙基受阻，後行行列正蜿蜒西堤一帶；大家不明就裏，祇聽得槍聲、打死人了的呼號聲；人聲鼎沸，羣情激昂。最前行列爲軍校學生，各工會代表，因此，死傷較後行部分爲多。沙基與沙面，僅隔一不及十碼的小河；有二橋貫通；橋頭有鐵閘，這時閘早關閉；遊行行列經過時，英兵印警，立即隔閘開槍。沙基一帶多糧食行，槍聲既作，各糧食行即紛紛關門；遊行行列，被分裂中斷；在前的奔向西關區逃避，在後的便掉轉反向。沙面佔地不足一方哩：其上多爲外人住宅、洋行、及英、法領事館；平日，華人雖可自由出入；但駐守橋頭閘口的印警，憑其喜怒，有時亦予以阻擾；不令華人進入。後來，由于羣情憤慨，乃將沙基改建爲「六二三」路。

先是，同一年的五月卅日：上海發生了英國巡捕槍殺遊行學生的暴行（爲聲援日本紗廠毆死工人顧正紅？而舉行的遊行）；港、九工人已在醞釀（或已開始）罷工；及沙基慘案發生，罷工行動，便羣情激奮的擴大起來。

※　※　※

港、九爲香港九龍之通俗簡稱，兩地祇隔一百數十碼水道，有輪渡交通，往返至便；英人佔我香港後，乘清廷末季國勢不振的當兒，又恃強迫租九龍，給我以九十九年之租約。九龍與大陸毗連，固一半島；面積約三倍于香港；廣九鐵道，即自廣州至九龍。自經大罷工後，港、九與廣州之水、陸交通，完全中斷。所有香港居民日常生活所必需的物品，尤其如菜蔬、鷄、鴨、豬牛肉等，幾全由內地供給。其時，港、九二地居民，合計尚不及百萬；但是，羣情恐慌，達于極點。英國人平素養尊處優，全由華人侍役侍奉；香港半山住宅區，原不許華人羼雜入住；由市區入半山區，有百數十級之石磴，每一英國人家，皆備有肩輿，由所雇華人肩負而行。此次罷工，所有男女傭工、厨役、轎夫，激于愛國熱忱；寧願耐受失業的困苦，紛紛告辭，不願受雇于英國人；致令英國人驟感不便，幾乎有活不下去的情勢。我政府一面號召各社團，捐募款項救濟罷工工人，一面勸導工人回廣州轉業就業。香港、九龍二地，頓成死市；大街小巷，因無淸道工人，垃圾山積；原來以淸潔自誇之「香」的港口，便不免臭氣薰蒸。再：由于碼頭工人的罷工，原來船舶雲集、貨物山積的盛況，一變而爲冷落蕭條；經過船舶，因爲貨物無工人爲之卸載，常常是滿載而來原封而去。狡猾的英國人，在我民氣激昂、奮發、羣策羣力的大罷工之下；既無從施其威脅，也不能用其利誘，便不免爲之氣餒萬狀。

此次罷工，適當北伐前一年；在此一年中：廣州與香港之水上交通，平日「省港」輪渡之絡繹不絕的船運，完全停頓；陸上交通之廣九路，亦祇開至深圳爲止；工人不肯工作，英國人也是莫奈之何的。原來由廣州至上海的船運，計有英商太古、怡和、及我自辦之招商局三家承擔；罷工後，太古、怡和二公司之船不能開入珠江，縱開入亦無小船爲之駁載。我招商局船原本經過香港時停泊；罷工後，則不停靠香港碼頭，由上海直接開赴廣州，停泊白鵝潭上下旅客。

港、九大罷工以來：這批包括洋人私寓的侍役、厨房、老媽子、花匠、轎夫、打雜和裁縫，理髮匠、各色各樣的工人、店員等等，大家來到廣州，熱心渴望的爲祖國做點事，盡點力；不久，聽說國民革命軍要出師北伐，除了年紀太老的以外，就是女的，也都紛紛的加入運輸隊。因爲：他們都知道革命軍是不拉夫的；這一個運輸隊，組織得有聲有色。原先規定：每一個隊員挑重六十斤，各盡各個人體能，有的人却要求多挑一點，想見那個時候民衆們對于革命軍的熱愛。同時，也就解决了他們的給養救濟和尋覓工作問題。不過，後來在行軍途中，尤其在走上湖南的山嶺重重的地帶，像原來當裁縫的，兩肩紅腫，兩脚起泡，實在苦難熬受；幸而，各個當地的民衆，同樣的熱愛革命軍，自動的來幫忙挑東西；這樣，才減輕了他們的負擔。總之，這一次港、九大罷工，着實給英國人一大教訓；大約經歷了兩年的時間，我們革命軍已經光復南京、上海後，港、九大罷工才光榮而勝利的宣告終止。

北伐璅碎事拾零

國民革命軍建置初期，原爲七個軍，總司令兼第一軍軍長爲今　總統蔣中正氏，第二軍軍長爲故行政院長譚延闓氏，第三軍軍長爲曾任參謀總長之朱培德氏，第四軍軍長爲竊負本黨名義投身秧歌匪朝之李濟琛，第五軍軍長爲保守晚節息影香島之李福林氏，第六軍軍長爲貽禍三湘內作色荒之程潛，第七軍軍長爲徜徉海外（按：現已潛返大陸向毛匪稱臣，無恥之極）之副總統李宗仁氏。及唐生智以湖南第四師師長及湘南督辦名義來歸受任第八軍軍長。蔣、譚二公對湘中其他部隊如賀耀組之第一師，劉鉶之第二師，葉開鑫之第三師，湘省正規軍祗此四師；原冀不必以兵戎相見，而深願能以玉帛替代干戈，使三湘七澤全行在青天白日滿地紅國旗覆罩之下；豈非計之最上？湘中軍政領袖大率譚氏部屬，即其時主掌軍政之趙恒惕，亦嘗隸屬譚氏而以尊長禮事譚；固然，這是指「禮貌」上的交往而言。譚待人以和善稱，享有「譚婆婆」之諢號；由此，人皆喜其和易可近，樂與往還。北伐前，粵湘間信使往返，絡繹不絕；　蔣公對湘事一唯譚氏意，決其可否；湘中使者來，亦輒先就譚氏領受教益。我曾身預譚幕，回憶其時二公商榷湘事所相往還之信函中稱謂：譚函冠首嘗爲「介公總座鈞鑒」，蔣函冠首則爲「畏公賜鑒」（譚別署无畏）；具有大德者之有大度，謙挹恭讓，各盡其美。時程潛雖在粵，且在大本營軍政部長高位；然湘人士惡其剛愎恣睢，甚少相與交接；唐生智派遣赴粵洽談「革命」之人士：爲湘人雷鑄寰（孟強）、龔長鯉及鄂人劉文島（塵蘇、現聞在臺任立法委員）；粵中答聘者爲陳銘樞（眞如）、白崇禧（健生）。其時：湘中軍力，當推唐生智之第四師爲最強大，而唐所據自衡陽展至郴永一帶之防地，又密接粵、桂；得唐來歸順，實大有裨益于北伐大業。唐經陳白二人之勸導，接受國民革命軍第八軍及前敵總指揮任命後，卽率師攻下長沙。湖南省軍第一師師長賀耀組，退據湘西，觀望形勢；一面拜受吳佩孚××援湘軍之命，一面派其保定同學查荷生赴粵活動。先是：譚延闓氏遣周鰲三遊說賀耀組，並以第九軍軍長任命狀往；周道出長沙，爲唐生智所阻；唐告周：謂賀貴嚴（貴嚴爲賀耀組字）已投靠北洋軍閥，不必前往；且留周出任其前敵總指揮部軍法總監並兼湖南教育廳長。周喜大言，友人戲呼之曰鰲三牛皮；周惑于唐之誘餌，遂中止常德之行。唐復協同黔軍以武力迫賀退處石門慈利間。時第九軍軍長已改授黔軍彭漢章，彭部編兩師，第二師師長爲楊其淸（容或有誤），第一師師長卽現厠身匪幫中之賀龍。

賀耀組既受唐、彭兩軍之壓逼，復以其時北伐軍之推進極爲順利，廼派查荷生赴粵，道達輸誠革命軍之誠意；路次上海，往謁原任湖南陸軍暫編第一師師長及經粵方新任湖南宣慰使之宋鶴庚，賀、唐固嘗任第一師第一、第三旅旅長。宋竭其報蔣、譚二公書，措辭頗多不切合時已變遷之局勢；由宋友胡某（胡固譚總部秘書）代爲捉刀，修正字句；翻印湖南陸軍暫編第一師司令部之信牋信封，重行繕寫。查持函至粵，蔣、譚二公頗予慰勉；對賀部隊之安頓事宜，則電令時正駐節郴縣之代參謀長白崇禧相機處理，譚並遣其秘書胡某隨查赴賀駐在地致勞慰問。查以唐生智（查與賀、唐皆保定同學）不慊于彼之爲賀奔走遊說，不敢經過長沙，取道荊沙至津澧；於沙市赴津市中途爲土匪狙擊斃命；及胡經長沙、常德至石門，始知查已死。其時：賀另派赴湘南晉謁白代參謀長之毛秉文（次亨）方在歸程中；譚氏復電胡報賀：擬任賀爲國民革命軍獨立第二師師長，歸左路總指揮（李宗仁）指揮，而不受前敵總指揮（唐生智）調遣；避免唐、賀間之衝突。賀時正陷于窮途無歸之苦境，遂不得不承受獨立第二師師長任命；旋即由石門移津市，津市爲澧縣屬之一市鎮，亦湘西一大商埠；距澧縣縣城祗二十華里。賀龍之師部時駐澧縣城，呂超（或李燊？）之××部亦駐澧縣城，二賀間彼此雖有警戒，尙少衝突。不久，賀之獨立第二師取道安鄉、湘陰，併入左路軍作戰；德安、馬廻嶺二役，頗有戰績。唐生智與賀耀組同屬宋鶴庚師，賀任第一旅旅長，唐任第三旅旅長，已如上述；其後主握湘政之何鍵，時則任騎兵團團長。當北伐初期：唐生智之英雄氣概，不可一世，以湖南事惟我白主，不容他人置喙；聲勢之盛，咄咄逼人。賀耀組爲人較唐有涵蓄。唐不能手作尺牘；賀則出身書記，中文尙通順；唐僅保定出身，賀則由保定而士官（日本），英文能看報，日文能寫信。但賀之器量褊窄，遇事猶豫難卽決；視唐之豪放、機變，大有遜色。賀之爲人：遇快意事，則沾沾自喜；遇拂逆事，則踟躕失措；好利貪貨，縱情聲色；尤其得失念切，偶遭閒廢，卽皇皇然不可終日，卒至晚節難保，徒然糟踏了自己厠身國民革命軍的那一段事蹟。其實、北伐初期之以革命軍自居者，于革命意義，並不全盡了解；如唐、賀輩，固皆爲富貴顯達謀；滔滔天下，又豈僅唐賀輩已也。

北伐時：國民革命軍總司令部（應爲「軍事委員會」）置「總」政治部，主任先爲陳公博，至武漢後易鄧演達。各軍師設有政治部：第一軍之政治部主任似爲周恩來（？），第二軍爲李富春，第三軍爲朱克靖，第四軍爲麥朝樞，第五軍爲李朗如，第六軍爲林祖涵，第七軍爲黃日葵或黃紹竑；另一海軍局政治部主任爲李之龍。其中周、李、朱、林，皆爲顯露身份之共產黨徒；所有各政治部工作人員，大率共產份子或準共產份子居多。每至一地，必舉行民衆大會；當地之青年男女學生，紛紛參加；共產黨徒復于其間挑撥播弄。國民黨左右派之對立，終于不幸而日形尖銳化。青年人熱情奔放，三湘七澤人士，尤喜愛標新炫異；各女校愛出風頭之學生，頗多因之而與政治部工作人員結爲配偶。長沙民謠，乃有「生作女兒身，願嫁三皮客」云云；三皮是皮帶、皮鞭、皮統馬靴；政工人員一律戎裝，肩斜掛皮帶；手持細皮條紐成之鞭；足登長統靴（長統卽皮裹腿，與靴並不相連，天熱殊難耐受）。時陳獨秀主編之「嚮導」周刋已行世，其中關于蘇聯之新經濟政策若何；五年計劃若何，莫不祇是有贊譽、無評判；赤流泛濫，任情激盪；革命軍行軍所至區域，所謂「民衆運動」，幾全由共產黨徒從中操縱。政治部主任兼領「黨代表」，總黨代表爲汪兆銘（精衞）；須佈命令，張貼佈告，皆有黨代表副署其上；政治部于各佔領地區之行政官吏，有權任免。至武、漢後，總政治部主任鄧演達，兼任中央黨部農民部長，更是如日中天，光芒萬丈，該兩個部之重要幹部，多爲共產份子或準共產份子；其「農民運動講習所」，則由毛匪澤東主持其事；該所所聘講師，幾全屬共產黨徒。因此之故，政治工作人員，獨作獨爲；尋且侵犯部隊長權責；遂不免時生齟齬。時武漢方面軍權，屬諸唐生智；其政治部主任劉文島離職後，繼任者爲彭澤湘，乃共產黨要角；唐則但求軍力之擴張强大，一任共產黨徒横行，終于召致許克祥之「馬日發難」，繼之以何鍵部在漢口對工會糾察隊的繳械：此乃湖南軍人感受共產黨壓力欺凌、激于義憤之首次淸共運動。

北伐軍出發時：湖南一路：由第八軍爲主力，輔以第四軍之陳銘樞（十一師長）、張發奎（十二師長）兩師，第二軍、第三軍、第六軍、第七軍分道入贛，第五軍似祇撥出一旅。第四軍軍長李濟琛，原兼總司令部參謀長，以留守後方；由白崇禧以副參謀長代參謀長隨軍出征。蔣總司令亦係取道湖南東下，在郴縣、在衡陽、在長沙，均曾小事勾留；備受各該地民衆之盛大熱烈歡迎。後任共匪新四軍軍長葉挺，時任四軍獨立團長；該團爲最先出發之先遣部隊。擔負挑送行李之輸送隊，由港九龍工工人所組成，其間有酒店侍者、理髮匠、裁縫、洋行「博愛」（侍役）等，形形色色，發揮「革命軍不拉夫」的功能，民衆之「簞食壺漿」益形熱烈；湖南人民深恨北兵之拉夫，每逢行軍，各鄉村、城市之壯年男子，皆逃避深山僻區不敢露面。嘗記民十六「元宵燈虎」中，我們以「拉夫」此一可怕名詞爲謎面，謎底打毛詩一句爲「妻子好合」，固屬戲謔，實至恰當。南昌之戰，第六軍得而復失者再，程潛幾被孫傳芳部所俘；楊杰時任六軍第十七師師長，楊固以知兵自誇；然一經行陣，即皇然不知所措。南昌一役，即因楊所部未曾達成任務，牽動全局；復以孫傳芳援軍新至，楊又未能事先機變；幾陷主將。唐蟒方參贊程潛軍機，唐乃唐才常子，亦日本士官出身；喜作刻薄語。傳說某次討論戰略，楊方口沫四濺大發宏論、肆作壯語；唐則以嬉笑語調侃之曰：「耿光，（楊之別號）南昌牛行猪欄風味如何」？牛行地名，距南昌三十華里；第六軍首次攻入南昌後，十七師中伏猝退，楊伏身于農家猪舍中倖免。楊聞言變色，竟拔槍相向；設非同座之十九師張師長（柏森？）托住楊手，唐幾不免。事後，唐不敢再見楊；楊則仍傲態自若。又聞楊與朱培德爲同鄉，且屬連襟？但楊最輕視朱，嘗戲言「此益之（朱之別號）之所以爲猪（諧朱）也」；且戲呼朱爲「一隻猪」，朱聞之亦不與較，然甚少與往還云；此類傳說，當不足信。以我所知：朱實一篤實人，寡言笑，口才似不若楊之便捷；在當年大本營所轄屬之滇軍中，朱爲唯一之忠于大元帥、奉命惟謹的一支部隊。

南京光復，時爲民十六的三月二十四日；進城的先頭部隊，屬程潛之江右軍的第六軍及第二軍一部（第五師譚道源部）；聽說係由通濟門和中華門進？城內北軍張宗昌部早于先一日紛紛渡江北撤。不料，在第二天的上午，竟然發生革命軍騷擾外僑事件：如和記洋行、美孚洋行等，皆有口操湘音的兵士入內騷擾情事；駐泊下關江中的英美軍艦，也便對着下關和城北開砲。結果，下關和城北一帶民房受燬的不少；似乎金陵大學也曾有炮彈片落下？平民、士兵、外僑，也死傷甚多；外僑中死亡的有英法美義等國商人。事後，據傳此次事件，係由政工人員中共產黨徒所策動：二軍政治部主任李富春，六軍政治部主任林祖涵，五師政治部主任方維夏，都是共產黨徒，他們所以要策動如此的騷擾外僑事件，是存心蓄意的給蔣總司令找麻煩云。原來，當國民革命軍誓師北伐時，鮑羅廷（蘇俄派來的顧問）就曾經表示反對過；想方設法的加以阻撓。例如那時的嚮導週刊上，不時載有陳獨秀、彭述之、羅亦農輩煽惑人心、瓦解士氣的文章。幸而，革命軍進展順利。蔣總司令在南京事件發生後，當機立斷的，立卽于次日乘軍艦去上海，經過南京召程潛登艦面授處置機宜，使事件平息下去。蔣總司令到上海後又發表嚴正申明：保護外僑，同時也抗議外艦開炮；這樣，外國人便沒有對革命軍有若何的誹謗，革命軍的進展也就順利的沒有遭受「外力」的阻撓；像後來在濟南那樣的情事發生。這次事件，第二軍五師一個姓朱（或書）的團長，遭受到處分；第六軍是程潛的嫡系部隊；並沒有聽到軍官議處的事件。

武昌城之破，適爲國慶佳節之十月十日；時漢口、漢陽以劉佐龍之反正，早已先後光復。傳聞先是曾有一度攻入「賓陽門」（或有誤？）之月城；但旋卽退出。時北軍守武昌城者爲陳嘉謨與劉玉春；據說劉玉春治軍有聲，本人亦甚爲勇猛，陳嘉謨則鴉片烟癮至大，委靡不振；我革命軍對待陳、劉兩俘將，並未予以殺害。聞陳、劉獲釋後；陳走天津託庇日本租界作寓公，劉則投某寺削髮爲僧，有謂卽漢陽之歸元寺，但亦有謂劉係在浙江普陀山出家；總之，于此可以判別陳、劉兩人之優劣。據當時傳聞：武昌城之破，並非由于硬攻，而是由于內應；獻城者聞爲一團長，謂卽後經我任命之獨立第一師師長賀對廷其人？賀後以違軍紀（？）被槍決。

唐生智之參加革命，並不是對「北伐」有何「信心」；更談不上對「國民黨」、對「三民主義」、對「國家與民族的前途」有什麼？實際上，他是爲着個人的「權」與「勢」而已；不過他對于「北伐大業」，却不能不說他是有其甚多甚大的「貢獻」？那時的唐生智，在趙恒惕所統轄的四個師長中，是兵力最强、最有「作爲」，當然也是野心最大的一個；趙對他是「曲意承歡」的希望他不至于「反噬」而發生篡奪的叛變，唐的父親「唐老太爺」，做了省政府「油水」最多的實業廳長，那老頭兒「買」福祿坤班女角兒做姨太太時，趙省長還特地親往致賀；唐弟叔沅（彥）拿到了株萍鐵路局長；總之，趙對唐之「用心良苦」的「拉攏」，可說是至矣盡矣。然而，趙恒惖終于被唐生智趕出長沙，趙當然並不甘心被唐趕走；便北走武漢求援于吳大帥（佩孚）來「雪恥復仇」。唐生智眼見賀耀組、葉開鑫的不肯就範，北兵又將到來；便一面部署戰事，一面派代表（現在臺灣的立法委員劉文島就是三個代表中的一個）輸誠革命軍。唐野心極大，應付機變的主意極多；先是：他找到一個並不是眞正出家人的而有好幾個小老婆的顧和尙，利用那個「顧老師」（唐本人及其部屬都是如此稱呼）的一套花招，籠絡他的部屬，虔心誠意的爲他出力賣命。還特地修了一座「三學園」，搞一些亦道、亦佛、之莫明其妙的「法寶」；排定日課，唐與他的幕僚們，都去聽顧老師講道。那時，我們和唐部官兵相見時，他們不是行擧手的軍禮，而是兩手合十的和尙姿態；我有一次幾乎忍俊不禁的要笑將出來；唐本人也常是「阿彌陀佛」的隨口而出。可是，唐在湖南人的心目中，却是一位「心狠」「手辣」的人；而不像一個佛門弟子。他奪得「省長」寶座後，就殺了他原來稱做最好朋友的張雄輿；有謂賀耀組、葉開鑫輩的擁趙反唐，就是怕唐的反面無情。唐在那時，還野心勃勃的以「保定系」主角姿態，搞什麼保定系大團結，企圖和「士官系」相抗衡。

當然，在北伐期間；這祇是「初始」期間我所身歷之見見聞聞的片段點滴；細說起來，實在是太多太多，記不勝記；權且就此打住。

（初稿刋傳記文學）

漢口出版的中央日報

此之所記的「中央日報」，若仿「紫陽綱目」筆法來寫；似乎該冠之以「僭」或「僞」，才可免於有玷乎道統？然乎否耶！轉思：此一中央日報，在漢口出版的中央日報，却是前乎其「時」的爲現代中央日報「先河」之導；書僭書僞，又未免有激濁揚淸的慊疚於心！何況，其時中央黨部及國民政府以已底定武漢、卽將收復閩、贛，經國民革命軍蔣總司令電在粤之國民政府主席譚延闓氏「速遷武漢」；于十五年十二月分批成行（事畧具「譚祖安先生年譜」六十六頁）。中央日報是在十六年三月二十二日？出版；正名定分，確實是在中央宣傳部主持之下；似乎也不便加之以僭或僞！尋思復尋思，姑且就現所發行之中央日報「號數」劃作「鴻溝」：例如說今天中華民國五十五年九月一日的中央日報，報楣下列有「第一三八四一號」；此一號數是未將漢口發行的中央日報計算在內。所以，我嘗笑對中央日報的朋友們說：你們還有一份「號外」的中央日報；那就是指在漢口所發行的中央日報。

廢話、閒言語，毋庸「故」事嘮叨；識其淵源的所自，還是說「漢口出版的中央日報」；豈不更簡單明瞭的名正言順？

談到漢口出版的中央日報，不能不提到楊綿仲其人，又不能不因楊而提到江聲報其報。江聲報（初稿作大江報，在臺北的中央日報刋出後，忽地記起：不是大江報，是江聲報）大約早在民國九、十年間，就已在漢口印行問世。那是一些湖南人（其實毋寧說是湘潭人）對湖南省政不滿（該說是對「省憲」不滿）而在漢口發行的報紙，當然也就帶點近譚（延闓）遠趙（恆惕）的色彩：楊綿仲是江聲報的主要幹部之一。在政治的與經濟的雙重壓力之下，原已有岌岌乎難以支撐之勢；適逢譚延闓奉孫大元帥命入湘討賊，楊綿仲便兼程間道走衡陽，希望「抽豐」一下，維持江聲報的殘局。不料譚之討賊軍事進展不大順利，加上洪兆麟又乘機進犯廣州且逼及近郊；譚乃返旆靖難，楊亦隨之去廣州；在湘軍總司令部掛上一個秘書名義，就將下來。民國十五年七月，國民革命軍出師北伐，楊得二軍四師張輝瓚師長的資助，在長沙發行了日僅出紙一張的「白日報」，由府後街（？）一家印刷所承印。怎料出版祗有一個多月，印刷所失火；經楊四出張羅的幾十令紙，盡付一炬；復起無望，白日報也就此夭折。經過了太多的險阻困苦，楊綿仲的搞報雄心，並未因之氣餒。周折復周折，扯上顧孟餘的線索，顧時長中央黨部宣傳部；顧電楊率同白日報「班底」去武漢待命。

不料，當楊和鄧演達面談結果，却是要楊一行參加正待出版的民國日報。是而可忍，孰不可忍！楊綿仲一張在嚼檳榔又在罵人的嘴裏，嘰哩咕嚕的說「看老子搞一張報給鄧擇生看看」。怎奈無錢也便無能爲力，只得暫且僦居於後花樓一家叫做萃仁的小旅館裏，和他在一起的白日報夥伴，有陳伯君、周天根，好像還有羅溥存？大家都沒有多錢；好在陳周羅都是嘻嘻哈哈善於諧謔的人，閒居無聊賴，周小姨便成爲談料中的熱門人物；楊綿仲却成爲擋債找債的主要脚色。這位後來歷任湖北、湖南、安徽等省財政廳長的楊綿仲，排日裏東跑西跑，跑不出錢來，便獃在旅館裏仰屋興嗟；有時要發發牢騷使酒罵人。旅館賬房的賬單還在其次，一日兩頓飯，而且還有不可或缺的酒；賒欠典當以外無財可籌。眞個，天無絕人之路。

我在澧州奉電召返粵，經過漢口；大家都是好友，洗澡、上館子，而且還叫了「條子」；那夜在我住的福昌旅社，一場牌輸了我一百多塊（請參閱加註）。事後，他們嘻皮笑臉的問我：「轎子坐得舒服吧？」（意即受了局騙）；接着老老實實的告訴我：「洗澡、吃飯、叫條子，全是陳伯君的皮袍子。」我便笑問他們：「當了多少錢？抬轎子的錢夠不夠贖當？」結果一陣嘻嘻哈哈了事。伯君饒有計謀，溥存沈默寡言，天根不務「正經」，綿仲出的主意最多；到了我第二天說要走時，便將錦囊呈獻出來：要我到廣州去找顧，見顧以後開宗明義第一件事，是找點錢來應急；第二步的如何計議，由我全權見風駛舵而決定。甚且，還發出最後的哀鳴：「事須從速，遲恐將索我曹於枯魚之肆了！」伯君加上一句：「辦好有重賞，黃小姑一口。」（天根的小姨）。當下，我儘量的節餘費用，留下大約兩百多元給他們權資澆裹。因之，我到了廣州，去高第街見譚畏公後；便匆匆的到百子路的廣州（東？）大學（是否改稱中山待正）醫院去看顧先生。顧時任該大學校務委員（似乎還是主任委員？），就住在醫學院醫院，並不是以病患身分住院。當我將楊綿仲一行在漢口的困苦情形陳訴後，顧便囑咐在一旁的劉範（範之，劉時在中央宣傳部工作，）即爲電告在漢口的王樂平，撥交楊綿仲三千元；便再從事長談。

我當指陳：漢口的民國日報，是地方性的報紙；當此本黨行將統一全國之際，中央似應有一張全國性的領導報紙。原來那時如上海民國日報，就並不是單一性的黨報；它的副刊「覺悟」，聽說就是受共產黨的津貼；其他各地的民國日報（其實並不多，除長沙、廣州、上海外，似乎未曾聽別處有過？）有的是受各地黨部支持，有的是由辦報的「黨人」？私人活動。那時根本還沒有中央日報這個報稱；雖然，英國人在漢口出版了叫做 Central Post 的英文日報；不過，在座的顧劉和我，好像都不知有此一報；總之，中文的中央日報的這個報稱，前乎此者敢說是未曾有？經過一番商討，還是劉範「人小鬼大」（他個兒瘦小年齡又輕）發揮了他的鬼聰明，他提出中央日報的這個報稱，命意是既由中央宣傳部主辦，正名定分，大義昭然，是切合體統的不容他借；顧當首肯謂然。這便是中央日報「誕生」的眞情實況，全沒半點兒加鹽加醋，謂予有冒，天厭之，天厭之！

楊綿仲的是幹才，等我再到漢口時；他已經「接收」吳佩孚招待國會議員「甲子俱樂部」在交通路後面的一幢二層樓房，掛上中央日報籌備處的招牌；又在交通路找到一間店鋪門面，大興土木的預備改建做發行所。這回，我在漢口祇停留了兩天，大吃痛喝的例所不免；綿仲着實是緊忙的了不得，幾乎每天都得過江去武昌見「鄧主任」。我到漢口的第二天，他陪我到江漢關大樓去看王樂平，竟然等不及我們將該談的話談完，和原已約定的同吃午餐；便急急的去趕過江輪渡。我到長沙交代了所負的使命，苦於「情」之所牽，獨自「閉關」在天星閣脚下（似乎是蔡公坡什麼的街名？）一間够得上那時被稱爲長沙大公舘的華屋裏二十來天；足不出戶，謝絕酬酢。累得友好們焦慮萬狀，以爲我到南嶽祝融峰上封寺做和尚去了，或者跳了捨身崖（南嶽的自殺「聖」地）；尤其像綿仲輩這干在高第街（湘軍總司令部）同過「火」的朋友。直待有一天，那位幹過警團長又和張八爺（輝瓚）相契而被友好稱之曰「裡手」（含有地頭蛇或玩友意）的葉蓀龢二哥（他令兄寅亮是武漢一帶有名的龍頭大爺）帶着一個福祿坤班的相好，在清而且靜的大清早，「衝」進我的臥房，揭開了蚊帳；一陣哈哈大笑聲，把我從熟睡中驚醒；一連聲「對不起」，接着「果然是在做清修的一個在家和尚」嘲笑了幾句。便催我趕快起床上半仙樂？喫早點，又努努嘴叫「順好子」（唱大花臉的黃福順？）先去安排。果然不愧「老長沙」，那頓早點，口之所食，目之所視，身之所倚偎，着實是在而今憶起，還是回味無窮。

就在這一天的下午，葆龢把我「起解」到漢口；這時譚畏公已到了南昌，顧先生好像略後幾天就來到了漢口？我隨即去了一趟南昌；復回漢口不久，就身不由己的接受了去上海的「任務」。在上海的三四度月圓月缺的日子裏，眼見着上海的克復；躬逢着驚風駭浪的事變；當然，更心喜着漢口中央日報的出版。說巧不巧，上海克復和中央日報出版好像是在同一天的民國十六年三月二十一日或二十二日？大概是二十二日的「養」日爲對。

在傷逝的追憶裏：似乎在早幾天，就有東路軍已到某地和關於畢庶澄（張宗昌派來上海的海軍司令）、邢士廉或李寶璋（似是上海護軍使類？）將撤走，並且還有畢將輸誠的傳聞；沈卓吾（交通部要員駐滬公幹）經常和我聯絡，我也便絕不隱諱的以中央日報特派員身分半公開的和「同志」們往返接觸。所以，當我接到漢口來電「養日？出版」期訊，便預先定妥「申報」「新聞報」「時報」「商報」（這時民國日報在停刊）封面緊接各該報楣的在是日見報的大字廣告；中央日報四個字比它們自己的報楣字還大。聽說望平街一帶許多報攤，特地將中央日報出版廣告掩蓋了原來的報楣；有些人是把它當中央日報買去的。

經歷了許多許多的劍拔弩張而魚龍幻化的場面，我在四月下旬重復返回漢口；綿仲以備作顧先生住的房間讓給我住，顧先生好像已定居於德明飯店？報館同事十分寵愛我，並不以我住的房間太好而有所不慊於心。大家（不僅報館同人）都把我當做凱旋歸來的英雄，還爲我舉行了一個歡迎會。這時，中央日報直接由顧先生主持，下設一個編輯委員會，綿仲也是以編輯委員擔當「經理」的職掌；我雖另有所事，却也是該委員會的一名委員；可誰也沒有得到什麼聘派之類的任用狀，按月領取二百元或一百八十元的薪給。似乎每一委員都另外有一份正職或兼差，例如莘農是「國民政府」或「政務委員會」秘書？我是中央黨部青年部秘書，大約再加添兩三百元的收入；在那時，這個「身價」算是高貴的可以。中央日報，日出五中張（約當於四開張的幅面），星期一減少兩張？副刊改爲「我們和世界」的特刊；社論是由大家輪流的寫。陳莘農（啓修、時尚未有「豹隱」那個別號）好像是總編輯？社論、新聞稿、都由他看付排的最後一眼。我到漢口時，既不見陳伯君和羅溥存，原來參與籌備任務的周傑人也已他往；約略記憶，報館同人，有：楊綿仲、周天根、宋煥達（聘珍）、楊文冕（秩彝）、毛盛炯（有焜）、朱一鶚（横秋）、陳啓修、孫伏園、周開慶、田倬之、羅月僑、莫運選、龔張斧、王悲厂、劉瑀和在下我，當然還有些「嶋兒」們和「小郎」們，她們他們幹「發行」「譯電」「校對」「打雜」類工作；印刷所的管工是綿仲之湘潭老鄉彭詠芝。此公「票」氣（湘諺：長沙裡手湘潭票）十足，識字不多；並非幹印刷的內行出身。由於去上海采辦印刷機件和字模的任務完成，這管工「主任」就交給了他；他可並未利用職權搞什麼花招？不過小油水揩揩是不免的。土包子的彭主任，爲着學打領帶，我們常常要他到「三分」「四成」請「拜師」酒；在漢口玩過的朋友們，定會作會心的一笑。司炊事的也全是來自三湘的朋友，碗碗菜都有辣椒；累得那些來自江浙的先生小姐，望着菜碗無從下箸；有一次，還鬧出一齣摔菜碗砸飯碗的喜劇。我們的分工，第一張黨政軍電訊和國際要聞，陳、周（天根）、毛和我；第二張地方要聞，宋和莫；第三張工商新聞，龔和楊（文冕）；第四張本地社會新聞，羅一人任之；第五張副刊，孫主之，助以校校稿的劉瑀；朱似還兼有一個中央通訊社社長或主任頭銜？並作黨政要人之重要講演的紀錄；好像汪精衛講的「革命的向左來」（左派之稱卽由此講而起），在標題下「朱一鶚紀錄」（按汪精衛至漢口我還在上海，周開慶兄所補遺的屬實。朱一鶚兄紀錄的，當係汪其他講演），惹得同事們要他加菜，說他是汪主席的「黃昌穀」（黃是　孫中山先生講三民主義的紀錄者）；周開慶和田倬之，是同人中的「少年」，少年人活潑好動，陳莘農請他倆跑新聞；王悲厂管廣告，其實根本沒有什麼廣告好管，可憐洒洒的報紙版面全是新聞；三兩行廣告零零落落的不值一顧。此公善漫畫，他常在一張便條上亂塗幾筆，居然會引起先生們之忽然色變或小姐們之嬌聲笑罵。星期一的「我們和世界」，是撥取一周來的「大事」，由各該擔任編輯的人夾敘夾論寫一段；便利星期一各機關做　總理紀念周說話的參照。郭沫若也常由武昌過江來客串一手，例如五月一日的社論，便一反常例的由「陳啓修郭沫若」署了名；平時的社論是不署撰寫人的。在同人中，綿仲是夠忙的，忙錢，忙接、送、請客，忙這忙那，而且還得捱受先生們的鳥氣，小姐們的撒嬌；虧得他那一臉子的笑容，不管天大的事，總是在嘻嘻哈哈聲裏了結。似乎：後來曾有張采真方××和葛之莖幾位加入；因之，在分工上，也略略的有些小小更動。

中央日報自出版迄停刋，大約祇有一百四五十號？至多或有一百六七十號（周開慶先生能道其確實號數），最後的一篇社論「告別讀者」，是毛盛炯輪値執筆；讀起來令人「戀戀兮依依」。毛在編輯同人中年事最輕，我們都慣叫他做「毛妍子」，妍子在湖南話裏，就像北方人口裏的「娃娃」。毛的文章，充滿熱愛的情感，措辭造句，並皆佳妙。他不大愛說話，臉龐兒相當的「靚」「嫩」；愛說缺德話的天根，常常以取笑毛妍子爲行樂資料。盛炯離開漢口後，不久就在二軍政治部當宣傳科長；二軍政治部主任已由張炯（星舫）代替李富春，易君左被張拉去當秘書；毛時未婚，曾聽他說易有一小姨，似頗有希望云云？可沒有「下文」什麼好交代。以後毛似在江西搞報過一時，好像和周天根都是望楊綿仲之門而投止的。對日抗戰期間，我在郴州見到他和結婚已久的毛夫人，並非君左的小姨，而是一個護士小姐；盛炯時已半禿其頂，非復當年的俊秀神態，境遇也不太好；我便找朋友爲他在廣東省政府安排了一個名義。這位才郎，似乎官運不大順遂，在曲江沒躭多久，仍然回到湘南一間中學教書；他是衡陽人，「敬恭桑梓」，「作育英才」，我如是的對他作慰藉語。

伏園論年是不見得比莘農大？因爲他蓄有髫鬚，大家便尊稱之曰一聲伏老；他的房間正在我房間的下面對過，推窗下望，歷歷在目；他那房間裏經常有女客光臨；寫從軍日記的謝冰瑩女士，那時是不折不扣的「黃毛丫頭」（唐突，請寬恕）；大概每逢星期天，常見一個女兵在孫大鬍子房裏，隨即聽見孫的甜笑聲裏在叫工友周桂生買糖果。此情此景，說來已是四十個年頭的往事陳蹟；歲月無情，又怎能不對鏡顧影的自傷老大！另一位是諢名「小鹿」的陸晶清，這位「雲南」？小姐，好像是系出 Pygmy，眞個是太過分的嬌而且小；即令着一呎高跟的高跟鞋，仍難和尋常身材的人並肩齊量；她偶爾也有頗可清新秀麗的佳作，在副刊上「漏臉」。後來聽說她成了王禮錫的太太，兩個人的身材是否配合？因爲我未曾見過王先生。不過，我在重慶中央日報副刊上讀到陸寫「此恨綿綿無盡期」（？）一篇悼王的文章，想見其伉儷之情深。於小鹿，不知林語堂先生還記得不？是不是關於小鹿什麼的有過「論爭」（大驢什麼的）？語堂先生和許孝炎先生，好像也是中宣部的同事？不敢確實作證。再一位是褚大姐，褚大姐和伏園是浙江鄉親；其實，褚大姐來中央日報，據說她是看葛小弟多於看孫老鄉。褚大姐是給張競生所忘懷的可憐人；我們大家拜讀過「性史」的一批人，對褚大姐予以同情的敬愛；因之爭着「盛意」招待，可是總讓葛小弟獨自招待的爲多。這些往事，回味起來；有時未免要忍俊不禁的浮一大白；轉而想起少年豪情，隨歲月以俱逝，就徒然落得一聲「老了」長嘆而已！

在那時的漢口，還有民國日報、革命軍人日報、武漢民報或國民日報（此或有誤？請正於陳石孚先生）等報；民國日報，屬於漢口市黨部宣傳部；該部部長宛希儼任社長，沈雁冰任總編輯。革命軍人日報屬總政治部；張申府、楊賢江好像先後擔任過一時的總編輯。武漢民報？屬第八軍特別黨部（也許不對）？陳石孚和樊仲雲兩先生在那個報工作；我們也常相過從。

中央日報宣告停刊後，便忙着作遷移上海出版的部署；好像有一批人曾去上海；聽說在上海默了些時，報換了「主」，才各自東西的各奔前程。我是在早些時就已步上「昔人所悲」的末路行程而遠適異國；所以無從記取那最後一段的詳情。現今，數當年漢口中央日報「人物」，而還「健在」臺灣的，兩周（傑人，開慶）和在下我之外，還有伊誰？恕我見聞難周；其或有誤有失；原諒則個。煞尾，謹此悼念好友楊綿仲先生，先生逝世，已是五個年頭了；既傷逝者，行自念也！眞個，世事已如鴻印爪，留下一點兒痕影吧！

（初稿在中央日報第一三八四八、九號刊出）

〔加註〕初稿在中央日報刊出後，見到一則「中副小簡」：

如陵先生左右：久違教益，無任馳仰，昨今拜讀貴刊遯叟先生記漢口中央日報大作，至爲欽佩。作者何人，不知能得其許可由兄見示否？倘有機會頗欲識荆領教也。

漢口福昌旅館，在歆生路前花樓口。依弟記憶，該旅館爲武漢唯一不准打牌叫局之旅館，亦卽以此自命高尚，作爲生意經之一種。遯叟先生所述，不知是否地點誤記，抑或革命軍初到，一時新貴，曾打破該旅舘慣例耶？此瑣屑無關考證，讀後偶感附筆及之，寄滄桑之歎而已。匆匆，敬頌撰祺　　弟周學藩敬啓　五五・九・九

澧，眞是我的疏忽；如果我將「一場牌輸了我一百多塊」寫做「一場跑符跑了我一百多塊」；自不致耗費周先生的清神，罪過罪過。然而，我深幸得有周先生給我的「啓示」，使我體會到有此一「加註」的必要；我隨卽寫下幾行，多承中副編者仍用小簡刋出：

如陵先生：讀報見拙撰談漢口出版的中央日報刋出後，承周學藩先生指正；關於「福昌旅舘」云云，誠然誠然。其實，我們那時之牌局，隨遇而安，甚而在火車上疊起行李箱，也可玩弄一下；因其賭具，乃湖南流行之紙牌（跑符「這兩個字不知當否」？），猶如撲克牌之一樣方便。客人在房間裡玩玩，茶房有時也笑嘻嘻的在傍觀陣：當然，這是指「熟」「老」客人而言。謝謝周先生「頗欲識荆領教」，不敢當。寒舍僻處郊外，叟「閉關」耐窮，常一兩月不入市，甚願得當拜謁周先生也；便請見示周先生寓所所在。周先生想或年在六十開外？酒量如何？與拙文中人有無「瓜葛」可攀？天寶當年，傾樽暢談，不亦快哉！叟「正身」暫且請赦免「驗明」，總而言之：「糟醉」老頭子一名，大唐人氏，不高不矮，不太胖也不太瘦，上一

個世紀末生，臉上無麻，看來像「四眼狗」，四十年前或可遲至三十年前，仍然不予置身醜八怪行列之內也。如此如彼，敬叩「老父台」開恩。

遯叟戲言　九月十一日

在此，我來賣弄一下「跑符經」，向湖南（四川、貴州也或許有？但不太普遍）朋友叨教；「玩物喪志」，「將就木焉」的我是無所謂「志」了；年輕的小夥子，可千萬別步我後塵，「少」不正經的談甚「賭」經：

跑符、紙質，也有用綢布類的材料，粘膠成條狀；三四寸長，寬約半寸不到；總計八十一張，其中一張是「換底」；取着換底的，換取那留在桌上的底張。分別寫着「一、二、三、四、五、六、七、八、九、十」和「壹、貳、叁、肆、伍、陸、柒、捌、玖、拾」，每一個字有四張，「二」「七」「十」和「貳」「柒」「拾」用紅色寫，其它是黑色寫。紅色字的如二七十或貳柒拾，可以當做一搭，小寫字算三符，大寫字算六符；小字一碰一符、暗坎三符、四張明栽六符？暗栽九符？一二三順子一符？(有？在下的是記不淸對否）大寫字比小寫字的符數高；要滿十符才得「符」；這個符字似乎該用「和」字？跑字也得讀「去」聲。四人成局，三人打牌，一人「坐醒」或說「做夢」；對面醒或摸角醒，任意規定；坐醒的人負數牌的義務，數二十張留下；當然也有得醒錢的權利，和牌的人不出醒錢。醒錢有的是照和家所得的半數或約定一個數目：小符十符起若干，中符十五符起若干，大符二十一符起，大大符二十七符起，過此，便得事先商定。因之，一個輸家，常常在最後的一個醒班同老本。有時，「三缺一」，便無須醒家，仍舊可以成局；祇是做頭家要一面取牌一面數數，自然也就用不着出醒錢。每人各取牌二十張，頭家多取一張，最後取的那張「第二十一張」要露翻「公開」；有醒家時，便由醒家在數牌時將那張翻開過來。以後輪取的牌不能上手，隨取隨翻開，沒有人碰，才可以留「吃」；例如手上有一張小「二」和一張大「貳」，桌面上翻開的是二或貳是可以留吃，但這是沒有符的；如果翻開的一張和擺在桌面的一碰相同，那就將那張取來「跑」在一起，不容放「跑」。如果吃下的一張而手上有相同的就得下「比」，「燒」比是犯規的；手上有一對和輪到自己翻的一張相同，就得栽「偎」，逃偎也是法所不許的。花樣是在事先約定：最難得的是「烏」符，沒有二七十或貳柒拾那類紅字的牌，五翻甚至十翻計算論值；滿園花、是套套都有一張紅字牌，也是作若干翻算的；一點珠、雙飄帶、姊妹花、節節高、全大、全小等等不一而足的名堂，是不讓馬將牌獨擅勝場的。跑符可比馬將難打，二十張牌一經上手，全憑牌藝的安排，當然也要靠牌運；最傷腦筋的是「跑」與「偎」，還有上手打出或翻出的牌，第一回沒有吃，便不能再吃。打跑符，必得全付精神來應付，要注意到自己，還得注意到別人的跑、偎、比；注意手上的牌，更得注意桌面上的牌；尤其是那位坐醒的人，他有三方看牌的自由；老于此道的，望望桌面的牌，看看三家手上的牌，就可說出留在桌上沒有翻開的牌是些什麼牌；博奕雖小道，可也得下工夫琢磨一番。我最大的弱點，是我的近視眼；別人家的放跑、燒比、逃偎，不免難以「招架」得面面俱到，在湖南以善於打跑符著稱的是衡陽人，其實，該說是湘南朋友都有一兩手；有人說，唐孟瀟(生智)打跑符，比他的打仗更為高明。綿仲、天根、伯君、溥存，這些個牌手；論「術」，我並不下於他們之間的任誰一個。不過，如果存心要抬轎子，祗須醒家略略施點花招，譬如煞煞眼睛，扯扯耳朵，摸摸鼻頭，攏攏頭髮，都可發出暗示的花招功能。綿仲「牌品」不好，我們大家都不願意和他同局；他並不是為輸錢而臉上青筋畢露，而是他不甘他那「英雄本色」染受損減。記得有一回，這是在綿仲家裡：莘農、聘珍、綿仲、我,四人成局;聘珍原擁有「宋文正」謚號的人，平常「絕」少打牌，那次偶爾高興的玩玩，不料他和綿仲大概也是為着一張牌，或者是燒了比還是逃了偎放了跑，兩個人竟然要打出手；不知是綿仲還是聘珍，手裏還拿着由行軍床拆下來的東西。綿嫂急得大叫「陳先生、胡先生」，我和莘農彼此手握着手笑道：「相打的是你們湘潭人，在湘潭人家裏湘潭人打湘潭人，干我們屁事」，乾脆的握手「觀戰」，可惜的這兩位湘潭朋友却像蘇州人一樣，紮辮子、捋袖管、聲勢洶洶的並沒有眞的打將起來。其實，類此之吵架以至於鬧而難成其眞打架的事例，在那時的我們之間，實在是司空見慣的渾閒事；根本不會影響到感情什麼的，烏雲過後，白日出現，大家又嘻嘻哈哈的玩呀樂呀的忘其所以了。回首前塵，如夢泡幻，寫將出來，就未免一掬酸「心」（辛）淚，無言暗自彈；壺中有酒，今朝有酒今朝醉，且痛痛快快的「乾杯」吧！

附錄—周開慶：漢口中央日報補遺

讀了遯叟兄「談漢口的中央日報」一文，使我回憶到四十年前的往事，願就記憶所及，筆記下來，聊作補遺。

漢口中央日報發刋於民國十六年三月二十二日，停刋於是年九月十五日，先後共出了一七六號。照日期算起來，原是應有一七七號的，這中間少了一號，是因爲五一勞動節停刋休息一天的關係。本報發刋時，寧漢還未分裂，四月九日汪精衞由上海到了漢口，局勢才大爲轉變。遯叟兄所說汪的演講「革命的向左邊來」，據我的記憶，那是汈的題字，製成鋅版刋在他到漢口後第二天的報上的。

那時共產黨在武漢氣燄甚高，但本報的言論立場，在中央宣傳部部長兼社長顧孟餘先生指導之下，控制甚爲嚴格。顧先生每天上午要把中央日報從社論新聞到廣告詳讀一遍，遇有不妥之處，即以紅筆勾出，批上幾個字，送來報社。我曾記得兩件事：一件是在副刋上發現一篇文章裏有「我們要以赤色聯合戰線衝破白色聯合戰線」的話，顧先生在文側打上紅叉，認爲不妥。一件是在「嗎啡針」欄裏（有似今日之方塊一欄），有「胡適之該打屁股」一文，顧先生批示：「事可批評，態度不宜過於輕佻。」那篇短文是批評胡先生指責國民革命的言論的，行文不免偏激了一點。由此可見顧先生態度之謹嚴。

到了七月中旬，武漢政府實行「分共」，顧先生召集編輯部同仁談話，要大家批評共產黨在湘鄂各地的暴行，揭發其破壞國民革命的事實。從此本報反共的態度，便日益鮮明了。共黨重要份子施存統所寫的

「悲痛中的自白」，就是這時在報上發表的。他寫這篇文章時，移來住在本報二樓編輯部宿舍裏，也就是我的房間對面。剛來時我看見他隨時繞室彷徨，若有深思，後來才知道他就是施某。文章發表後，他曾深居簡出了好久。這篇文章對暴露共黨陰謀，影響很大；類似文章，以後又陸續發表了多篇。

到了八月十五日，蔣總司令為了促成全黨團結，宣佈引退，於是南京、武漢、上海三方面的黨國要人，均齊集南京，協商合作，武漢方面的汪精衞顧孟餘等，亦離武漢東下。約在九月十日左右，報社得到顧先生來電，囑即停刊結束，人員及印刷器材準備遷移上海續刊，漢口中央日報，遂於九月十五日停刊。少數人員並已東行，記得編輯部的葛之覃兄，就是押運了一批書籍東赴上海的。後來局勢轉變，留在武漢的人由報社宣佈解散。我那時歸心似箭，便於十月間回到四川去了。

本報日出五中張，即新聞紙的四開張，日報用中張出版，在那時是一種新型，似亦便於閱讀與携帶。各版內容，時有調整。遯叟兄所說星期日刊出的「我們和世界」專欄，是一週間國內國際大事的分析，除了加强讀者對時局的綜合認識外，也是供給各機關學校舉行總理紀念週報告時之依據的。每日五中張中，有一張是副刋，由孫伏園主編，劉瑀是助理編輯。本報還有英文版，林語堂先生主編，編輯與發行，都在另一處辦理，與中文版不相聯屬。五月間起，本報又增加了畫刋，每週出版一次，篇幅大小與報紙一樣，由孫福熙主編，他是伏園的弟弟，留法習畫。那時武漢政府號令所及的地區，只有湖北、湖南、江西，以及河南、安徽一部份，報紙發行，也限於這個區域，但發行最多時，曾達六萬份以上。

本報社長，由中央宣傳部長顧孟餘先生兼任，已如上述。總編輯陳啓修號莘農，四川中江縣人。北伐以前任教北京大學，在當時北平的群衆運動中甚爲活躍。十五年「三一八慘案」發生，以犯「主使」嫌疑，被北平當局通緝，南逃廣州。任漢口中央日報總編輯時，兼任中央政治會議書記長。陳先生專習經濟，新聞非其素長，但喜納衆見，對編輯事務非常熱心。總經理楊綿仲，其爲人遯叟兄已述之甚詳。他歷來辦報，敬重編輯部同仁，故經理部與編輯部在工作上非常配合，爲人能幹苦幹而有操守，以後歷任財政界要職，而數年前在臺逝世時，身無長物，是一位令人懷念的人。

孫伏園以主編北平晨報副刊聞名，以寫稿關係，我在北平時就同他認識。那時他不過四十多歲。而滿口法國式鬍子，爲人風趣，我們叫他「僞裝老頭」。副刊每天要收到幾十封稿件，有時他懶得拆封。但從他發現女兵謝冰瑩的文章後，却大感興奮。冰瑩那時住武昌中央軍校的女生隊，因夏斗寅的部隊進攻武漢，武漢軍隊空虛，連軍校的學生也調到前線，擔任防守救護等工作。冰瑩把前線的情形寫成通訊，寄給中副。經中副刊出來的稿件，是由伏園大加潤色過的。這些文章集結起來，就是後來暢銷一時的「從軍日記」。伏園不獨爲冰瑩修改文章，還約她到報社來以茶點招待，他怕我們這一批「小老弟」（伏園那時對我們幾位年輕人的稱呼）打擾他，我們從未被奉邀作陪。他有時還在門上貼上一「伏園因事出街」的紙條，僞裝他不在家，這是有一次被一位編輯同仁發現的秘密。

朱一鶚（字橫秋）是浙江人，與經享頤先生似乎同縣，是編輯部年事較長的一位。他是報社的採訪主任，並兼中央通訊社社長，在中央宣傳部，似乎還有一個秘書名義。這時中央通訊社規模甚小，發稿不多。報社有重要採訪，多由橫秋兄出面。他的妹妹一霞，亦在編輯部任譯電工作。

周天根是湖南益陽人，於國學極有研究，有三湘才子之目。遯叟兄文中所說的黃小姑，是天根的姨妹。民國初年天根留學北平，其小姨亦到平考入某大學，課餘從天根習詩詞。相親既久，情愫日深，而天根已結婚，此事遂成苦局。天根為此，常有苦吟，以下記他十四年作「天涯」四首，以見天根的才情：「天涯歸路遠，乍見語難尋：舊夢從頭記，閒愁着力侵。暮烟何澹澹，庭院自深深。無限芳菲意，沉吟直到今。」「世法只如此，情多且諱癡；有簫空赤玉，無硯比紅絲。眉蹙愁難展，心香暖自知。感君珍重意，皓首以為期。」「秋作銷魂色，相看祗黯然。風情餘落日，雲意隔南天。雙淚明珠詠，孤懷寶劍篇。何當便沉醉，揮手此尊前。」「未晤忘情處，人天事杳冥。會眞虛七夕，惜別感雙星。搖落長亭柳，微茫遠水萍。玉京迷野望，含怨向湘靈。」黃小姑能詩，我也讀過幾首，惜已不能記憶。

毛盛烱與我年齡差不多，是那時編輯部同仁較年輕的三人之一（另一人是田倬之）。盛烱風神俊秀，長於寫作。他在「中副」上發表過一篇「夢見媽媽」的白話詩，充分表露母子之愛，後來被選為國文教材。這裏記他十八年在南昌結婚的故事。那時楊綿仲兄在江西省政府任秘書長，盛烱亦到南昌一家報館工作。結婚之日，一切從簡，第二天在報上刊出結婚啓事，却有「承親友惠臨觀禮，謹此致謝」字樣。朋輩見報，覺得此君秘密結婚，未免「疏親慢友」，相約應予薄懲。乃擬一聲明啓事，說「頃見毛君結婚啓事一則，有承親友惠臨觀禮等語；查同仁等與毛君忝在親友之列，此次毛君結婚，同仁等事先未獲通知，當日亦未參加觀禮，恐滋誤會，特此聯名登報申明」云云。啓事擬成，卽專人送交盛烱，謂如不得圓滿答覆，卽送報社刊出，盛烱自知理虧，始允請客了事。

報社中的四川人，除陳啓修和我外，還有田倬之，他原在北平住農業大學，長於寫作。在報社擔任外勤，派赴河南前線戰地採訪，所撰戰地通信，非常精彩。他由前線携回馮玉祥所出的佈告，其關防大到八寸見方，印色鮮紅，與武漢中央黨部所發告民衆書上寸許大小印章相比，眞是大小懸殊。馮氏利用一般民衆以關防大小分別機關大小的觀念，所以他的關防大到不能再大，當時令我們談起來覺得好笑。

我之參加本報，遲至五月初。是年三月二十日，北平張作霖大捕革命黨人，一共逮捕了四五十人，以各大學學生爲主，我也在這一次被捕了。其後繼續搜捕，四月六日並查抄了蘇俄大使館，逮捕了李大釗等人。二十八日，李大釗等二十人被處絞刑，這中間有共黨份子，但大部份仍是國民黨黨員。這就是當時所謂的「北平黨案」。我於四月二十日先被釋出，此時風聲又緊，遂設法潛赴天津，搭海輪到了上海。歸心似箭，又匆匆由上海搭上英國輪船的「黃魚」趕赴漢口，到漢口時記得是五月八日。到了漢口，才知道漢渝交通此時已萬分困難，幾等斷絕。而囊空如洗，祗有找點工作來做。在輪船上做了幾天「黃魚」，也受了幾天氣，寫成「吾其爲魚乎！」一述此中況味。

看到伏園主編中央副刊，憑過去在北平投稿的關係，便去訪他。他聽見我南逃的經過，並要我寫一篇關於「北平黨案」經過的記述。據他所知，我是「黨案」發生後由北平來到武漢的第一人。他知道我困難，預支我幾十元稿費。並告訴我有一個北方同志招待所，由潘雲超先生負責，要我前往接洽。我同潘先生在北平時即相識，他是本黨候補中央委員，又隸籍河北，對北方情形極爲關切。見到我後，就要我列席中央擴大紀念週報告「北平黨案經過」，我答應了。他徵詢我工作的意見，我說明願到中央日報服務，經他向顧孟餘先生介紹，我便在幾天後到了報社。記得第一次見到楊綿仲兄，他首先問我「你就是那條黃魚？」我們相視一笑，因爲他在中副上已經讀過「吾其爲魚乎！」的文章了。

我到報社後，首先派編省市新聞，後來主編「嗎啡針」一欄，最後輪流寫社論時，也寫了幾篇社論，但未作過外勤。拿情緒來說，從五月到十月，一直感到苦悶。在北平時一番熱情，於到武漢後看到那種紛亂的局面，頗有幾多幻滅之感。故在這幾個月裏，除了編輯工作以外，倒關起門來讀了不少的書籍。

以上所記，都是四十年前的事了。正如遯叟兄所說，那時我還是二十二歲的「少年」。如今，則「昨日少年今白頭」，提起往事，眞也有點「滄桑之感」了。

再談漢口中央日報的那一夥

謝謝周開慶小老弟（恕不以先生相稱了）的記性好，他的「漢口中央日報補遺」，實在補得好「極」而又妙「絕」。說實在話：我那時在中央日報，祇是夜間在編輯部走動走動；白天是在別處「打工」。說來慚愧，有甚多白天發生的「大小事」，我總是「事後」所聞；除了躬親身歷者外，印象不深，記來也就糢糊了。不過，有些「機要」什麼的，事先是會找我「密勿」一下；當然，其中也有僅是不足爲「好人」道也的荒乎其唐云者什麼的，例應廻避年事較小的「子弟每」，毛伢子隨着我每亂闖；開慶却「潔身自愛」，我每是不忍加以「引誘」的。從而，可又撥動了我的門楔兒「根觸」起那時在一起之胡天胡帝的那一夥；當然，够不上說是「報界掌故」；也許，在風雨無那際，拊掌讀來，或者勉强來盡一點讀報餘與。我所記出的，甚願友好每能寬恕其祇是開玩笑，絕非挑痛脚；原諒則個。爲便利讀者諸君子，首先將所寫的人尊姓大名順次排列；孫伏園、毛盛炯（有焜）、陳啓修（莘農）、周天根（本名好像是祖庠？也許不對）、宋煥達（聘珍）、楊文冕（秩彝）、朱一鶚（橫秋、妹映秋附）、周開慶（槿子、似乎是筆名）、田倬之、羅月僑、莫運選（梅初）、龔張斧、王悲厂、楊綿仲、彭詠芝、劉範（範之）；隨手寫來，可並沒有尊「先」卑「後」什麼的。又如周傑人、張采眞、方××、葛之莖四先生，因爲相處太短促，沒甚可寫；總之，他每全是好人；若果說「白璧有微瑕」，那就是不幸和在下我這「少」沒出息「老」不正經的人扯上了朋友因緣。再：在「中副小簡」裏，見到楊力行先生對於汪精衞的「革命的向左來」那句話，斷爲是「來」乃「轉」之誤；我所記憶的，也許在「來」之上有一「邊」字？或許「來」並不是「轉」？謝謝楊先生的垂注。謹此陳情，諸維亮詧。

伏園：在「談漢口出版的中央日報」和開慶弟在「漢口中央日報補遺」談過的，權且擱置不談。大約在民十七的那年，伏園在上海出版一個叫做「貢獻」的刋物；後臺老板是汪精衞。表面上是側重於純文藝性的刋物，我也曾爲它的「徵稿」人員之一；偶爾寄點「隨筆」「雜感」什麼的，每過上海（我那時未在上海）總得到他那裏坐坐；陳公博的「國民革命的危機和我們的錯誤」，便是在貢獻上刋出。稍後，伏園應汪精衞召去巴黎，將貢獻交給他的紹興府屬大鄉親（？）陳醉雲；環龍路掛有「嚶嚶書屋」小木牌的單幢洋樓，那便是貢獻的「出張所」。貢獻在封禁時用一根線貫穿包皮紙裡層，祗須將線兩頭向中間一扯，就輕易的破包皮而出書；伏園爲此，曾特地對我說過，說這雖芝蔴點的小事，可却顯出人家的肯用心處。伏園有弟福熙（春苔），在法學畫，和曾仲鳴極爲相契；孫去巴黎，說是汪託他將留在廬山的書押運赴法；後來聽說伏園到法後，就留在那裏教汪的子女；也就是當汪家的家庭教師。直到三十八年雙十節那天，我在北涪巧遇着伏園，已是十多年不見面了；他陪我到梁漱溟的勉仁書院閒聊了好大半天；好像他還有一個年事不太大的「妙人兒」在陪伴着他。此後：我走香港，從此就再不相問訊；其實，也就無從問訊，好像有人告訴我，孫伏園在幹僞國務院一個出版署（局）的署長或局長？是隸屬茅盾（沈雁冰）那個「部」的附設機構。

盛炯：在二軍政治部當宣傳科長時，政治部主任已由張星舫（炯）代替了李富春；張除邀毛協助外，還拉易君左去當秘書。這時的毛伢子還是「小郞」居處，似乎在聽說（好像是毛告訴綿仲嫂的）易有一小姨，頗有成爲「一對」的希望；不過並沒有下文的「好」交代。毛由二軍下來，在南昌搞過報，當然仍是二軍的關係，無疑也是綿仲的關係；槿子所說毛之結婚一段掌故，就是那時的這麼的一回事；似乎天根也在南昌，照周開慶文看，他當然也在南昌。後來，顧先生任鐵道部長，要盛炯到天津去做扶輪中學校長或主任？過一陣。抗戰期間，我在郴縣見到的毛夫人，便是南昌的那個人；她告訴我是「耒陽棲鳳渡人」，和盛炯的衡陽家鄉不太遠；是一位學護士的小姐。我再見盛炯時，可憐的他已是半禿其頂，非復武漢當年的英俊清秀而風流倜儻的神態。盛炯的「夢見媽媽」，是他在二軍政治部當科長時寫的；好像是一首「十四行」的口語體的詩篇，文情並茂。盛炯不大愛說話，拙於吹、拍；因此，他在曲江，祗是默默無聞的款了些時，並沒有寫什麼出色的文章；仍舊一肩行李，回到宜章中學主持「教」務，但非「校」務。三十多年不見面了；二十多年來音問無從了；願言我每這位才郎，當然，現在該稱才翁；能無災無難的過度下去。好在，他那位夫人樸實節儉，能安其貧；想像中我見到的他倆那兩三個小女孩，該已是小婦人了；人生眞是如白駒過隙，傷哉傷哉！

、莘農：離開武漢後，好像確實「豹隱」過一時（他的陳豹隱姓名，似乎是從此響亮起）？他的「唐夫人」是瀏陽唐才常的小姐；在上海「自力」生活，靠着一份法院書記官的俸給，擔當着家庭的澆裹；實在是莘農的賢內助。莘農作風爽朗，不大矜細行，對于異性，看來頗感興趣；唐夫人是並未「嚴予管束」。在抗戰期間，莘農似再「得意」過一番？好像是在最高策畫的機構，擔起一「部門」的頭兒；好景過後，他就在重慶大學教書？我雖和他間有尺素往還，記不大眞切了。三十八年雙十節後，我在重慶作「過客」，不知他怎生得知我的寓所，寫了一封信給我；誰知這封信是我到了成都後才得閱讀。草草的幾行字，告訴我他因腿病不便行動，希望我便中能到沙坪壩去和他談談。惜乎狼烟四起，未能重臨重慶；哀樂人生，莘農先生，不知是否依然健在？於虖噫嘻！陳豹隱的幾本「經濟」什麼的名著，似該有其千古！生死又計量他則甚。

、天根：他和我同年生，此君少年時代，仰仗着老太爺經營得法，在益陽算是一家中產之家的大少爺；衣袋裏不缺錢，養成他那付樂天知命玩世不恭的氣度。加上他那位黃夫人美而多才，而且還有好幾位比姊姊更姣好的小姨；夠他「享福」過一些快樂的歲月。不幸，進入中年；他的大兒子聞在對日抗戰中被炸死？小姨又各各的「物」有其「主」。天根以詩才見稱儕輩，文筆亦復不俗，字更秀麗可愛。固然，他愛說說笑笑的講點缺德話，排日裏言不及義；因此，同人中便稱之曰周文痞公。可並不討厭他；而且座無周文痞，就覺得什麼都癟勁似的。我在南京見到他時，他似在刑曹任職；于右任先生欣賞他的詩，我見到右老和他的詩。而今，這位妙語如珠的快樂天使，眞不知怎生生活下去？嶽雲悠悠，湘水冷冷，我實在找不出適當「慰藉」的語句，來懷想與我同年生的好友。

聘珍：在自上海（也許自長沙）回到漢口後，和張斧、梅初等還搞了一份「白日」；那發刊詞出自在下我的手筆，是他函索於我，我由郵驛寄將去的。好像我所接到的白日周刊，沒幾期又改爲「旬刊」，接着再變爲「半月刊」；據來信說「沒經費是一原因，沒文章更是一主因」，似乎算來算去好像沒有出到十期？就白日「一去」不再見了。聘珍也嘗參加我每的荒唐，他可板着一付「假正經」的「道學」面孔，我每便呼之曰宋文歪公。他繼張星舫接了二軍政治部主任；可憐他的葛夫人，就因爲是政治部主任太太；在十九年長沙匪禍裏被難了。大約在三十六七年？邂逅葛夫人的妹妹，據說聘珍在長沙嶽雲中學主教務，仍在幹他的老本行教ABCD；並已斷絃再續云。

秩彝：這位北大外文系出身的寧鄉朋友，人極隨和，自奉甚儉；同人中都笑他是「猶太」。唯有和女人糾纏在一起時才肯花錢，他似乎「特」愛那調調兒；那又是得花錢才能買笑；因之，他就時時的「手頭」不大方便。後來，在行政院找到一個秘書處（秘書長呂苾籌？綿仲時任秘書？）「編譯」（？）位置，好像是太座伴着他在一起；怎奈「偷」性難改，仍然不丟開所喜愛的那調調兒。據他自述：他利用公餘替「支那內學院」翻譯的那部「佛學辭典」（？），經過兩年多的「三更燈火五更雞」，賺來兩千個（？或許多一千）袁大頭，約定譯者姓名不用他姓楊的而用那位出錢的；他倒滿不在乎。他感慨系之的說道：兩年多苦來的錢，祇在白菜園（那時南京「名女人」俱樂部所在地）×××香閨裏做了半年不到的入幕之賓；無怪乎天下人不重生男重生女，在我也恨不生爲女兒身。接着又嬉皮笑臉的幫了幾句中西合璧：這一世紀的×××，眞是「惡曼妮」的「握爾得」；我眞想去找「改造博士」改造我的生理組織了；「改造博士」是那時申報上的連續漫畫畫題。說罷整了整他那深達一千五百度的近視眼鏡；又翹着我每去逛古桃葉渡頭，說是過屠門而大嚼，縱不得肉，亦聊以快意耳；想見此公之癖好與風趣。

橫秋：這位參加「五四」運動的老北大生，喜吟詩而不「甚」工，但極自負；自信朱某人他的詩，堪以上媲李杜；同人中知其病癖，便借高帽子來敲他一點小竹槓，贊其詩有甜味（糖，唐也），要他請點心東道是百不失一。其妹映秋（一霞），天眞無邪的憨態可掬，在中央日報擔當翻譯電訊的工作；我每大家爭着和她同桌吃飯。有一回，談到「金華火腿」；平日不大則聲的莫「朽」（湘人罵人語）插上四句：「金華火腿之所以好，因爲每醃一缸火腿，要夾一隻狗腿在裏面；最好的火腿還是狗腿。」這位產自火腿名區東陽的朱小妹便急急的辯正：「不，不，不是狗腿是猪腿；」如果不是周痦「哦」出怪聲，大家倒不在意；接着映秋機警的「呸」了一聲，大家便哄堂大笑起來；我們嗣後常常以狗腿猪腿逗引朱映秋的嬌嗔。映秋後在南京×報社任記者，婚後以難產喪其生；哀哉傷哉！橫秋經綿仲的照拂，在安徽地方銀行享受了若干年的清福；橫秋樸實無華，不善奔競，聽說他的晚景頗爲淒涼，那正是理所當然的「活該」呀！

開慶：這位「執政府」前亮過一手的「三一八」英雄，才華磅礴；能寫、會說，更難得的是他那「不屈、不移、不淫」的敢幹精神。似乎在「西征」得勝後，他曾和大根輩中央日報「遺孽」，重復在漢口再作馮婦的搞過報；似乎還搞得「聲色俱厲」的有聲有色。這位出生于天府之國四川的周小弟：辦報而外，幹過百里侯，搞過黨省宣，還做過「處長」什麼的；做啥啥好，「硬是要得」！眞是一個幹練有爲的十全人才。我和他在臺灣相見時，料不到他頭上的白髮似乎比我這他喊老大哥的還多；這，並不單是「歲月不饒人」的將那樣「少壯」的人熬鍊得這樣「衰老」；而是「事業、責任」不由得不容易白了「少年」頭。不過，我每中的橿子（開慶筆名？），他現在在我每友輩中，却是最有福分的一個。夫婦雙代表（國大代表），月入八千金；一座不太小的花園裏，藝有一兩百盆蘭花；樘子眞是會享受其人生之淸福也！「涎」羡「涎」羡。賢伉儷倆現正致力於闡揚其「鄉先賢遺德、鄉時賢勛業」的編印「四川文獻」；百年而後，周「文獻公」（忝以老友資格上此私諡）允宜入祀四川鄉賢祠也，來格來歆，伏維尙饗。樘子、秀卿賢伉儷千萬別以爲忤；過明德新村，仍請照例欵我以美酒佳殽；可不能在湯裏下巴豆呀！唐突唐突，作笑談、不之罪。

倬之：他是我每的小弟弟，曾經戎裝軍服的奉派當軍中記者；對日抗戰前，在南京見到他，豪情稚氣不減當年；還見到他那位胖胖的具有宜男福相的太座。在中央日報時，大家時常逗倬之玩；逗急了，他便冋你一聲「槌子」（四川朋友或當作會心的一笑）。由倬之的去河南前線，有一件事，樘子記憶否？那便是白白的送了一套印報的機器和鉛字給馮玉祥；顧先生還特地到河南去了一趟。原來擬在河南設「政治分會」？由顧擔任主席？打算在河南辦一中央日報。不料顧學者却爲馮基督（馮以基督徒高自標榜世人以基督將軍稱）之所紿：顧到了鄭州？馮却去了徐州？政治分會沒有設成，已運到的印報機器和鉛字；却爲馮全盤「領、謝」。我記得爲着這批機器和鉛字；彭詠芝在綿仲督促之下，鑄字房開了好幾天日夜不停的「忙工」。這，本來是一條「保密」的內幕新聞，特地在此漏露；不過，我記憶的也許小有出入？

月僑：這位我每中之唯一的湖北佬，花樣十足；武漢三鎭（武昌、漢陽、漢口）所有的夾七夾八，常常在他的社會新聞「特寫」裏，顯見得唯妙唯肖的有聲有色。此君比我每大家論年要長一些，一付皮笑肉不笑的傯嫺漢神態；我甚欣賞他那連聲「你家，你家」的「下文分解」，眞個聽來令人心旌搖搖而盪氣廻腸的想入非非。不打謊語，我也曾跟着他闖過一些「引人入勝」的勝境；而今事隔四十年，回味起來；仍不免別「有」一番滋味在心頭。此君鬼才，手寫的「新聞」妙絕；惜不事「正經」，加上嗜好又多；因之，便無日不在打飢荒。別人寅支卯糧，他却要申糧辰支，透借五六個月；楊綿仲一見了月僑，便不待他開口發言，就努努嘴向周小郎（矮個兒管錢的）歪歪；周機警異常人，有錢或沒錢看綿仲眼色行事。不過，月僑却的是窮而不濫的君子之固窮的本色；他和綿仲原是江聲報的老搭擋，綿仲常稱之曰月老，此稱含義「雙關」，我每中的年青子弟每，常常作小東道請月老「賞光」。

梅初、張斧：道地的大好人一對很少和我每一起「荒唐」過；孜孜矻矻的幹其本分內的勾當。梅初能畫，他出身於上海藝專，畫幾筆、保證不會畫虎類犬；張斧的文、詩，都值得一讀再讀：絕頂的館閣上選之才。最堪慨然與嘆的是莫、龔兩兄都是沒有大大的吐氣揚眉過；而且似乎都是晚運欠亨。世變難測，這一對好人，淪陷在魔窟裏，是會比不大好的人遭遇的更不好？海天遙望，莫兄的「畫」，龔兄的「文」，是否仍然在做「生事」之具？不忍想也不敢想。

悲厂：這位二十世紀三十年代的「名」畫家，安徽潛山人，他的太太和綿仲是表兄妹；他之來到中央日報，絕不是沾親帶故的人事關係。他的畫名，早就在長沙負有盛譽；他生成一付傲骨頭，不訂潤例賣畫，不開畫展搞錢，不贈畫或獻畫於顯貴賢達；他爲喜歡畫而畫。好朋友畫幾張，送錢可以，不送錢也不算甚麼；不相干的人拿錢買，他也不肯賣。他呆在中央日報，賺的錢不够我們的一半；他雖說日日鬧窮可決不哭窮。他那付「王先生」的怪模怪樣（王先生是大約民十四、五年間？上海申報的一幅漫畫畫題）；能酒而量不大，一筆藝術字給中央日報的廣告別開生面；其實，那時中央日報的廣告，可憐兮兮的慘難一見的十條八條罷了。此公似在抗戰前就已離棄人世，來臺灣後，曾見他那投考海軍的兒子；故人有子，願爲王悲厂浮一大白！

綿仲：這位以「善於理財」著稱歷任湘、鄂、皖等省的財政廳長和財政部署長、次長什麼長，一連串與錢結緣的經歷；他的一生，就我與他相知的四十多年的老友來說：楊綿仲與其「贊」他是善於理財，不如說他是肯認眞的能「公私淸白」的分明其財。他對於地方稅則、地方銀行等等的一套搞得頭頭是道，他自己却是無時無刻不在鬧窮；老實說他是一個善於爲公、拙于謀己的「財務官」而已；我常譏笑他乃孔聖人所「不齒」的「聚歛之臣」。綿仲能酒，有酒量而無酒德，酒後任意的不擇其人而罵。綿仲對朋友事過分熱情，有時反落得一個面面不討好。綿仲詩文淸新絕俗，文章也典雅簡潔；他費了三十多年功夫所撰寫的類如顧祖禹的「讀史方輿紀要」皇皇巨著（我眞該打手心三十記，竟把那書名忘却了），大約近百萬言？他生前在南京、在香港、以至來臺灣後，都曾交我看過；他死後，我一再丁寧漢之世兄（綿仲的獨生子），千萬爲之梓行問世，以免辜負了乃父三十多年來孜孜不休、所費的心血。在中央日報的同人中，是我眼見他在上台、下台、鬧窮、鬧病以至於死的一人！我與他相交於民十二秋冬間的衡陽軍次，臭味相投，惺惺相惜；誰不對誰說半句虛假語，誰也不對誰玩弄花招；一言不合，彼此拍桌對罵，罵後誰也不向誰負荆請罪；當然，也並不會鬧出什麼割席絕交；結果，總是嘻嘻哈哈的大笑一陣。再來賭酒，酒後又再罵，罵後又再笑；累得綿嫂子在一旁搖頭太息。綿仲來臺後，幸得周子若（德偉）的友情殷拳，得「借」（？）有一座大約不够三十席的房子住將下來；由於日用澆裹之錢不多，好酒喝不起，又不可一日無酒；權且劣酒當旨酒喝；他那致命的糖尿病，便是因日常喝劣酒的影響。在他臨終彌留之際，年長於他三四歲（？）的唐夫人；早已癱瘓在床。當我聞訊趕往時，那種淒涼景象，不由得我這個生平不輕易落淚的人、而熱淚盈眶的彈不勝彈了。

詠芝：此公「票」氣（湘諺：長沙裏手湘潭票，意思正如上海人說的「門檻精」；並非貶詞）十足，識字不太多；也不是幹印刷的內行出身。由於去上海采辦印刷機器和字模，能够如期完成任務；這個印刷所的管工「主任」，就交給了他。好在此公並未「充分」利用「職權」搞什麼花招？想當然爾的，小油水揩揩是無傷大雅的。土包子的彭主任，我記得他爲著學結領帶，我每常常要他到「三分」「四成」請「敬師酒」；在漢口玩樂過的朋友們，定必會作「會心」的一笑。此公自稱：毛澤東曾經向他借過二十塊錢做同湖南的路費；不過，這是毛澤東侷促延安一隅時他說的；現在說來，這位和他那位魔鬼頭兒同其「別號」（音同而字不同），而且又同鄉里，何況更是「勞工」出身的他，該是怎樣的生活？

範之：這位中央日報的「催生婆」，窮本究源，也該帶上一筆：範之是廣州高等師範學校（也許已改稱廣州大學）的畢業生，能寫文章，他的詩別具丰格；總之，是一個有才器的人。中央黨部遷武漢後，他仍留在廣州，似乎並不曾吐氣揚眉過。他籍隸湖南「南極」的偏僻小縣（城步？），自小在廣州長大。他似乎在桂林搞過報，好像並沒有發揮長才；歇了一陣，便奔向首都的南京。時顧先生在做鐵道部長，給了他一個小位置，他抑鬱寡歡的屈居在薦任職科員（育材科）下位，陳伯君時任主任秘書。範之在南京時尚未婚，後來經幾位湘潭朋友的撮合，才娶得湘潭趙氏女；可憐婚後不足兩年，範之拋下他的寡母、嬌妻和呱呱在抱的幼女，撒手永別了人間。言念好友，哀傷無已；彼蒼造物，果眞予之角者去其齒，以範之之才之遇之不永其年，眞個該諉之於「其命也夫」；夫何言！夫何言！

在雌兒羣裏：我頗「心儀」，或者說在暗地裏「心賞」的：閔嫻（我的老友朱玖瑩先生的大姨）的文溫雅靜；朱映秋的天眞爽朗；單秀霞的豪放潑辣；其它似乎共有七八位之多，不過，便「自檜以下無譏焉」的印象不深；其實，現在說來，大都是做了祖母的人呀！

還有，一位司炊事的廚房下手鄧三：此公呆頭鵝式的一付「二百五」神態，說起話來，囁囁嚅嚅的叫人聽了「莫知所云」；他「拿手」的只有炒蛋一門，如果不是大司務「發脾氣」溜走，誰也不願吃他做的菜。然而，士別三日要刮目相看；後來，在綿仲家裏，品嘗他的紅燒蹄膀；居然具有曹廚子（譚畏公的廚子）「滾、爛、淡」那一套。

在下我：微不足道，雖非無惡不作，卻實乏善可陳，差幸也不見得「有罪可逭」；謝謝朋友每的「抬」愛，他每絕不肯指責我是「涼血」或「輭骨頭」的傢伙。「笑對故人拊傲骨，男兒不慣乞哀憐」，這是我「詠懷」酸詩裏的兩句；「夫子自道」，也許是我一生落落寡合的從實招供。至於我的「晚境」，徼天之幸，託主之福，雖說是杯中酒屢空，可卻還架上書常滿；一付硬朗神態，挺起脊梁走路，絕不見半星絲兒的衰頹模樣。在老朋友看來：是既非懼內班頭，也非怕死懦夫；這，另得進一解：凡屬不戒酒的人，就表明他是一個不怕老婆的漢子；不戒烟的人，就顯出他有足夠勇氣對抗「開絲兒」的英雄氣概。在下我，月吸自由菸絲三十包（月大還得加一包、月小可並不見多餘一包）；日「吞」辣酒（非高粱不飲、金門高粱尤不勝馨香頂禮之至）五杯；當然，這是太座的「限量」配給，否則絕不僅此，絕少上過「公保」處什麼的，中信局賺了我不少；間或上殯儀館弔友好，可總是難得在那里躺將下來讓友好來弔我；我真担心我會給人指罵「蒼髯老賊、皓首匹夫」。本來，我靠賣舌條兒「馬扁兒」的，大可飽食暖衣；怎奈烟酒累我，在每月之二十日以後，天天在打酒荒菸荒。特別聲明：我這絕不是向友好每告幫求助；更得附帶聲明：我雖慣上當舖，我可絕不拜謁權門；我也不學韓昌黎的作文送窮，我更不屑效黃仲則的獻詩訴窮；當然，我壓根兒够不上配做韓文和黃詩的那樣才情。幸而，天無絕人之路，有一枝筆、加上幾張紙、搞些亂七糟八的，徼倖也總是「山窮水盡疑無路，柳暗花明菸酒來」。但不知那一天送將殯儀館「處理」去，那一天也就是中心望之的大好日子的來臨；如此而已，別無「遺」言。

結尾，談談那個時候，我所稔識的其他幾家報紙的一些「熟」朋友：由民國日報的主腦人物宛希儼談起，他和我並無交情，只因爲我在中央黨部任事，他是漢口市黨部的宣傳部長，有此因緣，便偶爾的要見見面握握手聊聊天。沈雁冰是民國日報的總編輯，我每也是間或要碰碰頭；一付江南才子氣概，個兒不高而又嫌瘦弱一點，尤其他那說話的「娘娘腔」語調，似乎格外的增添些「楚楚可憐」的風雅神態。宛希儼和瀏陽美人黃慕蘭的結婚場面，給那時我每這干慘綠少年豔羨不置。怎奈花不常好月難長圓，宛後在九江被捕正法；黃小姐也在上海嫁作商人婦，她和希儼生的女兒也帶了過去。二十年前我在上海見到她時，那女兒已是少女「亭亭」；她雖說徐娘老去，丰韻却還依然「可人」！屬於總政治部的革命軍人日報的：張申府和楊賢江；張僅見過幾面，一付教授型神態；楊過從較密；他的健康似乎欠佳；他倆先後担任過該報的總編輯。屬於第八軍特別黨部（徐柏園先生似曾在該黨部工作過？）的武漢國民日報（報名容或有誤？）的：陳石孚和樊仲雲在那個報工作。想當年，石孚、仲雲都還未「授室」成家；而今可不都是兒女繞膝；或且已在含飴弄孫？長江後浪推前浪，世上新人換舊人；我侮着實該退而休之的「廢物」了？在上海，我也曾參與過在「大加利」（菜館名）舉行之仲雲和薩小姐的婚禮；在南京或是別處？我也嘗拜見過石孚的夫人。三十八年或九年，樊、陳、我三個人又復在香港巧逢着，而且仲雲還請石孚和我泡過一次小咖啡座；可是，囘想漢口當年，大家都不免要感慨系之的「老夫耄矣」的今吾已非故吾。石孚、我，而今雖同「客」臺灣，可是見面的時候並不多，而且可以說甚少；但願天假我輩以年，「再」同作漢水「解珮」（少年豪情消失盡矣不復再矣，一嘆）之遊，不亦快哉！不亦快哉！

△舊事、新憶、記▽

客記吳佩孚

這是我：塵封已久的一則陳舊的記事；當成都快將陷落的前五、六天，在聞在宥（宥）兄的寓所，大家都在爲家國事躭憂；滿座全是「長太息」的唉聲嘆氣。說巧不巧，我由聞家走回我所寄寓的中國旅行社招待所時，劉蘆隱兄陪伴着一個「北方佬」在客廳裏先在等待我，經過蘆隱的介紹，原來我們在再下一天將坐同一架飛機走；走到那裏去？北方佬沒說什麼，他壓根兒沒多說話；通姓報名而外，哦了幾聲而已。那是一架「外國人」租用撤退的「包機」；並不顯得擁擠，反而還覺得「空洞」不少。我和北方佬在機上談得很多；而且他是一個極愛健談的人。這架包機的目的地，是日本的東京；可是，在香港，在橫濱，也可以下機的。我在香港下機，北方佬說他的眷屬早到了橫濱；他說出他在成都時，簡直是「魂不附體」，莫知是怎樣的躭了那麼十多天，所以和我初相見的那一回，他是多麼厭煩說話。他送我下機，還陪我在機場休息室坐了一會，他在手袋裏掏出幾張零零碎碎剪過了的而並未用紙襯託的舊報紙，說這些都是「拙作」。日前檢點「廢稿」，可並不是曾經投將出去的「退稿」；由于我有所癖，「興來自喜有奇筆」，與去却將費過心思所寫成的東西，不理不睬的任令報廢；在這些廢稿裏，見到這一段關于吳佩孚的記事，由于北方佬而今依然健在於人世間，我記起他在九龍機場對我說的話：「咱要大家趕快的忘却咱，咱們不說後會有期；小朋友（他這樣稱呼我，其實看面貌，他至多不會大于我太多，也許十多歲吧），咱也盼望你忘却了咱姓甚名誰」。爲此，我題之曰客記吳佩孚；同時，我也加補了一些，並且還修改了一些；是爲序。

吳佩孚其人其事，世人見而知之或聞而知之者不一其是；余嘗託庇吳之宇下者有年，眷懷往事，用爲一記：吳在北洋軍閥中以賢明稱；當民國十、十一、二、三之數年間，聲勢煊赫，全國屬望。吳嚴以「四不」自律，以期矯正北洋軍人惡習；所謂「四不」者：不出洋、不住租界、不佔地盤、不要錢；但在其困居四川託庇楊森時，用「四不老人」自署之所撰對聯；則爲：「得意時淸白乃心、不納妾、不聚金錢、飲酒賦詩、猶是書生本色」；「失敗後倔强到底、不出洋、不走租界、灌園抱甕、眞個解甲歸田」。此中四不，如不納妾，實非的當語；蓋吳原配爲李夫人，其張夫人則爲「二房」；直至民十二吳在洛陽任「直魯豫三省巡閱使」時，李夫人云逝後，張夫人方始扶正云。

不住租界：確是認眞做到；奉直之役失敗後，曾在豫鄂交界處雞公山棲息一時。旋以豫胡（景翼）將用兵逐客，鄂蕭（耀南）雖由吳一手所提携之人；奈因段執政（祺瑞）苦苦相逼，蕭亦不敢公然袒護；經派代表勸駕下山，移居漢口租界。吳堅不承允，終於由蕭撥借「決川、濬蜀「兩艦供吳居停；比由雞公山坐火車到漢口大智門車站下車，自車站至船碼頭，須經過法租界、日租界；吳仍不願經過租界上船。幾經商量，終難拗回吳之倔强個性；最後，將船灣泊劉家廟江心；吳始率領幕僚及侍衛人員繞道租界外至劉家廟上船云。

不佔地盤：當民九，吳在衡陽發出撤兵通電後，時任內閣總理之段祺瑞（總統爲徐世昌），派吳光新至衡陽餌吳以湘督地位，冀吳不撤兵、留湘；吳不肯受。安福系失敗後，靳雲鵬欲以魯督界吳，亦不肯受；即其例證。嗣直系當權，吳因始終未一出任如督軍省長之類實職，即如後此之直魯豫三省巡閱使，蓋亦有名無實之空位而已。

不聚金錢：亦屬實情；綜吳一生：當其大權在握叱咤風雲時，誠如俗語所謂「要啥有啥」；縱不富可敵國，絕不致有如晚年之清寒景況。當其退居北平時，全仗北平軍分會接濟；其時吳邸內；仍有所謂「八大處」人員，與大帥患難與共之至交輩；每月由吳分送每人五元，不論官階，聊資點綴，想見其清貧景況。故有人謂吳另有一不字，抑亦他人之所難能；蓋吳無論若何失敗；固未嘗發一「卸職下野」之通電，所謂「不下野」是也。

吳原一黌門秀才，頗敬禮文人；間亦喜事吟詠，惟吳之詩格調不高。民十二，吳駐節洛陽，值五十壽誕；康有爲遠道往賀，所撰賀聯云：「牧野鷹揚、百歲勛名纔一半；洛陽虎視、八方風雨會中州」。吳視同拱璧，酬康五千元云。吳幕中如張其鍠、楊雲史，皆有詩名；吳極禮遇之，張後于隨吳遭敗兵民十六吳失敗時，中途遭紅槍會殺害。吳爲曹錕部屬，曹任第三師師長，吳任第三師第六旅旅長；後曹升遷，舍第五旅旅長張學顏而保吳升充第三師師長；故吳對曹矢忠不二，曹亦信吳至專。當曹進行賄選總統時，吳雖心不謂然，但不肯公然反對；曹弟銳與吳不睦，嘗於乃兄前媒孽吳；曹則直斥乃弟，謂「子玉是咱的本錢，也是咱的老命，誰毀他就是毀我」。當奉直戰爭時，曹親自電吳云：「子玉老弟：你就是咱，咱就是你；親家雖親，不如咱哥兒倆親，加勁打吧；」按張（作霖）女許曹銳子爲婦，故曹稱張爲親家。吳在洛陽，嘗以「醉後」四絕示張，鍠）宗和；擱置旬餘，未得張詩；時張任吳之秘書長，楊雲史則任秘書。一日，吳過秘書處，適張外出；吳翻閱案上文件，見張于其原詩後批上有「一部鼓吹」四字，此蓋譏其詩有如「蛙鳴」之不佳也；吳亦不以爲忤。吳與張爲金蘭交，平居稱張爲「子武」；私信往還，稱「子武老弟」，子武爲張字；間嘗又以「省長」戲呼，因張曾爲廣西省長也。張則稱吳爲「二哥」，有時亦稱「玉帥」，吳行二，字子玉。按張桂人，與譚組菴爲同榜；張、譚間私交至篤；民九，譚率軍力薄弱之部衆駐節永州，吳擁強大兵力駐節衡陽，吳未對譚加兵相逼，即張勸說之力。民十六，譚聞張死訊，哭之以五律，情辭悱惻，猶憶中有「生平誤感恩」句云。

吳醉後四絕：㈠時來到處人親近，運去逢場亦不歡，軍界人才帳下狗，民國法典鏡中天。㈡無端「臨城」遭事變，官府屈服匪人前，瘡痍滿目無人問，國破家亡有誰憐。㈢藁穴人多元首願，下車無策向誰言，堂堂疆吏開玩笑，官場當作戲場看。㈣青山石上磨刀劍，枕戈待旦五更寒，胯下受辱非本願，吹蕭乞食心不甘。其第二首中之「臨城」云者，臨城為津浦線蘇魯間地名，時有土匪孫美瑤於此刼車，車上有外人十餘，孫挾以索官索錢；當局恐外人見害，終如匪願予以官位（旅長）予以金錢。其第三首，則指其時黎元洪被馮玉祥逼宮逃天津；直系政客擬擁曹錕為總統；吳雖函電勸曹，但曹並不之聽，滿懷牢騷，遂洩之于詩云云。

吳批閱公文，間亦有其幽默字句；其鄉親某求於河南謀一縣缺，時豫督為張福來；張原吳部屬，且出吳之保薦。某求吳不得，轉而託人具一條呈於河南督署；張見為吳之鄉親，乃將該條呈上呈「使署」（直魯豫三省巡閱使署），吳于條呈後批「豫民何辜」四字。又有舊部某向其請纓，謂願率五千人以平匪亂；事成不願居功，願得附郭地若干畝以種樹自娛；吳答以「種了樹再說」。吳二次失敗後，嘗在湖南岳陽居住；時值趙恆惕任湖南省長（湖南時頒佈省憲省長由省議會選任），對吳敬禮有加；吳生辰，趙親赴岳陽祝壽，並以「生平憂樂關天下、此日神仙醉岳陽」十四字繡于大幅紅緞之上，高張座間。吳酒後對趙云：「炎午老弟，終究你們湖南人够交情」；時鄂蕭（耀南）代表在座，頗為不安；蕭固由吳卵翼而成者，但蕭竟不容吳在鄂省境內居留，故吳不免借題發揮也。

吳最恨馮玉祥，嘗罵之為「三姓家奴」；蓋以馮之反復，既背陳宧于先；復刼黎元洪于後，終于又賣曹錕；故當奉直再度結合時，吳對馮是必欲去之而始甘心。馮無奈，惟有將部隊交與鹿

（鍾麟）張（之江），本人往蘇聯遊歷，以平吳忿云。當國民革命軍北伐以前，其時國內局勢臬兀不安；除兩廣一隅在孫中山先生革命主義薰陶之下，與東北一區在張作霖掌握之中外；餘則爲段（祺瑞）吳（佩孚）孫（傳芳）馮（玉祥）四大力量互相犄角。縱橫捭闔，有朝友而暮仇者；有姻親而敵鬥者；各有其政治背景，各有其權勢關係；但有利害，不計道義。若段祺瑞：則爲「懷孫（傳芳）、撫蕭（耀南）、排吳（佩孚）、保馮（玉祥）」；若孫傳芳：則爲「尊段、聯馮、討奉、容吳」；若馮玉祥：則爲「擁段、排奉、聯孫、拒吳」；而吳（佩孚）：則爲「去段、討奉、仇馮、用孫」；終以局世之變幻莫測，吳之主張不得不犧牲「討奉」而改爲「和奉」；以遂其「仇馮」之願。

民十五，吳在漢口就××聯軍總司令，設司令部于查家墩；參謀長爲名軍事家蔣百里（方震）；秘書長爲名政治家張子武（其鍠）；張志潭、高恩洪，分任外交、交通處長，張、高固皆曾任「總長」者；章太炎亦欣然受吳之總參議聘；極一時人才之盛。無如參加聯盟之各實力派，貌合神離；吳復仍舊倔強到底。某次會議中，有建議「樞密處」一切問題，由處定奪後；再呈大帥批准，以節大帥之勞。吳當斥之曰：「這麼說：你來幹，用不着我來當傀儡」；倔強之態，並不因境遇而有更改。又聞其晚年在北平，受北平分會濟助時，仍復時予馮部（玉祥）舊屬如孫良誠、宋哲元以難堪；此老之倔強到底，誠至死不變也。論者謂在北洋軍閥中，自袁世凱、段祺瑞輩以次，吳固亦一代豪傑也。

客記至此止，談民國之二十年代的掌故、軼聞；也許，還不失爲是一段大好資料。

秦趙會盟臺記

對日抗戰中期，由於探尋「仰韶文化」遺蹟的動念，冒着烽火匝地之險；作了一趟河南澠池之行。在澠池巧遇着老友郭昌錦（蜀江）；蜀江湖南麻陽縣人，北洋軍醫學校（？）畢業，他原在賀耀組那裏當軍醫處長；隨後，漸漸的晉升到軍醫官位最高級的軍醫監。那時，他任這一個戰區的軍醫監；戰區，是抗戰期間，秉承最高統帥之命，主持其所統轄的駐防地區：一個省、兩個省、三個省以上之部分的或全省區的黨、政、軍的大權在握；軍醫監，是此一戰區所統轄各部隊之最高「軍醫」長。照說，我到澠池去作仰韶文化之「古蹟」的探訪：實是得其「人」與「地」之宜的。怎奈軍情變化，我在澠池，竟是「不越宿」而行；不僅仰韶村無從前往，如果不是老友的加意照拂、維護；也許，此一「老頭皮」的區區小可我，根本會斷送掉而回不來。記得：我在西安首途的前夕，謝謝老友梁、丁、方他們幾位請吃飯，席間談到郭蜀江；方說我此去澠池，頂好找一找他，他又說他同去就打電報給蜀江。果然，我到澠池，蜀江在火車站來接我，他却告訴我

「不必下車」。他關照他的副官留在火車上照料我的行李；他便匆匆的和我在一間小館子裏吃了點東西；又再送我上火車。他去了一會，又帶來了幾位軍官，介紹和我見面；那幾位軍官都是「將」字號。不多一會，原擬即刻掉轉火車頭的火車，忽地請我們下車；好在有那幾位軍官幫忙我下行李；由火車又走上汽車；蜀江也匆匆的趕了來，他說他已打電報給沿公路線，到潼關、再轉火車到西安，會有朋友來照料，請我儘管放心，感謝友情，我終於安然的囘到了西安。

如上所述，我對於澠池什麼的，除了那火車站；根本一無所知。待我囘到了韶關；似乎約過了半年不到；蜀江來信，告我：以澠池有戰國古蹟之秦趙會盟台，現已坍毀不修；他特捐廉重爲興建，務請我爲他寫一「秦趙會盟台記」；將勒石留作紀念。寫文章，在我們這干「百無一用」的人看來，倒也家常便飯，並不是什麼爲難的事；寫將來、寄將去；事過境遷，早已不復存念。直至抗戰勝利後一年：我去南京，蜀江時寓南京城北峨嵋路；聞我至，特設宴爲請。其客廳壁間高張一碑搨中堂；寒暄畢，郭即以手指壁相示；謂：此乃閣下之大作。趨前審視，蓋即秦趙會盟台記；撰文者爲我，寫字者爲寇遐；寇爲關中名書家，揣摩褚柳，工力悉稱。據郭見告：秦趙會盟台遺址略形，昔賢事蹟；想像當年藺相如以弱國使臣之折服强國君主；其辨才之無碍，固稱上乘；而膽識之過人，更爲尋常人之所難能；無怪乎後乎其生的司馬相如，要假用他的大名。這位司馬家人之用心何在？在藉以自勵？在表示景仰？在假死人聲望抬高自己的身分？在，在什麼的？總之，還得自己有其所「賦」。如果，僅僅借用死人的空架子；那，既無補於自己的「光榮」，反而給予死人以莫大的「恥辱」；然乎？否耶！

前些時：在一位陝西朋友處閒聊；在座另一陝西人，聊到寇遐之「陷」在匪區；好像還在匪幫中擔當了一官半職。在他的語氣間，似乎頗有惋惜寇之晚節不保；爲「鄉賢」諱，他期期艾艾的大有難盡欲言之概。朋友便轉而言他：由寇之字，而數到寇字在陝西人心目中，和于髯翁字的衡量；誰也沒作左右定評。據說：在西安市上，寇所寫的市招頗不少；而在長安能識之無的人家，不，不祗長安，也不祗陝西，其實該說是在陝、豫、晉、甘等省；寇的字名，似乎比于還更給人傳述。那位先生似乎也是一位書家，他說于字以「官位」顯；因之，于字是雅俗同好的風行天下。寇字却眞以字顯，不「識」字的人當然無由領略；他還說了甚多的「行家語」。忽然，聊到寇的「秦趙會盟台記」鐫石，他讚許那是寇字中的神品；承他的齒及，說是字好、文更好。他還讀出結尾的兩句：「儀其人、儀其人」，許爲頗有「震川」神韻。朋友問他作者屬誰，幸而他記憶不起；我在那尷尬的場合裏，當然是無話可說；也不便直承是區區小可我的拙作。暗地裏：深覺人生際遇；所謂一飲、一啄，一地、一遊，以至一字、一文；如我之渴念「仰韶」、之奔馳澠池、之澠池匆遽情狀、之秦趙會盟台記的撰寫、之秦趙會盟台記的寇字鐫石、之在南京看到搨碑、之在臺灣聽人齒及；無在而不有一「緣分」在。我當年撰此文時，原爲酬答友情；不料事隔十餘年，於飄泊干戈際；無意間忽在閒聊中又復聞人聊及。但願「王師平定中原日」，我得一至澠池，一至仰韶村，當然，還得一至秦趙會盟台；憑吊此自戰國迄今二千餘年之古蹟；也許？碑毀文滅；不容我這憂患餘生客去撫摩誦讀吧？

（四十一年舊稿）

桃花江

桃花江、桃花江是美人窩、桃花千萬朵、比不上美人窩……………。

當對日抗戰前幾年：那時，眞個是昇平盛世；物阜民安樂，社會上，普遍的顯見着一片繁榮景象。那時，這支「桃花江、桃花江是美人窩」的歌，不是誇言而是實語，它是家喻戶曉而大大的風靡過一時；甚而可以說：凡是有井水處，都可以聽到這支「桃花江」的歌聲。蠟盤唱片的「桃花江」；在大都市，在小市鎭，每家商店都在放唱着招引顧客；小夥子們口裏哼的，小妞兒們口裏唱的，幾幾乎人同此聲，聲同此調；「桃花江是美人窩」；絕對不會比前兩年的「梁兄哥」遜色。假定吳季札先賢聽到，該下怎樣的評語？

民二十七的端陽節後一個月，我在南昌洪都飯店旁邊「江西省政府招待所」？也許不是「正式」的招待所？好整潔的洋樓小厦裏；我三生有幸的和「桃花江」的作者黎錦暉先生有「同居」之雅，過了將近四個週期。在下我是接受「江西政治講習院」的邀請；白天按排定「講話」的時間上梅嶺之「院」所在地，講講卑無高論而却又有些官兒在聚精滙神的在聽；老實說，區區我教了四十多年（那時算起來沒有這樣久）的書，從來未曾見過那樣肅靜那樣偉大的課堂。去來有車，住有華屋，食有美饌，熊主席敬師之道，可說是至矣盡矣的，惜夫我自此不復有那樣的做老師的風光了。課罷回來，大家坐在客廳談談笑笑，好不快活煞人。每當夕陽西下之際，大家照例到那附近的大橋上蹓躂；黎先生那時是在晏陽初的「平教會」（平民教育××會的簡稱）任事，他們是以平教會的「班底」身分被邀來江西；同來的有孫恩三諸先生。在蹓躂時：大家天南地北的「扯談」一番；扯到與誰有關連的，由誰「主催」，例如我講匡山風光什麼的；有一天，扯到「桃花江」；當然，這該得由黎先生來作「主催人」了。

桃花江：是屬於湖南益陽縣的一個小市集，它位置於桃花江畔，距離益陽縣城才三十華里？那時，固然還沒有汽車通到這裏，可是已有小火輪（汽船）通行；民船，大概要費半天時間。湖南省境有四大河流：湘水、沅水、資水、澧水，湘水最大；貫通南部中部，北流而傾注於洞庭湖。沅、資、澧、三水皆在西部，也都是以洞庭湖爲尾閭。桃花江，是資江的一條小支流；沿江盡是魚米之區，人民殷實，物力阜富；在太平無事的年代，也算得是一塊世外桃源。官家在桃花江設有一個榷征關卡，課取來往船貨的「厘金」規稅；黎先生的尊人，曾經奉派在這個關卡上差使。黎先生的童年，是隨在父親任所過度了好幾年；從而，桃花江的印象，也就深深的印入他的腦海。某一年，他組織了一個「明月歌舞團」到南洋羣島去「獻藝」；在檳榔嶼（他說的也許是在別個地方？），一天傍晚，他帶領他的女兒明暉和團員徐來等在市郊散步；正因爲幾支「現行」歌曲：如葡萄仙子、如毛毛雨、有的是給人聽膩了，有的是爲縉紳先生們所不屑垂聽；他早有另編幾支新歌曲的意圖。這天，他一面散步，一面尋思；忽覺眼前景物，猶如三十多年前在桃花江所見的景物一般；靈感一動，便譜成了桃花江的這支歌曲。

至於美人什麼的，固然是「想當然耳」的說法；不過，益陽娘兒們的秀麗；在湖南是頗負盛名的，尤其是如桃花江這類小市集；飯店、伙舖、大率是少婦少女們「掌櫃」或「當爐」；她們是不施脂粉的麗質天生，青藍布或漂白布的圍裙，這是看季候而分；織上幾個「方勝」、「卍」字、八結※、連環∞、或者一朵大葉瓣兒的花朵；深淺配合，黑白分明，眞個當得起一個「俏」與「麗」的兼而有之。她們對於「客人」細心小意的伺候菜飯和茶水；玉手妙製，別有風味。萬一遇着輕薄子在「言語」裏討點便宜；她們祇有嬌嗔、絕無忿怒。不過，這又不僅桃花江一地如此，也不僅益陽一縣如此；湘鄉、寧鄉、湘陰，我是曾經在這些縣份裏走過的，那時沒有公路，當然，更沒有鐵路；船行在冬令涸水時太慢，起早坐轎，就可領略到「如許風光」。

黎錦暉先生是湖南湘潭人，黎家在湘潭原是望族，人才輩出，尤其是他這一輩，兄弟十一人；他們兄弟輩在社會上皆有成就，其較著的：如在北京師範大學任敎多年的黎錦熙（劭西），是盡人皆知的國語音學專家；好像那以「鳳陽花鼓」馳名國際藝術界的熱門人物、黎××；就是他的小弟弟？錦暉是一個胸襟曠達的人，儀表不俗，雅善談吐，文筆亦復淸新瀟洒；也許？由於他千金黎明暉和他小妻徐來的浪漫斯；不免有人不把他當做一個有學問的讀書人看待。其實，錦暉是一個天分至高的人，也是一個不願辜負此生、亦即不虛此生之趣向現實的人。他的搞歌舞團，與其說他是爲「生活」，毋寧說他是爲「生趣」；實在的，他是一個生意盎然、富有生趣、而又極其樂觀天眞的人。他在那一天扯談到中國的「國樂」問題，從而談到要找一個人幫忙；從而談到那些關於徐來和「那個人」（這個人，現在說來，已是快爬上最高枝了）什麼的飛短流長；甚且，他絕不詭辨的直承他對於徐來的如何「放任」；他覺得這不是「不該」、而且是「應該」。他現在論年，已是早過七十（？）的老人；二十七、八年前，他也是一個四十開外的人；可是他那付够風趣的笑態，那够幽默的語調；加上，那够整潔的服裝；着實是生機蓬勃的青年小夥子，也不過如此。

再說：他確實是在「辛酸」中熬鍊他的人生；黎明暉的「婚變」事件，徐來的「出走」事件；在襟度狹小的人，縱不至於「痛不欲生」，也許會懊惱至病。他和我們談起那些事件：固然，面龐上的笑容要收斂些須，他可並沒有憂形於色的戚然作態。據他說：徐來爲紹興產，出身寒微；起初在家鄉打錫箔爲生；後來到上海，在一間繅絲廠做女工；由於他的發掘和提携，她加入了明月歌舞團。跟他跑過甚多碼頭，也跟他受過幾許辛勞艱苦；她能下厨作厨娘；她能管家做管家婦；當然，她還能在紅氍毹上清歌妙舞；她也能在水銀燈下拍攝盡善盡美的鏡頭。他說，他的提携徐來，原是本着得英才而教育之的心情；壓根兒沒有得而私之的企圖；他祇希望她能前程似錦的過得好。他又說，他對於徐來的「貳心」，祇有歉疚的覺得對她不起；絕無絲毫恨她無情的存乎於心。他祇是惋惜，當然也是感慨於像徐來那樣慧質的人才難得其再；他說像徐來那樣之色藝雙能的全材，既巳彫琢成器；就應公諸天下、天下人共同欣賞，不應藏之金屋，給一個人獨自消受；他說時夾雜着極為自然的笑聲。黎錦暉其人，他着實是一個富有人情味的才氣十足的人。如果，不是生在中國，生當中國國運迍邅之會；又何至來鞾如「桃花江」之類的歌曲以傳其人！

在徐來出走隨着唐生明（唐生智的四弟）過度後，黎錦暉就和一個姓梁的小姐同居；並且，從此就放却了在「風月場中」的生活；他加入「平教會」，從事於民間歌謠的搜集與「淨化」。他在抗戰時，是在平教會工作；抗戰勝利後，好像仍在平教會工作？偶爾，在重慶發行的「民間」半月刊上，見到他所搜集歌謠的成績；可是，却難再「崔九堂前」一相見了。陡的，在一個風淸月白之夜，聽到鄰家孩子們在唱桃花江歌曲，眘懷舊遊，不無「桃花依舊、人事全非」之感。黎錦暉，這位桃花江的作者；聽說仍然健在人間；海天遙望，視福他再有幾支傷時哀世的新歌：當然，絕不是桃花江之類的新歌；而且，更不是但事嵩呼、遠隔塵凡的仙曲；替這灰黯色的人世裏，匪魔輩蹂躪糜爛的人世裏，大呼其「烏烏」一吧！

安瀾索橋

偶於行篋檢點衣裳的當兒，無意間翻出一張「安瀾索橋」的風景；前塵往事，歷歷泛映若在眼前，是用一談「索橋」。

這裏所談的「索橋」，絕不是像我人在自由寶島所見，如「碧潭」那種鋼架鋼纜的「吊橋」；索橋的橋樑橋面，全是竹與木所造成。這種橋，在四川、西康兩省最多；有名的金沙江上，在在都有這類的索橋。安瀾索橋：是其中較著稱的一橋；它在四川省灌縣的都江堰。都江堰，是我國歷史上最有名的水利工程；約在西曆紀元前四五年？李氷父子在此區域修築起都江堰；現今成都附近十多個縣份，便仰仗着都江堰的水利灌溉，才可期待着農事的有成。關於灌口二郎神的故事，到現今都江堰上，還有鎮服孽龍的遺跡；二郎神便是李氷之子；李氷也就便被人「俗」稱着「老郎」。老郎有廟，廟額爲馮玉祥寫的「大王廟」三個擘窠大字，一尺開外見方的字；「福至」果眞「心靈」嗎？馮玉祥的字，居然用之於廟額之上？同遊中有人傳誦一篇妙文「老郎廟記」：「老郎者、大郎二郎之父也；有廟焉，瀕於都江堰上；人以爲廟居堰上，余以爲堰在廟下」云云。又有人傳誦另一篇妙文「二郎廟記」：「二郎者、大郎之弟，而老郎之子也。廟前有一樹焉，抑亦樹後有一廟焉。人多以二郎廟前有一樹稱，我謂不然，廟者固位於一樹之後也。」云云；大家忍俊不禁的笑了一陣。如此妙文，如此妙字：以文例字，誰又得而非之？一竪一横，一鈎一挑，一段一解，一句一義，如此妙字、妙文，豈不足矣垂傳乎其千秋之萬古！安瀾索橋：全用竹篾編纜而成，上舖木板；長達一華里，寬七尺；兩旁也是用竹纜編成的護欄，約有四尺高；作爲扶手；每隔二丈餘一段；下面支撐着五根木樹：樹並不粗大，最粗的也不過尺許的周徑。人行其上，動盪不定；膽小的人，簡直難以擧步。尤其大水泛漲之際，橋既飄搖欲墜，水更洶湧奔騰；眞個卽令自誇大膽的英雄好漢，也不免擧步艱難的。爲顧慮行人的安全，每屆水汛季節，常常將橋拆斷；好在橋樑之外，還有舟楫；兩岸交通，仍可照常。

三十八年冬：正當匪幫向重慶進犯的前夕；我在成都，特地約同幾位友好作都江堰遊；成都到灌縣、汽車行程祇一小時。安瀾索橋，距灌縣城外兩里許；遠遠望去，活像一匹空方格的長綀，又好像一條遊龍；橫懸河上。比及身臨橋上，起初兩三段，還可勉强擧步；走上七八段後，因爲橋下的水聲，雖說已屆冬令水涸；水聲祇是潺潺緩流；仍然不敢往下逼視。怎奈脚下木板的夾縫裏，那够人眩目的波紋；又無法視而不見；便祇有憑着兩個轎（滑竿）夫一引一推，好在中間幾段才有水；才勉勉强强的由此岸走到彼岸。歸程時，我是乘桴而渡的；實在不敢再戰戰兢兢的嘗試索橋的況味了。其實，「生靈塗炭，社稷坵墟」，局勢至於斯極；又怎能再容許我們重臨安瀾索橋一試！大家都是懷着沉痛的心情，此遭之遊都江堰、「觀賞」這曠絕古今、馳名遐邇之竹纜索橋；也無非是耳聞如此勝跡久矣，想趁此緊要關頭，作一番心靈深處的「留念」而已！現在，撫視照片中人；不知有無一人還能生存?!人生原泡幻，任它幻而至滅；又何必嗚呼噫嘻則甚！

雲海

到過阿里山的朋友，每以「雲海」的奇觀，爲快心愜意的談助；我雖去過阿里山，但未遇着看雲海的良好天氣；可是，我却看過較之阿里山、山更高處所的雲海；那是在南嶽祝融峯下的情事，說來又是將近廿年的事情。

雲海：不一定天天可以看到；看雲海，必得是在晴曇天氣的將曙之際。那時，閃爍的星光，色方告收歛；殘餘的幾顆晨星，雖說還是小有光點；可是，太空是在黑暗籠罩裏，漸漸在乳白的色中；隱隱約約的見到雲海出現。眞個，像海也似的波紋、浪花，層叠、奔放、起而矗峙、散而縹緲、無常態、不定形；在太空中盡其變幻的神奇。如果作瞬息間的閉目凝思，再一張眼遠望；似乎前一波紋浪花境界，另是別有境界，別有天地；而且，儘可匠心自運，指點某朶雲的集散、某朶雲的波動，名之曰何若、若何。那次：我在南嶽看雲海，上封寺的知客僧相陪；他曾經在湘軍裏「混」度過，由於此一「與子同袍」的因緣；他招待我，是無微不至的超過「知」尋常「客的殷拳而又眞摯。他亦步亦趨的陪着我攀上看雲海的最勝境，他指點雲朵的變幻，數出佛門中各個菩薩、列位羅漢的故事：某也是某菩薩的法相，某也是某羅漢的眞身；定神一望，果然，似隱乍現的活像一尊神像。加上他說來如數家珍：某菩薩是什麼座騎；某羅漢是什麼法器；眞個，那朵彩雲不就是「金獅犼」嗎？那塊雲朵不就是「降龍伏虎」嗎？

說者既故作神奇，一若眞靈出現；聽者亦爲之瞠目結舌，狀類催眠；我當然的不便的加以「否認」，但有頻頻點首唯唯稱是。縱或有某一句，聽來是心不謂然；可是，在顧全體面的潛意識下；却沒有當面駁復的勇氣。我固如此，他人何獨不是如此；從而，畫蛇添足般的，將原屬自然景觀的現象；渲染而成爲神話式的縹緲仙境；便這樣那樣的吸引着衆多的「好事者」，把雲海當做神奇而怪異的爭相傳誦，爭欲一看。

雲海之後，繼以「日出」奇景；眞個如湯如丸，一輪紅日，逐漸由雲海消逝中出現；看雲海與看日出原是一事的兩段，前一段雲「出」，後一段日「出」。而且，雲海之後，必有日出可看；日出以前的有無雲海，那就得視氣象變化，難能斷定。有次，我登泰山玉皇頂看日出；將曙之際，太空中一抹黑暗，見不到雲朵；正渴望着雲海的呈現，突地在東邊的方向位，紅霞沸騰中，日就出現了；片瓣、半輪、一輪。日之出矣，萬里無雲；便格外襯托出日的光芒萬丈。霎時，原屬黑暗的太空，無在而不是大放光明；無怪乎任何民族，在其「啓蒙」時期，對於太陽神的崇拜；其實，就是進入「開化」時期，仍然是頂禮膜拜敬奉之至的。

據說：雲海，以黃山的爲最神奇；日出、則推泰山爲最壯偉；我原黃山脚下人，竟無緣一領略黃山雲海的勝景；遠在千里外的泰山日出，却一再的非一次的欣賞過。相信宿命論者的人聽來，一定會以「緣分」來作註釋吧；從而，某人之窮而至於埋在十八層地獄之下；某人之通而爬上三十三天之上，其眞命也夫？

（四十年舊稿）

人驢

我人今日旅行臺灣各地，如果你備有一輛自行車，脚踏的自行車；雖說遇着坡度斜峻的地方，不免感受到一點「上坡車騎我」的痲煩；但是，儘可任你雙足踏蹬在兩輪運轉下，又何嘗不能無遠弗屆。何況，還有各種車輛；沿海岸線更有各式船舶；眞個當得起「車轂連接」和「船舶雲集」的讚美，勿庸誇言，是交通便利之至的。

對日抗戰期間，大後方的川、滇、黔、各省；那萬山叢嶺間，無在而不是鳥道、羊腸般的險徑。固然，也曾「窮」極人力、而巧奪天工的築成若干條公路；那些公路；如果和我們自由寶島上的蘇（澳）花（蓮）公路，比論其險峻，實在是不相上下，甚且，也許會要更爲險而更爲峻，再，加上更爲曲折廻旋。同時，仍然還得有其公路以外的艱難險阻的車輪所不能的一些處所；那得全仗人力去應用了。我們旅行滇、黔間，尤其黔西、川東間，嘗見一羣羣的脚伕，他們並不用肩挑；因爲山路小徑的曲折蜿蜒，廻步維艱；如果肩挑，就不能隨便廻轉。他們背負一隻籃（或袋），用以載物；休息時，並不卸載；用一根恰當腰際的木棍，支持着筐和袋；微微的俯曲着蹲一蹲，以免起卸、載物時的吃力。這一羣人，通稱之曰背伕；另外一個別稱，叫做「人驢」；人而稱驢，想見其生活的悽慘了。

「人驢」，以駝鹽爲最普遍；駝人，也是有的；在下我，就曾給「背子」（背字該讀輕聲點）駝過。他們駝鹽，體力强壯者每人負載量可壹百五十斤（每斤十六兩計），最高可達兩百斤；貴州人所食的鹽，全爲川鹽（接近滇、鄂、湘部分地區，有小部分地區；似有滇鹽、淮鹽？）；川鹽係岩鹽，狀若石塊，俗稱「鹽巴」。因之，凡是食鹽巴地方人家的厨下，大率有一小杵臼，用以杵塊成末；或且有一把小鋸，用以鋸塊成片；賣鹽的店家，更是鹽斧、鹽鋸、陳列齊全。

人驢：承攬載運鹽巴，不計運費；規定每程負責交送鹽巴若干斤，力大的每程可帶鹽巴百五十斤以上至兩百斤。來回路程，大率約半個月至一個月不等；路程短的，交送量高；路程長的，交送量低；鹽巴的本價，由鹽店負擔；在路程中的盤纏，由「人驢」自理。看來，表面、或者說「形態」上看來：人驢的生計事，似乎眞够凄其慘也的；可是，他們「存心」無他，身體苦累一點，腦子裏却安然的不受煩擾。假定能白飯飽足，再來搞搞「黑飯」（人驢頗多有鴉片嗜好），又何嘗不是快活三也的在生活着。較之另外「高貴」的人們，要挖空心思打主意，要厚着頭皮和臉皮去仰承歡笑，要貶損身分、出賣靈魂、巴結些個什麼的；究竟是誰在過凄其慘也的生計？貴州鹽價昂貴，設以米價相比；每一斤鹽可換米一斤、兩斤、三斤、以至四五斤？這也視距離背鹽地方的遠近而定。因此，在貴州旅行時，除開大市鎮而外；一般小地方的飯館，常常有「加鹽、加錢」的規例。有些地方，用鹽非常寶貴；常把一塊鹽塊，放在滾油裏汆一下，用繩線穿掛；客人要加鹽，便將鹽取下，在菜湯裏攪一下，論攪計錢；多攪多給錢。眞個，物以稀爲貴；鹽的本身，本不值錢；所以値錢的緣故，便是因爲運輸艱難，憑着「人驢」的負載；千山萬嶺的一步一步，由四川鹽場運送到來，不免像俗話：「豆腐盤成肉價錢」的高貴起來了。同時，「人驢」這一行業；任是「人道主義」者心有不忍，也不能不顧着事實上的需要；許許多多人的「淡食堪慮」的需要；也祇有把人當驢般的驅使。但願我人他日返歸大陸，盡人力以奪天工，山嶺險道，化爲通途坦路。屬稿至此，內子更以「望鹽」的笑話一則，助我完成此章；據談：貴州某一個地方，因爲鹽的寶貴，祇得以眼代口；每當吃飯時，高掛鹽塊於飯桌面上的屋樑之下；舉箸一次，仰眼一望，而且不准再望；一家，父子三人同就餐，兩小兄弟爲着望鹽次數的多少；竟然嘮嘮叨叨的向父親聒絮不已；哥哥說弟弟多望了一下，弟弟說哥哥比他更多望了一下。雖屬笑談，也可想見貴州山地人民深感淡食之苦了。

自足獸

自足獸：一名知足獸，俗稱不求人，屬狸猫類；狀類狸。以我所知，牠是產於粵北連陽三屬（連縣、連山、陽山）的叢山之中；或許？由於我的知識有限，見聞難周；不能擧出其他產地？民國三十年冬初，我曾覓獲一頭；那是得自陽山和連縣毗連的山地。據說：牠沒有超過體重十斤以上的，牠是離開其他的獸羣，索居閒處；並且，就是自屬的同類羣，也不大聚合羣居。所以，牠常常遭受其他獸羣的襲擊侵害；牠却是善良的，不侵犯其他的獸羣；其實，牠壓根兒不具備他侵的條件；牠既沒有銳利的爪牙；又沒有堅硬的皮甲；身幹復又小得可憐。幸而，牠生就一付敏感的聽覺和四條善於跳躍奔跑的小腿；因之，牠還能不致滅種；可是，也就日在減少其「獸口」的數字了。牠的食料：類同菓子狸；竹葉、松實、與其他果實；並不捕食蟲豸。牠的肉味，美而且嫩，擅性不濃；傳有滋補功用。每屆秋盡冬初，便是他們遭受獵人的搜捕季令。牠之所以稱做自足獸或知足獸和另一稱不求人者：顧名思義，便是牠是一身而具有陰、陽（牝、牡）二性的；

即如我們這堂堂萬物之靈的人，要謀取種族的蕃衍；必得有男女的好合；任是天生的聖人，也必得娶一個聖母，才可以希望得到一個小聖人。自足獸，則不然；牠無須找尋配偶，牠便可以獲得下一代的嗣續；我在牠三個名稱中，我覺得以自足獸爲最恰當。而「不求人」，雖略嫌俚俗；然亦只有牠才地道十足的堪以當此。牠單獨的，可以保持他種族的生命；其他任何生物（植物不計在內，也許？還有他類動物？），誰能像牠如此的「獨」體生存呢？牠尾部，並列有兩個生殖器；一牡、一牝，當配合季節屆臨，此一雙牡牝爲用之物；自相盡其爲用的功要。父親和母親，是二位一體；假定人類也能如此，人世間的麻煩事件：所謂家庭糾紛，所謂婚姻悲劇，以至於「社會問題」中之最重要的一大問題：「男女關係」，或者說文雅點：「兩性關係」；可不就各無掛碍的澈底的不復存在。

我獲得的一頭：約重六市斤；據送我的獵人說：就牠的產門看，大概已有一個半年齡；因爲牠要長成六個月以上的期間，才達到成熟期，才有生育能力。每年祇生育一次，牠已是生育過的；所以，斷定牠不會小於一歲半；也不會大於兩歲。牠的「交尾」期，也是在春令；「交尾」這一名詞，用之於牠，似乎不大相稱；爲着從俗，還是照其他獸羣例來爲用吧。我獲得牠，是正在木落蕭蕭的冬初；我滿心歡喜的期待着來春的到來；然後，再送去搞動物學（生物學）的朋友；爲牠找一個「安身」的處所「動物園」；實地參觀牠那「好合」的鏡頭。不料想，由於照顧不甚周到；某一天，鄰居的一匹獵犬，闖進牠的居處，斷送牠的生命；並且還毀壞了牠的皮囊，尤其那最重要的部份（雙生殖器官並列的部位），殘破得難以尋覓踪跡；因之，送「博物館」以供衆覽的願望，也無法達到。筆而存之，藉以顯見造物主的玄妙安排：予之角者不予以齒。我們人之爲人，若果「如虎傅翼」的？其實，造物主對人是太寵愛了：那靈巧的腦殼兒裏，所想像出來的「凶器」，又豈祗「翼」之所可比擬！何況，明的槍，倒還顯而易見的從事招架：暗的箭呢？天啦，獸而無良，充其量，祗不過咬、抓、踢、各色各樣之「本能」的相殺、傷、殘、害；人而無良，不堪說，不堪究竟；傷哉！痛哉！老實說：人而聰明也者，正是人而蠢笨也；蠢笨的至於不知足，於是乎：敗德喪行，寡廉鮮恥，恣惡逞暴，以至於縱欲無度、而至於勾心鬪角、而至於作奸犯科，而至於而至於的太多太多，多是由於不知足；知足而止、知足不辱，誰也透悟不過來；於虖！

樹怪

我對於怪異事，非躬親目擊；絕不之信。此之所記「樹怪」：由於我深信而不疑說其事者之篤實之誠謹；而其人平居亦甚尠與人談及此事；偶或一談，亦輒於尋常閒談間爲他談所導引之談助，固未嘗以之作正式主題而談。再，就其人之身世與身分言：似又無須乎夸言以惑世，更不値得妄言以欺世，當然，更絕無存有欺我之意念；是用撮其要而記其事。

豫、皖接壤某縣治：地當要衝；淸時原爲直隸州，州官衙署，頗具規模；花園廣大，中具邱壑佳勝；小橋、流水、假山、方池，想見前此修建之「居停主」，煞費一番匠心。或且，因屬官廨，居停主時相更迭；代有會心人，自亦代多佳勝趣；集若干年之時日，集若干人之心力；較之一家之私園，自亦勝色培增；因此，是州官廨園林之佳勝，不祗名著其地，而且遐邇傳播，名著海內。

勝淸末季：鄂人王公來宰是州，王爲翰苑淸才；久聞是州官廨有名園，心焉嚮往；時涉遐思；故一捧檄，即喜不自勝；立飭從者治裝就道。其夫人以懷孕不便行旅；遂留京，寓親串家，以待麟兒誕生後，再行前往。王則携僕從倉卒首途，兼程奔馳，恨不立即到達；及其至也，行裝甫卸，即命駕爲園遊。園、位於衙署後，作長方形，南北長而東西短，中間水池，上架木橋；橋側有小樓一角，憑臨水際，饒具佳趣；當命侍役糞除修葺，謂將設榻此間，以事休沐。比以地方士紳晋謁，未暇過橋爲周詳之巡視；但見橋之北端，古木參天；擧目眺望，似較南部遠大；而自園門達水池，已不下八九百步，由此以宦遊得此，實大慰幸事；遂亦忘却是州之地處僻壤矣。

翌日、天方曙，未暇盥洗；即步向後園，爲周遭之巡視。橋南，昨曾遊覽一過，但見一草一花，當此朝日初昇際，滴露溥零，彌益其青葱可愛態。比步過木橋：橋、約長兩丈，兩旁有欄，，其中段有突出處；上覆以蓋，一若亭榭然。橋盡、前進三四十步，即入古木叢中；蒼松、翠柏，有大逾兩人不能合抱者；間以枝頭好鳥之嚶嚶交鳴；幽靜中，倍饒清韻。信步徐行，愈進愈見幽靜；而心神暇豫，頓忘塵俗想；幾不欲再與聞人世間事。當二十餘年後，公爲我述及其時之所處境、之所凝想，尚覺餘味覃覃然也。

園北、無他花草，松、柏、銀杏類喬木外，頗多修竹；修竹叢中，間亦有草藤、棕櫚及灌木類；一若天然山林；設非先知其爲在城市中之園林，幾疑身在深山叢林中云。公自此：放衙退値後，大率徜徉園林；所幸是州政簡刑清，公務並不栗六。每於早餐後，無間夏冬，更不拘風雨，必來園小事徘徊；設遇月夜，則常流連至午夜；隨之者、爲公家老司閽寇某之子。寇在王家已三代，自乃父侍君祖，其本身侍君父，今其子又侍君服役；小寇性戇直，寡言笑；除忠實誠篤外，絕無寸長可資器使；且又目不識一丁字。但以其可靠，任令閒散，並不差遣勾當，亦不有何苛責；惟每遊園時，小寇輒相追隨。

一夕，正值月圓之夜，公邀約三兩幕賓，在橋中段水榭爲詩酒宴；主客盡歡，流連失時，已不覺東方之既白；賓、主皆酩酊大醉。僕從各扶得其主人歸後，檢點杯盤，少一酒壺；以其或落水中，且所值無幾，亦未着意搜尋。公睡至過午方醒，徧呼小寇不應；尙以其或瞰主人在睡，遂抽空他務；不料至夜，尙未見其歸；公遊園時，亦不見其相隨；然亦未予注意。及至翌日晨間遊園，仍未見小寇前來；乃着人從事尋覓。其初，皆疑小寇戇狀可掬，或外出時，迷途受紿；但其身除粗惡之衣着外，並無長物令人覬覦；或疑其失足墮水，然是州既無大江河，更無大湖沼；絕不致並屍身而無之。如是尋覓逾三晝夜，未得踪跡；公以其遠道相從，又爲三代老家人，不無香火因緣；耿耿在念，莫能釋然於心。及第四日之晨，園遊方半；從者聞一古樹中，發出微弱之呻吟聲；遂循聲往視，見一銀杏樹，上枝懸有褡褳；審視、知爲小寇物，乃停步傾聽，並環視樹之四周，樹似若有空隙，而有人喘息於樹之空隙間。當稟公以若是若是：公乃亦竚而以聽，果似有人在樹之中空作呻吟聲；遂召集僕從，繞樹再作審視，咸以人聲發自樹中無疑；當命僕從召木工再四審度，亦以樹中果有人聲對。遂決定：斷樹以窺究竟，樹斷，則小寇倒植其中，若昏醉狀；舁置內室，灌以薑湯；逾時方甦，張目四顧，一若有不足狀；詢其所遇，則瞠目結舌，但閉呼「卿卿」不置。將息旬日，亦無若何病徵；惟癡獃之狀，較前加甚而已。後公他調，小寇亦隨君他去；將行前一夕，小寇神色慘淡，低首細語：似若有無限隱痛。公乃遣小寇歸，並令其父母為之完婚，婚後一年，誕生一子；小寇即不知所往。嗣有來自是州者，告公園中有樹怪，白晝現形，為一男一女；男若小寇，女則為一好女子云。公告我以此事原委時，已為北伐成功後；距事故之發生，則近三十年矣。王公與先外舅楊容秋公為書畫交；過往頻仍，我之獲與公交談世道、人心之事故者亦難數計；此之所聞，實僅無數交談中之偶有一遭而已。於此，顯見公固非喜作怪談之人。事之奇者：在人之倒植樹中空，而樹之空隙，才圓徑不及尺；又絕非能容人置身於其間；是眞非尋常事理之所可推究者也。

辰州符

辰州符：卽古之「祝由科」，用符咒治療病患；據稱：其法傳自黃帝軒轅氏，乃我國最古之醫術。素問中，卽有：「往古恬澹，邪不能深入；故可移情祝由而已。今之世，祝由不能已也」云云。祝由者，祝說病由，不勞鍼石；卽無須用鍼灸、用藥石、但用咒語、符籙、便可治療病患；業此者多為舊湖南辰州府人，故俗稱之曰辰州符。一入湘境，大小城鎮，門懸「祝由科」木牌之家；比比皆是。間亦有稱「排教」者，則除符咒而外；尙有一番「迎神」、「驅鬼」花樣；執其業者，亦不若祝由科之多爲辰州府人。何以稱爲排教，傳說係因上湘西盛產木材；木材經江河流放至洞庭湖，再經湖入長江至漢口發賣；木材必須紮成排，方可不致散失。正如「江湖奇俠傳」所說每一木排隊，必有武功、法術雙全的高手護排，不然，就會被人用法破壞木排。因地移俗，故排教祇能謂爲祝由科之旁支；而不能謂爲祝由科之正宗。在長沙，門懸排教牌爲人治病者；入民國後，尙可間或見到。

對日抗戰初期，我于役湘西黔東間，鄭重申言，我原是受過「新」科學洗禮的人；可是，在當時自己躬親目擊「辰州符」之奇異事頗多；特擇其尤甚者撮要錄於后。信？不信？讀者請定奪吧！

舍親程君之太夫人，年七十餘；二十八年春夏之交，股間有一紅腫硬塊，苦痛不堪。時程君客居芷江鄉間，無從覓醫；鄰里有推薦辰州符者，程君初不之信。嗣因太夫人晝夜號呼；為人子者心所不忍，只得姑且一試。遂浼人請得一「水師」來，此邦呼符師為水師；蓋以其畫符竟，必用水一碗，持符咒水；咒畢，則焚符置水中，而後用口含水以施法；故呼之曰水師云。其人也：一若尋常農夫，手持旱菸袋，頭裹當地人所慣習之「包頭」；包頭色黑、絲質，闊約尺許，長殆五六尺，環繞頭部；頭頂有覆以包頭者，亦有露而不覆者。其人至病家，略詢病狀，並不與病人見面；比令備雄雞一隻，黃表紙一張，香一束，硃砂和水置碟中，淨毛筆一枝；先燃香徧插門戶天井等處，插香時、口中唸唸有詞；旋反身入內，用毛筆調硃砂畫符於黃表紙上，似若蚯蚓跡，左右迴旋，其上為「勑令」字樣。取雞、割頭、瀝血於符上，另以碗盛清水，將符點燃；左手捧碗；右手持符；遍向四方空中祝禱。待符灰滅於清水後，即含水噴向庭中一柏樹上；手執一長達五六寸之鐵籤戳入柏樹着水處；鐵籤方着柏樹，偃臥在床呻吟不已之程太夫人，忽哼出「哎喲」聲；比覺股間之硬塊破穿，旋有膿流出，頓感輕鬆；未幾，即能下床步履；亦未另用任何藥物。翌日，則已痂結腫消，病患若失矣。據聞：此爲「移病」術；婦女隱處之有病患者，大率采用此術；或移病於樹木花草，或移病於墻壁桌椅，如係樹木花草，則多枯萎，如係墻壁桌椅，則必破裂云。

在貴州松桃時，見一水師斬斷雞頭使之復續；並能使雞於續頭後的狀況下，復續繞行約達一丈之庭院周遭；設非身親目睹，當必斥爲荒誕無稽。用記當時所見之眞情實況：一日正午，居停主介一老人來見；云爲湖南上八府最負盛名之滕法師滕家么爺。其人、貌頗不揚，體格更不魁偉；上穿及膝之靑布綿襖，下着絳黃色燈草絨馬褲；足登麻搭草履；旣不倫類，更不稱應。實予我一至尷尬之場面，極力自制，仍難忍俊不禁；可又不能失禮於此「貴賓」，讓主人家難堪。主人接待至爲殷拳，尊之曰么爺而不冠以姓；么爺殊朴實，口訥訥若不能應對；及主人以我來自下江，並曾漫游海外；因聞可用符咒醫病，頗覺神奇。今幸么爺駕臨，敢請施一神奇之法，廣開眼界，且可破除外人對我辰州符之誤解云云。么爺傾心靜聽，初若不當其意；於微笑中低語「沒什麼」，直待最後一語，頓覺似有激動之神情。主人語竟，么爺便詢：「今日有無殺雞」？時主婦正倚廳旁側門而立，卽答以「擬殺一雞請么爺，但尙未動手」；么爺卽連聲道好，命將雞取來；並令備具黃表紙、硃砂、毛筆、神香等；畫符、唸咒、一若尋常水師輩所擧行之儀式程序。當將雞頭斫下時，口含符水，噴雞之頸部一匝，緊黏已斷之雞頭於雞頸，隨將雞抛擲於地；此時之雞，已完成一整體之雞；一着地面，卽環繞庭院疾行；庭院周遭約達一丈，自起點達終點，且過三四尺始行倒地；雞頭亦隨而脫落。觀者皆爲瞠目撟舌，么爺仍神態怡然；口含旱菸袋，方手劈一菸葉，裊裊烟霧，徐徐自口中吐出。比就座，在座諸人爭以贊美語詞相奉承；我亦隨和之曰神奇神奇不已。據么爺自述：符錄效用，首在咒語；咒語之功，要在精神凝集，虔誠一心。初學之時，且須鍊習運用內功之術；當焚化符籙、密唸咒語、口噴法水時，全付精神，隨火、隨聲、隨水、聚滙爲一；斬斷雞頭使之復合而能行走者，亦莫非施法者之精神貫注而已。並稱：其師嘗救一遭匪殺害之人；其人頭已半脫，經師予以法治；得幸更生云。

下節乃亡妻所口述者：同學李小姐，患狐臭，中西醫徧治無效；後由一法師以辰州符化於水中，令其以水洗兩脅，果奏奇效。據李小姐言：治狐臭尚不爲奇，最奇者，渠家伯母，患臃腫病已兩年餘；腹大如鼓，一若懷孕將屆產期；行動痛苦，整日偃臥將息。伯母已六十三、四歲人，身體又甚瘦弱；曾在長沙湘雅醫院住診四月餘，施行人工抽水術；雖曾奏效一時，但出院未幾；又復腹大依然。伯父憂甚，諸兄嫂姐妹，亦日在煩悶苦惱中；後伯父奉命巡視辰沅所屬縣政，道出沅陵。於沅陵縣令席次，晤老友吳君，互詢家境；談及伯母之病；吳君卽喚堂下之應役人上前，命其持刺往請龍五爺，並虛一上座以待。少頃，一龍鍾老人至，縣令以次皆爭先下席相迎接；老人曲背彎腰，步履蹣跚；吳君挽掖上階，趨伯父前爲介。互通姓氏，始悉其人當民國八、九、十年間，固嘗馳譽湘、黔、川、鄂邊境之風雲人物；綠林中人，知與不知，莫敢對龍五爺轄區有所侵犯。其時萑苻滿地，但持龍五爺名刺，不僅行李得保安全；而且食宿兩便，有人供應；然龍五爺既不通匪、更不庇匪，且從不與匪往還云。嗣吳君談及伯母病，並稱此非田癩子莫能治；而田癩子，則非龍五爺莫能延請；比承龍五爺首肯。言定：翌日午前由渠邀田癩子來，再面商下省（長沙）行期。田癩子性乖僻，青年時以操木筏爲業；近已年過七十，兒孫繞膝，家境亦頗富裕；其爲人治病，視其意念之愛憎，愛之者無待延請，登病者之門以自薦；憎之者縱卑詞厚禮，亦不之允。田爲龍五爺老友，少年時，且嘗受龍五爺救命大恩；故龍五爺之言，田無不唯諾應承。後田隨伯父來我家，略詢病狀，並覘望伯母氣色者再；始選定一日施術。令備一羊，置於伯母臥室相對之庭院中；焚香，燒紙馬，畫符、化符，向空中唸咒，噴符水於羊之腹部；頓見羊腹逐漸隆脹，此時田神態嚴肅，睜大雙目，不一旁瞬；雙唇時翕時張，語音微弱，莫可辨。約歷半小時，羊腹已脹大如滿盛五斗米之布袋；田乃自其裹腿布中抽出一長三四寸許之尖刀，向羊腹直戳；霎時一陣惡臭味佈滿庭院，略帶黃色之水由戳口汩汩直流；比聞室內伯母喊堂嫂聲，旋堂嫂在室內高呼「媽的肚子消了」。此時代作犧牲之羊，亦已腹小如故；旋即倒斃於自其腹中流出之水泊裏。因伯母病之奇效，堂姊乃央田爲我治狐臭；田向我注視一遍，即揮手畫一符；畫符時，口中唸唸有詞；然不若爲伯母治病時之嚴肅隆重云。

菊花石

有許多奇異的天然生成的名物，眞個是當得起「鬼斧神工」的贊語；瀏陽名物「菊花石」：據說，全中國之大，並無第二個地方有菊花石；便是此類天然生成的珍奇「方物」。菊花石者，是石內的花紋狀類菊花；石的外形大都是青灰色，其內有白色紋理，神似菊花朵瓣；當然，巧妙處仍然是在斲石人的匠心妙藝。他那神乎其技的手法，其實，還該具有鑒賞、辨別的眼法；將一塊整石，劈分爲幾：有硯、有盒、有盆景假山、有小玩意；每件有一朵花或數朵花。石的外表，却沒有什麼顯徵；一片頑石，個中潛生着那類紋理；巧妙的斲石工匠，何以能那樣的恰到好處的劈分得花朵神似？實在的，偏差一點，就會減損了花朶的丰姿；一邊壞，兩邊全壞；眞個，是不容差錯毫釐的。菊花石的產量不多，依此爲生的石匠；大都是父以傳子、子以傳孫的石匠世家。菊花石，無龐然大塊的；以我所見，最大的一塊菊花石；是擺在×××家的一座桌上的菊花石屏風。×××是那時湖南的風雲人物，他特爲那座石屏添製一座紫檀木的屛座；其上鐫有若干時下詩人、詞家「應詔」式的「佳」作。此公喜以風雅自稱，特顏其室曰片石簃；想見菊花石在湖南人心目中的珍視。石屏：高約尺五六寸，寬僅七八寸；上有拳大的菊花兩朵，另小花朵數四。據說：此爲菊花石之最大者，時值在兩千元以上；數雖不大，然以其時米價計度；米祗五六元一擔，擔重百四十四斤；就彼衡此，輕重的懸絕，也就够令人咋舌了。普通長四五寸寬兩三寸的硯石；所值亦在十元以上；石質頗細緻，有若大理石；可是，用以製硯，實不相宜；既不受水，復不黏墨，徒作點綴之備而已。我的一方菊花石硯，是亡妻光明夫人送我三十誕辰的禮品；硯作橢圓形，周圍約九寸，對徑才三寸强；上有花朵五，三大兩小；就石質、石色、花朵數言，評石的行家，謂亦個中難得的「神品」。光明夫人爲此，特地託人自瀏陽產地購來；連同配備的紫檀木座，所費近銀元百枚。對日抗戰期間，曾携以遍歷川、滇、湘、黔、贛、皖、閩、浙、粵、桂、鄂、陝、豫甘諸省；幾乎可以說遍歷通國之內，每至一處，間亦出示友好輩之愛好金、石的人，莫不交口贊譽，視爲珍奇。具有賞識石癖者謂：菊花石的名貴處，不在其大小，而在其花朵的多少，石質色素與紋理的明晰。我的菊花石硯：是三者兼具的，花朵有五，普通的菊花石硯大抵兩三花朵而已；並且潔晶奪目，實不多覯。及光明夫人云逝，琴鏡塵掩，無心拂拭；此硯亦任令置之一隅，不復把玩。一日，忽爲九女發現，取作埶烹飪玩具用；失手墜地，碎裂爲五；每片各得一花朵，是或又有其推究的奧妙而不可思議者在？珍奇名物，果不尋常。石乎！試看彼「人家墓前神道碣，墳土未乾名已滅」；又如彼「官家道旁德政碑，不鐫實錄鐫虛辭」；轉不若此石之片片有其花朵。但願我兒我女常能寶此花石片，以永思乃母的賢淑德慧；石以人傳，人藉石傳；他年中原歸去，願我兒我女個個不失其人性；願石常葆其光輝；豈不也算是一段「佳話」？

湘蜀飯店

每個月例有一次的聚會：我因爲遠住鄉郊，也頗欲趁此「良機」和老朋友們見見面；加上菜根滋味雖香　奈積久亦未免有「口中淡出鳥來」況味；所以，每次進市來參加月例一次的聚會，定必上西門町一帶的飯館；小喫一頓。好在聚會的地址是中山堂，一小時的「耳力」消耗後，也實在需要補充「熱力」；有時相約三兩好友與俱，當然，各愛各的「家鄉風味」。如山西朋友的喜愛「山西館」；如北平朋友的喜愛「眞北平」；如廣東朋友、湖南朋友的喜愛粤菜、湘菜；其實，還另外有一個吸引顧客的條件，那便是物美而外、還得價廉。

根觸當年舊事：特爲一談湘蜀飯店；時在民國二十年前，南京有一間叫做「湘蜀飯店」的小菜舘；那是三四個湘、蜀籍投考大學落第的高中畢業生開設的。可憐他們苦於生不逢「地」，更由於找不出光榮的「死先靈」；其實在那時「優待」什麽的，壓根兒不像是一個「敬禮有加」什麽的；反過來說，還令身受者感覺到不大舒服，似乎含有一點「瞧不起人」和「不够種」的意味。其中湖南學生全屬瀏陽籍，他們既不願鎩羽云歸，滿懷着「以待來年」的壯志；可是，長安閒居又不易；憑着湖南人的「蠻勁」和四川人的「巧思」；湘蜀飯店由此開設。掌鍋、跑堂，各盡所能，分司其事；因爲掌鍋的是瀏陽同學，所以做出來的菜便是瀏陽菜。地點在碑亭巷，距中央大學不遠；創業之初，祇有十來味菜；因爲價廉，適合學生們的需要，倒也生意興隆。每屆午、晚兩餐時分，更是座無虛席；中央大學以至較遠的金陵大學的川、湘籍學生，甚且還有不是川、湘籍但喜愛辣味的學生羣，羣相光顧；常常是高朋滿座，先到的未走，後來的要企立以待。客飯取銀洋才三角，一菜一湯；二菜一湯，也不過取銀洋五角。它的名菜爲「船拐子肉」和「醃魚」；船拐子肉，類似「回鍋肉」，醃魚，是新醃魚置暖熱處略帶臭味；配以瀏陽名物「豆豉」，加幾星點辣椒；着實是下飯妙菜。由於物美價廉，營業日見開展；由一間小門面而擴充至樓上，後且借鄰家一樓；顧客也逐漸展開至士大夫階層。客飯之外，也可「小」點其菜；原來的幾位店主東，也已非復當年學生面目；並且，還找了幾個夥計來幫忙。那位四川學生已是壯志凌雲的考上了空軍官校；湖南學生也祇留下一位在做獨股老板；不過，招牌却並未更改。我最喜愛它那「鹽椿芽炒蛋」，其實，也可說那是由我「提調」他們做的一味菜；因爲有一回，正當酒酣耳熱際，儘他們所有的菜，都已色色點齊；添無可添，我便想起家鄉風味的椿芽炒蛋。爲着取笑一個姓郭的朋友，特地囑咐他們叫這樣菜做「郭公蛋」；以便我們此後光顧時好叫名點菜，不料想，這味郭公蛋，居然還成了湘蜀飯店的名菜。有時，也用紹興千菜替代椿芽，亦復同樣備受顧客的贊美稱好。說來，已是將近廿年的舊事。當時：同作湘蜀飯店座上客的友輩，卽以「郭公蛋」見稱的郭君；聽說也已遭受匪共淸算鬪爭，而喪却了生命。湘蜀飯店，大約在對日抗戰發生時停業；勝利後未見復業。打聽之下，傳說這幾位小朋友，都已家成業就的出人頭地；眞個，人貴自立，其實該說「自力求生」，祖德遺蔭？親友周濟？是光榮？還是恥辱？今日臺灣各地的飯食館小吃店，聞亦多由外行「客串」開設？田園零落，山河破碎，生事道苦；以與當年湘蜀飯店相提併論；固然原是平凡無奇的值不得稱道。可是，嚴格說來，千萬別小覷這些操「賤」（非也）業的人；較之那干仰仗祖德、藉口「殊遇」而一味「嗟來」卽食以至於事事必求「他」援的「高貴」（非也）者流輩；老實說，骨「格」兒是大大的有所差別吧！

（四十年舊稿）

大聚成

說來未免辱沒煞人；友輩中，談功名的顯達、談財貨的聚積；在下我都是百不如人；唯有喝酒，無論任何場合，區區小可我，承友輩的抬愛，總讓我出人頭地的榮膺首選；其實，那也祇是世風時尙的謬采虛聲。加之，我們的勸酒方式，總是讓人家多喝，自己少喝；是討便宜？還是吃虧？我是個直心眼兒的人，有人勸酒，我毫無保留的接杯或擧杯飲乾；因此，便浪得一個能豪飮、好酒量的虛聲。

在臺灣喝酒，由於好酒不易得，又沒有專門沽酒的酒帘在望的酒家；當然，是難得愜意的。從而，我每當一杯在手時，尤其和那些「白下舊侶」的「廟上同遊客」同座時；不談酒則已，談酒則必及大聚成。大聚成，是南京夫子廟的一間南酒店的酒招；所謂南酒店云者是指專賣紹與酒（又稱花雕酒）的酒店，酒罈上雕（塗）有花紋，花雕之稱，大約是這樣的其來有自吧？南酒店最够酒客們愜意的；是如有酒與，儘可就店面櫃前桌座即飮。櫃台上陳列有「下酒物」：滷品、鹽水豆、煮芽豆、豆干等等；價廉物美。「熱」一壺酒，要幾樣菜，倚櫃而立；傾酒於碗，以指取菜，引頸仰飲；賣苦力的朋友，常常會這樣的做南酒店的櫃前客。規模大一點的南酒店，大都是有幾間雅座；或在樓之上，或在廳之後；以便搢紳先生士大夫流的酒客前來光顧。也有祇能在櫃前佈置幾付几椅，招待那些比較說是「體面人」的顧客。大聚成是並無樓座，祇在櫃後空處安排了幾張桌椅，場面是不够體面的；可是，它以酒名；招致了甚多體面的酒客。每當下午四時以後，眞個是座無虛席；其實，它是自早至暮，可說是無時不是座上客常滿；當然，要是老主顧，自亦有其不同尋常處；那便是座兒擠一擠，又可騰空一張桌、幾個座；包管你此行不至於虛座的有酒可飲。我在南京，他無所能；但於酒家（沒有女人的）、飯肆，頗有人緣；堂倌們每見我到來，定必想方設法，於無可挪移中，爲我安排一個座位。同去大聚成的酒友，當首推鎭江趙蜀琴同去的次數爲多；二十五年整個「蟹」季（重陽前後，大約有將近兩個月的時間），我與蜀琴幾乎每日必往大聚成一遭；偶爾，甚至日去兩遭。

蜀琴與我爲忘年交：他長於我幾近三十歲，他是淸季的孝廉公（鄉試高中的舉人）；寫得一手好魏碑，鐫的圖章也深得吳缶老（昌碩）的鉤勒神韻；他豪於飲，能盡紹興酒三四瓶；而不至於玉山傾倒。最難得的，是他那「少年」興致；我們兩人每次約可飲酒六斤至八斤之間；「洋澄」大蟹自六隻至八隻；兩大碗湯麵。對日抗戰勝利後，我還和蜀琴在上海吃過幾囘蟹；好像在三十五年的蟹季終了時，蜀琴也以將近八十高齡而道山歸去；這時，他是在上海寄寓，晚年生的兒子，也已成家立業。有酒堪飲，且盡興而飲，蜀琴眞是我的酒中知己；言念好友，我來浮一大白；願老友得永安其靈宅。

我也常常要大聚成送酒到我家去，起碼是十斤罈；像我這樣好酒的人，三兩酒友同飲；那是非二十斤三十斤不足盡興。大聚成的賬房，每當我家的電話叫酒時，他便先問有幾個客；如果說是整桌，他便會送來五十斤大罈；同時，他還有一句話問你「是當時吃，還是明天吃」；因爲紹興酒，是有「石灰」作沉澱渣子用；罈底的石灰渣滓，非具有專門技術，是難事澄淸。而且，「好酒」是在罈面，面底必得調勻；並且還得提一點兒「面酒」，應酧老顧客。所謂「甕頭春」，顧名思義，也就可想像紹興酒的佳品是在甕頭（罈面）。他們爲着招牌，所以你買他的酒，他一定要替你把酒澄淸；否則，你不怨你自己不會「淸」酒；也許，會以爲他的酒不是上等佳品。何況做生意的人，也得另有其「生財」之道；那時是太平盛世，沒有趕渾水捉魚的暴利得；唯一生財之道，是媚熟、欺生、耍點手法。例如：大聚成賣酒，他那原甕是一百斤裝、兩百斤裝、還有二五百斤裝的；罈是到達銷售地改裝的，最大的酒罈是不過五十斤。他在開甕時，耍點花招，提出幾分的「面酒」；標上一個別緻動聽的酒名，如「竹葉青」之類；照普通價錢每斤高過幾分錢。因此，我向他買酒時，照例有一句「別提面酒」的話；他一定嘻嘻哈哈的答覆一句「您老放心，老主顧是不作興的」。面酒色淸、味醇，縱醉也不致腦痛、頭昏；當然，紹興酒，是越陳越香。據說最名貴的紹興酒，有一種名叫「女兒紅」的；那是當這千金呱呱落地時，她的父母就爲她釀幾甕酒，富有的人家有多至百甕的；比及摽梅佳期屆臨，卽以之款待嘉賓；並且，也有以沽酒所得，用作粧奩的添箱。不過，無論任何名貴的紹興酒；它必得用石灰「壓」酒；因此「面酒」與「底酒」的酒味，就不免頗有懸絕。陳年好酒的面酒，那不待入口，便已酒香撲鼻；淺黃的酒色，釅醇的酒香，甜酸的酒味，眞個三絕併臻；如果一杯在手，著實萬事渾忘！眞個，像我們這干「酒徒列傳」裏的「人物」；除了「醉樂」而外；眼見着「眼前」之「百花筒」式的「世」象，祇有我思悠悠的「不醉胡歸」了！

小樂意

小樂意，是南京頗享盛名的一間菜館；它開設在夫子廟旁，一間破破爛爛的房屋，所謂「雅座」的房間，根本毫無「雅」之可言；祇是有板壁間隔獨自成室而已。地面既不平整，天花板也是蛛網四張；好在上無樓座，犯不着擔心人走其上、塵落其下。門面也不够大，「小樂意」三個字，更不醒目；可是，排日座滿；不是老主顧，休想佔得一個房間；實在的，可以擺上一桌正式酒席的房間，祇不過三兩間。民十七、八、九年間，譚組菴（延闓）任行政院長時；雖說他有家廚曹廚子掌司膳事；可是，他偶爾興之所至，却喜歡上菜館換換口味；小樂意，便是他所最賞識的一間菜館。小樂意的名菜「熏肉」，是經譚院長一再贊美過的；那熏肉的妙處，在火候功夫的造詣到外罩一層淡黃色的肉皮；皮下雪白似的肉，祇可用匙，不堪下箸；眼看似肉，落口便成酥酪。那淡黃色的肉皮呢，一經入口；先是一陣松柏枝熏的香味，再嚼却絕無渣滓的；旣不黏牙、又不膩舌，够你大快朵頤。譚院長某回光顧，嘗盡熏肉三四盂；我之得領略小樂意的名菜妙味，便是由於譚院長的邀請。從此以後，我也就忝列小樂意顧客之一；寖漸我是可以「以不速客身份」佔得房間的老顧客了。

小樂意名菜，熏肉而外；還有醬椒鴨肝和蝦蛋燜雞蛋；下酒物的鹵味和薰臘品，也都不差。對日抗戰前，邀約五六個朋友在小樂意大吃一頓；酒醉、飯飽，所費不會超過銀元十枚；即如熏肉，也祗定價四角；清炖鼈雞，才不過一元；頂上「竹葉青」（紹興酒）、一元三瓶。在小樂意，可別點魚翅、海參之類的菜；那是價貴而物不美的。抗戰發生，南京遭受轟炸的第一回，是八月十四日的午後一時許；我正和一個朋友在小樂意吃午飯。正待付帳，忽的警報聲響；初次聽警報，莫明所以；經堂倌說明，我們便匆匆奔上汽車；一溜烟似的開回家去。那次敵機的目標，似乎在城南一帶；夫子廟逼近轟炸區，當天夜晚，我仍然跑上夫子廟去；也可說仍然跑到小樂意去。門雖開，而少人光顧，堂倌見了我，既是熟客，又當生意冷落際；當然，顯得格外殷勤招待。可是，一個人點菜最難；堂倌問明我沒有客人，他便不待我點菜，就自作主張的獨出心裁；給我送上四樣菜，那分兩、祗是平常的一半；盡其名菜，快我朶頤；算來，却特別克己的優待我這個老顧客；四樣菜却祗作兩樣菜的錢算。在南京轟炸頻仍中　我不出外則已，外出、則必上夫子廟，光顧小樂意；而且、總是單身時多，有客人時少；當然，也就是「四樣菜算兩樣菜的錢」時多。直待九月下旬，我因懷着「苟全性命、以待他日」的意念，離開南京；我在臨行的前夕，正約集了幾個好個朋友預備上夫子廟到小樂意去吃一頓臨別宴；搞軍醫的郭蜀江，數一數在座的人，說是九個人。另一位廟上「老馬」的蔭寒接着說，他還得邀他的「妹妹」來吻別；那就是十全十美的十個人了。喜愛頑皮的金鳳湊趣的打訕道：蔭老既要找妹妹；那，我也該找弟弟來；薛少，你也得找你的寶蟾來；十一、十二。我便堅持要請司機老夏和我們去同座；湊成「十三」。這樣，我們也可算是最後的晚餐了。不料一到小樂意，請客票還待分發，就警報大作；我們也就「倉皇辭廟」，各各的奔馳回家。

勝利後：我到南京，在上過紫金山，展拜孫（中山）譚（組菴）二公陵墓後；便取道夫子廟，去找小樂意；滿想到那裏去大嚼一頓。不料，地點依舊，門面全非。雖然還是一間菜館，可並不是「小樂意」市招；當下進去一問，原是一間維揚小吃館。他們並不知道小樂意何在，胡亂的吃了一頓出來；遇到幾個廟上舊時人物，問訊之下，也無從問出小樂意的所在。後來，在四象橋北，見到「小樂意」的市招；下車往顧，那祇是一間麵館，也沒有當年小樂意的舊人；對我最熱切的滿臉堆着笑容的大個兒胖堂倌，杳然不見。短短八年的時間，竟爾如許的世事變遷；當年我們所意計的「最後晚餐」中人，有的已成異物，有的遨遊海外，有的遁迹山林；妞兒們，無疑是「名花有主」？或塵泥飄零？人世間的滄桑變遷，可嘆可嘆！而今來到臺灣，却比對日抗戰又多了近十年！遙念鄉里故舊，更是問訊無從；田園廬墓，在匪魔摧毀之下；也一定更是不堪想象！又豈祇令威化鶴歸來，城郭全非而已。

馬祥興

南京的中華門外，雨花台附近；有淸眞舘，牌號馬祥興。傳自明朝建業以來，閱盡三個朝代的滄桑幻變；仍然生意鼎盛。其最負盛名的名菜：有美人肝、鳳尾蝦、松鼠魚等多種；而又以美人肝聞名遐邇。可是，以我的口之于味，美人肝，實亦不過爾爾；也許，鳳尾蝦和松鼠魚，更有特殊風味。尤其松鼠魚：其形其狀，活像一頭松鼠；而其旣酸、且甜、相互襯託出來的香、脆鮮味；似乎更是勝出一籌？然而，在光顧馬祥與的食客輩，却百分百的不會忘却美人肝。當然，是因爲美人肝其名的緣故吧？食、色、性也，天下事大都是「名」與「實」往往由「謬」采「虛」聲的「迷惑」之下，人云亦云的「捧紅」起來；又豈祗戔戔小食的一味美人肝而已！所謂美人肝者：實係雞、鴨的嫩肝，要在能極盡「武火」搶功的火候；當然，這便得靠掌鍋的手上工夫。過老、不及，兩皆失調；最上乘的美人肝，一着舌尖，便告融酥；旣沒有筋渣滯牙，也沒有血腥膩口。用以下酒，着實是其妙在喉；何況？顧名思義；醉酒飽食之外，更値得別有會心處在！不過，以雞鴨的內臟，冠以美人之名；未免唐突「美人」過甚？深願「維護女權」的人士提出抗議！鳳尾蝦：是就整蝦留其尾殼不卸；粉紅色的蝦身，套上深紅色的蝦尾；眞個如鳳凰的尾形一般；眼皮兒上先來一霎欣賞，再行入口下喉；當然，又是別有一種滋味？松鼠魚：是取三四寸長的一種「鮎魚」（？）；也許，我對於魚類的辨別常識太有限，這裏所用的魚名，不敢自信是對。那圓筒式的魚身，裹上一層糖、醋冲調的粉漿，沸油裏一汆，或者該說是「炸」；深黃色的魚皮，看來好似一隻松鼠。

對日抗戰前，天下無事，四海昇平；民力殷實，物力豐阜。上一趟馬祥興，三四個人謀一醉飽，才不過銀元三、四枚；它的菜價是以錢碼計算，頂貴的菜才一串開外；一枚銀元，可當錢三串五百以至四串。南京國都，求名於朝；當然是天下人士爭相趨往的地方；從而，南京的商業日臻繁榮；尤其飲食業，更是門庭若市，應接不暇。馬祥興，雖說坐落中華門外；而且，還是一個不大注目的小門面，幾間破破爛爛的房子；進得門去，就是一排爐灶；滿鼻子的魚糜肉爛的怪味。可是，仍然士女雜沓，不祗座無虛席，甚至要挨次候座；那小小的店面前，眞個是車如流水馬如龍的熱鬧非凡。

每當國有大事、舉行會議之際，除非先期兩三日預定；想擠進馬祥興那兩個小房間吃一頓，實非易事。馬祥興並沒有標明「雅座」什麼的，它祗有兩、三個不像樣的小房間；散座、大約有十來張桌子，菜也樣式不多；除開那美人肝、鳳尾蝦、松鼠魚，三大名菜而外；我甚喜愛它的清燉牛肉、白切雞、和鹽水鴨。西北將領馬福祥，每來南京開會或述職什麼的；馬祥興常常會貼出「謝絕光顧」的字條，那並不是表示「暫停營業」，而是表示給招待貴賓的給包用着；馬福祥還留下一幅墨寶，給「碧紗」籠住在那兩、三個房間之一的一個較更體面的房間裏。

對日抗戰前三、四年，我也是馬祥興的經常食客；那時，一個大學教授，月入可得銀元三百多枚，用以上馬祥興，大約夠用一百來趟；當然，這是指三、兩友好的小喫而言。抗戰勝利後，月入高昇到五百來枚，可是物力艱難；加上我又是勞人草草，雖說在南京教書；却奔波於上海南京之間，很難得在南京住上一個星期；因之，也就遷延復遷延，未能上一趟馬祥興。直待卅八年四月，眼見此一大好的石頭城，行將淪入匪魔手中；在一個下午，忙裏偷閒；拉上徐、林兩位，為馬祥興之光顧。一別十三四年，店面、仍然是差不多舊時面貌；內進、爐灶雖還保留舊時家風，可是，房間却是煥然一新；聽堂倌報菜名，倒也還是舊時食譜；菜價好像是提高一些？似乎錢碼也不「串」、「文」，而是「元」、「角」；銀元的聲響，早在抗戰前就難得聽到。或許是「心理」作用？菜「味」似乎是新不如故？而今羈旅寶島，遙念紫金山麓、雨花台畔；回想當年，未免酒痕淚痕、斑駁襟袖了。何日歸去？今年！明年！也許？徼倖我仍健在，當重上馬祥興；當其「美人肝」等名菜，願望，更願望把這味菜的菜名，換上一個較為好聽的無須乎如此嚇人聽聞的菜名。自然，更願得有三五故舊，同座謀醉；陶然作態裡，相將步登雨花台上，一弔方正學之墓；拾些石粒兒，作爲案頭的清供；如果還有小驢兒可乘，騎驢一過，驢背上來湊個四言八句；破碎心情，當不無有其小慰吧？

蛇羹・蛇酒

今年（五十五年）國民代表大會開會期間，驚聞老友陳劍如噩耗；陳以國大代表身份，自港來參與大會；不料未待開會，遽爾道山歸去。人生原無常住理，劍如已屆古稀之年，堪稱壽考令終；自無「遺憾」之在疚。回憶四十多年前，民十二、三年間，我客廣州時，劍如常以東道主，爲我備宴遊、遍嘗穗城之名點、奇味，恍惚若眼前事；尤以蛇羹的初嘗一事；口齒頰似尚留有餘味在；由物及人，懷念無已！

憶幼時嘗見乞丐食蛇，心頗爲奇；一次鄰家子患瘡疥，雇乞丐捕一蛇，就空場疊磚爲灶以瓦罐燉煮，謂可以愈毒瘡惡疥；因蛇乃毒物，「以毒攻毒」，保證百效百驗。不過鄰家子的瘡疥，在吃蛇以後，似又曾經歷過頗久時日，始見其不復以指爪搔癢。及長：漫遊四方，作客上海時；每屆晚秋，常見粵式酒家食店，爭以「三蛇會」「五蛇會」之類標招高懸，號召主顧；可是我却無緣一爲嘗試。然時聞友好以蛇之美味相煽惑，且有謂適稱「江瑤柱」之「干貝」實卽蛇肉；我固喜食干貝，未免大有饞涎下滴之勢；頗欲一嘗「三蛇會」或「五蛇會」之蛇羹；終於「伴食」無人，結果，祗有望蛇招嚥涎而已。民十二的冬間，我參與湘軍幕府至廣州；不久，就獲識陳劍如兄，而且過從頗頻。他常來邀我上茶樓、酒店，為我選擇其中某一樓或某一店之特色包點與名菜；當然也是由他作東道主。其時，我們當秘書的，僅領火食費毫銀十二元；實不容有所客套，有時我祗有託詞婉謝。他卻一面强拉我而去，一面笑嘻嘻的道破「我之隱衷」，說「這無所謂，難道你瞧不起我陳某，把我當做庸俗傖夫相看待」？自此，祗要他邀，我也決不辭謝；如沙河粉，如六榕寺素點，如聚豐園湯包，如太平沙鴿子，如大三元乳猪，都是劍如破鈔、我飽口福。民十三冬間，我奉命隨建國軍北伐，中央總指揮部北移韶關；臨行的前兩天，劍如興匆匆的跑到紙行街找我，他告訴我、要請我吃蛇羹；他說「吃蛇已快近尾聲，現在祗有到西關去吃」；不容我答話，就拉着我向西關走去。走進一間陳設頗為古雅的酒樓，麥仲衡和劉裁甫昆仲已先在，麥劉與劍如皆屬台山小同鄉，台山在廣東是著稱的僑鄉，裁甫時任台山縣長，乃兄×甫在西關××甫辦××報；酒樓主與二劉及麥、陳，似皆稔識。當下他們用粵語說了一陣，又遷進一間陳設更為古雅的房間；接着又來了幾位客人，這是我破題兒第一遭的品嘗蛇羹，果然味美勝過其他的山珍海鮮；絕不是虛聲惑人。據稱此乃五蛇會，蛇各有性，用五蛇者取其冲刻相乘，便不致有毒害；店主後亦在旁指點，備極殷勤；並告我蛇毒在齒，淨盡其齒，自無毒害，請我這個外江老放心盡量的吃。酒家備蛇羹，先將蛇胆貯玻璃杯中，三蛇三胆，五蛇五胆，昭示信實；蛇胆冲酒飲，有明目功效，如不用蛇胆，可扣除一部分蛇值。蛇肉切成細絲，現乳白色、略帶淺淡紅潤；每客前置作料碟，桌中一酒精鍋，鍋四周環列盤碟甚多：蛇絲、白菊花瓣、油氽花生仁、油氽線狀物類；隨下隨取食。其湯，則愈煮愈覺味美；有謂湯係雞湯，果爾則「二難（蛇、雞）並列」，其味之美，又何待言。三十八年，羈旅香港，於秋盡日，又邂逅劍如；再過大三元哺餟蛇羹，似不及二十多年前在西關所嘗之味美。我此遭來香港，行色匆匆，衣裝未備；路中遇所稔識者甚而堪稱為友好者，大率若將浼焉的不我一顧。唯有劍如，一聞我在香港，隨即枉過我在鑽石山賃居的陋室；劍如之有足多者，僅此一點，亦堪永留思念；當茲叔世，人情澆薄，陳劍如如此之能不忘故舊，並世實難多見。劍如之喪，我挽以「元龍往矣」；實不祇哀悼劍如；抑亦傷「友道」，在逐功利、事奔競之世道人心的而今，將不復有若劍如其人之講求了！

劍如健談，足跡遍南北各大埠；見我客居岑寂，嘗過我閒聊，由蛇羹談及蛇酒，綜合他之所談：在大陸各省，中藥店大率有蛇酒出售，一大玻璃瓶列櫃台之上，中置一蛇浸酒中，間亦雜有當歸類；且有書明「蘄州蛇酒」或「四蛇酒」者。蘄州屬湖北，傳為產蛇名地；俗稱蘄州有三寶，一竹、二蛇、三龜。蘄竹劈篾織席：據傳夏涼而冬溫，睡後且留影其上，非經宿再睡再易其影，雖洗濯不能去；伉儷情篤的夫婦，雅不願睡蘄竹席；蓋恐春光洩露，予人話柄，是否齊東野人語？惜我未嘗躬親體驗，殊不敢爲作定評。蕲龜即「金錢龜」：龜方錢大，遍體綠毛；故作風雅人士，喜以磁盂畜飼之，置諸案頭；不祇爲清供佳品，並可增强目之視力。最可貴者：即龜身雖飼養經年，亦絕不加長云，然亦道聽途說，殊難置信。蕲蛇酒：則謂爲治風疾百靈百效；其蛇皮紋，青白相間者爲上品；色愈鮮明愈名貴。我家（陳自稱）老蒼頭，患風疾，幾成癱瘓。比聞人言蕲蛇酒有奇效，乃央我在漢口爲購一瓶；僅飲其半，即能健步如常人，此則我所親歷之事。此外我廣東之馮了性藥酒，傳亦蛇酒，不祇能治風濕宿疾，且謂可愈麻瘋絕症。並有一種神話式之傳奇故事：據傳粵多麻瘋，染者則斷送終生幸福；因麻瘋爲惡疾絕症，須屏絕隔離，不與親友相往還以防傳染。但世俗相傳，麻瘋患者如與異性交合，即可將麻瘋轉嫁於人；而己身可全獲愈，謂之賣瘋。以往有某名門閨秀，不幸而得斯疾；家人爲之誘一少年來，謀爲賣瘋之舉；女見少年俊秀，不忍置之絕地；懸崖之際，擧實以告。並促少年即他去，待少年去後，轉念將不爲家人諒；與其待病極痛苦而死，毋寧先行謀一善死。比見後園鄰居酒作遺糟堆畔，伏有巨蟒一條，尋思糟必有毒；遂取糟哺啜，竟爲之醉臥糟傍。待家人覓得舁歸，醒來則週身奇癢；麻瘋亦即「脫」然全愈。酒作主人即馮了性，乃藏糟作酒，以福利麻瘋患者云。惟至今麻瘋病，尙未聞有特效藥；果爾馮了性藥酒之神話傳奇，姑亦祇神話傳奇之云爾。至蛇治瘡疾之說，隨在皆有：[illegible]在佈滿草莽之深山大澤間，有以捕蛇爲業者，則更謂蛇能治愈任何藥物所不能治之惡毒瘡疥。至蛇之爲用，則遠在唐代；柳子厚卽有「捕蛇者說」一文；蛇之爲羹爲酒，固亦不祇自現代始。友人某嘗遊巴西，亦謂巴西且有專事採取蛇毒之學術機構，蛇毒之用，則爲藥物所需求云。

秋風起兮，蛇羹上市，偶步市衢，眼望粵籍酒樓市招：三蛇、五蛇；固皆如舊時情景，懷念良友，情何能已，願劍如之妥安其靈宅！

（五十五年重九日稿）

黃河鯉

童時讀詩經：與其娶妻，必宋之子；與其食魚，必河之鯉。及長，漫遊四方，聽人贊說黃河鯉的味美；陡地憶起童時所讀的詩經，不免饞涎欲滴；恨不立卽得之而一嘗。後來，路過濟南，意外的竟爾車程受阻，只得權且勾留着以待車通；初蒞是邦的第一事，便是「喫黃河鯉」。在「明湖春」，老友給我「接風」「洗塵」的宴會裏；我絕不遲疑更不客套的直而且捷的說出我的心願。接着「堂倌」提着長約尺餘的活鯉上來，鰭動睛張；顯示出魚的生鮮活躍。請示「做」法：「蒸」、「炸」、「燴」，一魚三味；猶之乎粤菜的一鷄三味；淸蒸、紅燴，悉隨客意。相定了魚，說妥了做法；堂倌隨卽用力將鯉向地面一擲，據說這是表明他們嘗的鯉，不會有不生、鮮的。

黃河鯉，以斤餘至二斤爲度：過大、味粗，過小、不及品；產地以洛陽稱最佳。傳說洛陽的鯉，較之其他雖然同屬黃河水流的地區所產，尤覺鮮美；原因是鯉魚年率集會「龍門」一度，能跳過龍門的騰雲駕霧而升天成龍；跳不過的便祇有供人網捕、烹食了。洛陽是龍門所在地，跳不過的鯉，留在洛陽未及他走的；自比那些走到別處的要多蓄點精力，自然也便會「肥」「嫩」得多；如是云爾，不便信實。我遊過洛陽，也曾「羨望」（遠遠的看望）過龍門；我非魚何必對龍門而羨望？原因是我生也晚，未及觀光過「科舉」；同時，又未能老着頭皮，央人簽署「不求聞達」什麼的；尤其甚焉者，一個「民意代表」的銜頭，也竟然與我無緣；更屬家門之大不幸的：姊、妹全無；一介白丁，終于一介白丁。而不肖之罪莫可逭的，是千不該萬不該的孤而且傲，傲而奇懶；為甚不願拜謁權貴？思念復思念，便不免覺得未能一登龍門而身價十倍的、而一生吃着不盡的有點欿然！我到過鄭州和開封，都是每處不忘食鯉；當然，在洛陽，更是每餐必備，停留的時間，幸而只有兩天；不然，也許會久而過多的生厭？究竟是不是洛陽之鯉鮮美于鄭州、開封？猶之乎問「上」議員和「下」議員，不，該說是參議員和衆議員，那個較那個的身「價」高貴？莫由置對作答。我更在山東的濟南，甘肅的蘭州，嘗試過那里的黃河之鯉；是否河南境內的黃河之鯉別具特味？在我的識別裏，祇是「果然鮮美」和「眞個迥異尋常」；實在難能作適當的分析和辨別。再不然，祇是隨和他人的人云亦云的作一番譁衆邀寵，「衆皆好之，汝獨異乎」，怕不成為「國民公敵」？

在「喫黃河鯉」中，我還經歷過一個頗具喜劇化的場面，那也就是在濟南的那一次：一位篤信佛理而不離儒宗的老友，新自南方來；我們客中他鄉遇故知，不願那一個人獨資作東，大家湊份子來個醵資爲讌。在北方黃河沿岸的都市裏，讌會如無黃河鯉是不足稱敬的；吃黃河鯉，照例是先行如上所述的「驗明正身、宣告刑律（烹煎燴炸）、當場示衆（猛地擲死）」。我們那位老友，當着堂倌提一生鮮跳躍的魚請示定奪時，便口中唸唸有詞；等到堂倌將魚擲地時，他就緊閉雙目低誦「阿彌陀佛」。等到魚上獻時，他不禁向堂倌發問：「這魚是死的嗎」？在他的用意：一是顧全佛家的「殺生」之戒，一是無違古聖先賢「見生、見死、聞聲、食肉」的君子之訓。如果，堂倌能承意知趣；他也就可隨緣從俗，一快朶頤；不料堂倌竟然大聲回答：「本舘從來不賣死魚，客人不應隨便胡說」；一若「是而可忍孰不可忍」的聲勢洶洶。結果，累得我們費了一番脣舌，才幸而沒有去麻煩警察。而我們的老友，在那樣的場面下；也祇有以眼代口，望望盤中的魚塊、盆中的魚羹、不肯用箸匙去光顧一下了。事後，我們每當吃黃河鯉時；又多了這一樁趣事，來做談助。

娃娃魚

娃娃魚：俗稱狗魚，據說是產于湘、黔、桂，各處的山地間；亦即號稱「苗蠻之鄉」各處的山地間。我之初度嘗試娃娃魚，是在貴州東部的江口縣；縣大令敦請我們的考察團，到江口縣去對中小學教師們講演。閒談中說到娃娃魚：縣大令一面介紹娃娃魚的形狀和鮋的美味；一面吩咐下去：「明天找幾條狗魚來」。于此，該將鮋這個字的來源作一說明；無須翻閱字典什麼的，老實告訴諸位，這個字是我的「杜」撰；不過，我也是仿照「祂、牠、她」類，我絕無超人的「創造天才」，無顏强承發明專利什麼的掠美。

娃娃魚：有四足，聲如狗吠；狗魚的俗稱，便是由此吠聲而來，鮋的形狀，並不類狗。同時，鮋的吠聲又像小娃娃的啼聲；娃娃魚的名稱，也是由此啼聲而來；並不如山海經所稱述「美人魚」或「人魚」的「人首魚身」。鮋的形狀，仍然還是一條魚，祇不過多四條脚；類乎「蛤蚧」或「蜥蜴」而已。

娃娃魚，富脂肪；宜「燴」、「炆」，而不宜「煎」、「炸」，更不宜清蒸；宜文火輕煨，而不宜武火猛烹；火候到家，魚肉和脂肪，融合無間。食時，用匙調起，送入口中；好像一團乳酪般的東西，醮住舌面；用不着咀嚼，慢慢的嚥下喉頭，眞個是合香、酥、軟、滑的「四美具」；再加上：那濃脂膠凝的配襯；當然要趁「滾熱」。用以下酒，而且又是黔省名物的「茅台酒」；實在是名魚名酒的「二難併」了。

由于縣大令此一贊揚，我們眼巴巴的期待翌日的「狗魚宴」；可又擔心着狗魚的不易找，也許，無此口福來領略此一名物。因爲縣大令曾說過：「這時不是狗魚的時令」；不免食指大動之餘，還有點寸心懸懸的莫定。僥倖，翌日早點時；縣大令得着「狗魚有望」的報導。他吩咐他的厨子：叫他去找南城的燒狗魚名手陳老么來合作；同時，他向我們介紹：「陳老么，是這一帶七八個縣份燒狗魚的名手；鄰近的縣份，每當狗魚的季令，常常用滑竿兒接陳老么去；陳老么早已過得去了，從去年起就洗手不幹了」。說者如此的「語重」，聽者也自會如彼的「心長」；等到肆筵設席，首先的一道菜，便是狗魚，是「紅炆」狗魚。「請」字令下，羣箸爭飛；也許，由于「味覺神經」太過緊張，並不能辨別出有何「異」味；假定不有一個「狗魚」的觀念存在，或者祇覺得是一味「魚」而已。間隔着兩道菜以後，又是一盤狗魚；較前者畧多一點水份，可不能算做「湯」；用匙取食，稠濃如酪，果然，鮮美非凡；不用咀嚼，口稍翕張，就嚥而下咽了。最後，又上了一道狗魚；那是三條整體的狗魚，橫陳在一個大白彩瓷盤裏；這，才看淸了此公的眞相：皮色黑黝，或許不是本色？而是由于作料的染色；總之，牠的尊容，並不美觀；尤其那四條脚，好像格外難看。據說：狗魚是可以兩棲，牠還可以上樹；那我們孟子與大賢的「緣木求魚」的「不可能」說法，並不是明而且智的，如果容許我說一句唐突冒昧的話，孟大賢的博物常識，實在是不應及格的。後來，在松桃、銅仁，又喫過兩次狗魚；似乎不若在江口的味道鮮美；也許，是由于烹調手段的關係吧？不過，狗魚的特點，祇是一個「濃脂」；好在不甚膻，然而胃口弱的人不免有點嫌其過「膩」。同時，如果忌辛辣的朋友，想吃狗魚，也不會眞正的領嘗得到牠的佳美；至少是未免要打上折扣。因爲：襯託狗魚之美的；全在葱、蒜、老薑、辣子、花椒、桂皮，更得有芫荽香菜類的「合」味；猶之乎西施、王嬙之美，全仗脂粉衣飾來事襯托；猶之乎班氏、司馬家之才，全憑漢天子有眼賞識。於是乎：狗魚之于陳老么，西施王嬙之于粉黛，子堅子長之于漢天子，必得有其遇合的契機；否則，就不免弄巧反拙的將旨味烹成惡味、美貌妝成醜相、人才役成奴才；狗魚吃罷，檢點些謹緘尊口，戒愼乎惟口興戎呀！有啥可說？

藥渣魚

在神話的傳播裏：許許多多的勝蹟和方物，大都、甚且可以說全是加上一層「神化」的外衣。當然，這在「地」與「物」的本身，也一定有其不可思議的非可尋常處在。涇縣、祇是安徽南部的一個僅擁有二十萬人口的小縣份；那位著藝舟雙楫的包世臣（愼伯），就是涇縣人；那爲世人用以作書寫字的「宣紙」，也是涇縣的「特產」。涇縣，在唐時爲「宣州」；宣紙的名稱，是由此而來。有人以爲宣紙是宣城的產物，那就會貽笑大方的；宣城、雖是涇縣的鄰縣，宣城可絕不出產宣紙。

藥渣魚：也是涇縣的名物，一名琴魚；傳說是：古時仙人「琴高公」（琴皋公），他在涇縣的這一個現產琴魚的地方煉丹，丹成、成仙、昇天的當兒，將煉丹的藥渣傾于河中而成。這祇是一條小河，坐落在涇縣的北鄉，河名琴溪；傳琴高公曾煉丹於此。琴溪，不過十來里長；亦即產魚的河，祇有十來里長；上下流，雖還是河流；因爲它既無琴溪之名，也便不產生琴魚。說來着實令人稱奇：魚竟能不遊逾其界；產有定所，造化神奇；同時，就渲染上琴高公當年煉丹的一段神話；從而，河岸之上的小山阜，說那便是當年琴高公的煉丹台。有仙分的、上昇成丹；無仙分的，變爲藥渣；雖是藥渣，因爲經過丹爐的熬鍊；所以，也就不同凡俗；藥渣傾入河中，便變成小魚。魚身長可半寸，每歲時居三月的桃花水汛；河中的魚羣，就成千成萬的簇集起來；過時，却又一尾無存；來年春三月，仍然魚羣簇集。當地人用網漁獲後，加鹽、煮熟、烘乾；煮魚之水，用以煮筍，筍祇小指粗細，叢生河岸；名之曰琴筍。往年涇縣鄉親，嘗携琴魚、琴筍、見贈；並承見告魚、筍皆係品茗佳物。當我取而嘗試後，魚實無特殊奇味，筍則頗覺鮮美可口；但在涇縣人看來：琴魚之名貴，實高于琴筍多多。我雖是涇縣人，怎奈從小就客居在外，何況，魚、筍的產地，與我又東、北異「鄉」。不幸的，我家並無一個人能欣賞「仙味」；厨子竟然把那仙魚和辣椒、豆豉一起炒，壓根兒連魚味也失掉眞味。後詢涇縣鄉親、北鄉的朋友，據稱：用魚品茗，其味之佳美，妙在慢慢細嚼；若狼吞虎嚥，像猪八戒吃人參果，當然要食不知而其味了。要于輕鹹、微腥、茶味醰醰中，才顯出魚味的佳美。老實說，琴魚並不是一味菜道的物，而是品茗佐談的物；惜乎問話的時候，魚已無有；未能當場嘗試，重作品題。後此，共匪肆虐，那仙人遺蹟的所在，已不容人安然輕易的前往；此一仙物的魚，也就未能再得；仙味緣慳，談來又未免饞涎津津了。

香魚

到碧潭嘗試香魚的美味：在客歲春初到達臺北後，老友陳君便以此相煽誘；可惜的，是那時並非正當香魚魚季的季令。祇得反賺着饞涎相等待：據說「時維夏秋」的六、七月，那時固已有魚兒上市；頂好，還是等到農曆七、八月，那才是眞正的恰好的吃「香魚季節」；假定，你覺得時不我與的難以熬饞；當夏之尾、秋之新，也不妨向「早熟」的魚兒們作先時的嘗試。目前，正當香魚孵卵季令；三四個月後，幼魚逐漸的壯大；喜愛香魚的人們，便可大快而特快其朵頤。

據魚家的傳說：香魚是臺灣的「特產」，這是說地靈物傑；同時，在他們她們同一個人的口裡，又說出：香魚是鄭成功從大陸帶來的；因之，又有一個「國姓魚」光榮的稱號。天下事，往往「雀向旺處飛、人向旺處奔」一般的：不是「無美不備」、就是「衆惡皆歸」；在我們來說，這原是「獎善懲惡」的一種好事。然而，過猶不及，有些事事物物，一定推及到「愛屋及烏」，似乎又顯得不甚相稱。其實，凡有江湖河海處，一定「有」魚；當然，可得視其水份而魚各有別；

例如水質過鹹，魚便不堪生存，那「死海」便就是「無」魚的江湖河海中之無魚的例外了。香魚，也許就是我們在大陸上各個江、河裏的一種「刁子魚」？但有人說：香魚就是鮎魚；然而不然？考之辭源、鮎字下：「魚名，俗稱鯰魚，體圓長，頭大尾扁，無鱗，多黏質，口曲而濶，兩顎生細齒，有鬚，背蒼黑色，腹白，長尺餘，產于淡水」。我無資格參與水族之博士論文什麼的；根本也無興趣來談魚什麼的？假定是鮎，這和我們叫一種稱「沙鍋魚」的相類似？老饕的我，還祇談吃吧：在四川灌縣，那號稱中國偉大水利工程之都江堰，便產有此類沙鍋魚；而且，成爲觀光都江堰者所必欲一嘗的名物。三十八年冬：我在戎馬倉皇裏，曾特地自成都趕到灌縣去；去的要務，當然是領略那水利工程的偉大；可是，去過那裏的朋友們，却再四叮嚀我：該得嘗試此一都江堰名物的鮎魚；雖說是正當冬季，求魚、尤其是沙鍋魚的鮎魚，不當季令；終于在高價重賞之下，覓得了五六尾，其中有一尾，長達尺二、三寸；同時，還多在灌縣躭擱了一天，才得有幸的領取名魚的美味。不過，鮎魚大概都是三四寸長，長達尺餘的鮎魚；詢之老漁夫：他摸摸頷下的白鬚，笑而搖搖頭，說是從未見過；頂大的祇不過勉强及尺而已。因之，我們這一行中的某老，就傲然自矜的而自嘲的說：這是李太守（氷、開鑿都江堰的人）致送我們的禮物。也許，此類語出之于某一等人之口，而又能傳之遐邇，而更能傳之若干年後，當然是越久遠越神奇；豈不便可和鄭延平帶魚來，一樣的異時代而媲美？

嗜喫成性的我：碧潭的香魚；當然，不肯不去領略；徧訪賣魚的人，也是訪不着尺餘的魚。「橘踰淮而爲枳」，風土攸關，辭源的收集者，不知是何所據而云然？自然，他們一定是有其所本的。香魚的味之所以美，是在牠的肉嫩；由于牠棲息于淸流中，以水藻爲食；骨刺柔軟，炸脆可以連皮帶刺而食。當地人的烹治香魚，並不挖除牠的內臟；也不剝除牠那似有若無的細鱗；因爲未除內臟，便約略有點兒「膽汁」的苦味；眞個是連皮帶刺的大嚼特嚼。確實香嫩可口，果然名不虛傳；其實，和灌縣的沙（鍋）魚不祇形似，而實味同；因之，在碧潭食香魚時，不由得連帶想到灌縣的沙（鍋）魚。往事難再，在回味其橄欖況味的留戀之餘，讀老杜「國破山河在」句，故國喬木之思，寫來祇是令人寸心碎裂，不忍卒述了。

臺灣的香魚繁殖區：是新店碧潭的那條新店溪、新竹市的頭前溪、和新竹縣的大溪；其中以新店溪產的最多。捕魚的季節：是規定從六月一日到十一月三十日的六個月；香魚的產卵時期，是起于三月；要到六月，才可長大供盤餐。捕魚，是限用鈎、網二種；嚴禁藥毒和電氣。香魚常受其他各魚的襲擊，所以牠的繁殖受到嚴重的威脅；同時，香魚的雄雌比差是五比一，雄多于雌；不免影響到下一代的數字。于是乎：便想盡方法來一個「人力巧奪天工」的辦法——人工孵化和放流的辦法。人工孵化：先選擇「卵」和「精」都已成熟的雌、雄魚；放在不帶一點兒水的採卵盆中。在雌魚的腹部用力的壓出卵子，再把雄魚用同樣的方法壓出精液；灌注在卵粒上，用鳥羽翻覆撥弄，使卵受精後；把來擱裹在棕櫚皮裏，放于孵化槽內。定置在河川裹，保護其安全；孵化成績率近百分之九十。現在，我們在碧潭所吃到的香魚，便大部分（？）是這種人力巧奪天工的產品。夏去、秋來，眼看又是到碧潭吃香魚的季節了。

（四十一年舊稿）

烏魚子

烏魚子：是臺灣的特產名物；三十年前客東瀛時，也曾一嘗其味；年代久遠，難事詳道，祇覺得其味不過爾爾；也許，一由于我是生長于山地，不近海，無由領略海鮮的美味；二由于我是大哺而未細嚼；就不免像猪八戒吃人參果，食而不識其味。

這回來到臺灣，恰好是烏魚子上市的季令；爲着酧答日本友好們，特地到伍中行選購了幾斤。日本朋友對臺灣烏魚子視爲珍饈；我在日本初嘗烏魚子時，臺灣是已被日本人據有二十多年。早我來臺灣的朋友，聽說我要買烏魚子，導引我在衡陽路一帶巡禮一過；在各個南貨海味店的陳列橱櫃裏，拜識了烏魚子的原形「眞相」，終于看中伍中行，做成一筆烏魚子買賣；其實也是朋友的主張。後來，再在一個朋友的宴席上，領略了烏魚子的「實味」。就我味覺所領略的，我以爲：烏魚子是祇堪下酒，難事佐餐；因爲它的味之鮮美所特具點，是在慢條斯理的細嚼緩嚥；由「細」「緩」中領取它的鮮美味，它不是集結無量數的細小顆粒團搓而成嗎？若然，它便是集合無量數細小顆粒的味而混合「一味」，於是乎必得自這「一」之中從事細小顆粒的味而混合「一位」：於是乎必得自這「一」之中從事細緻的嚼嚥；才可得到這不是單一之味的鮮美。若作詳明的解說：那便是它之爲體，雖是由繁雜而純一；它之爲味，卻是由純一而繁雜；不有細嚼，就無從領取這由繁雜而純一的鮮美味；同時，細緻的「受用」，卻祗堪下酒，而難事佐餐了。日本人，原是一個酷愛「魚食」的民族，對于烏魚子的珍視，自是意料中的尋常事。

烏魚子，據說以淺黃色的爲上品，我所嘗試的烏魚子，是切成小薄片，用豬油煎炸；也就無從別其色之深或淺。有無別的吃法？頗待「方家」的補充。油炸的烏魚子用以下酒，香而且脆；香脆中夾有「鮮」味；越細嚼，越見眞味；它是不宜于大塊的吞嚥。其實，在我國沿海各地，都各有其魚子蝦子（蝦蛋），魚子以鯽魚子最爲名貴，鯉魚子和鯽魚子相比，就顯得粗硬些；鯽魚子是比較嫩而且軟的。蝦子當然是更見細嫩；長江沿岸，處處有售，蝦子腐乳是安慶名物，是用蝦子敷在腐乳外面；蝦子腐乳較一般腐乳堅硬，用紙包裹；尤以「胡玉美」（店名）的更爲可口；我每回經過安慶，都必購買十大包或更多些。蝦子腐乳，伴和着花生米作下酒物，着實鮮美鹹脆；其味無窮。在冬令，飯桌上架起一座小火爐；小蒸缽裏用魚子；當然，最好的是鮮鯽魚子；小溪裏的鯽魚比堰塘裏的鯽魚好，小溪裏的鯽魚沒有泥氣味；煮蘿蔔絲、白菘、凍豆腐或嫩豆腐，鮮美佳味，眞是難以用言詞來稱道的。若用蝦子，也是不相上下的「二難」並美。來到臺灣後，頗想用烏魚子煮豆腐，因爲寄食友家，不便啓齒，免得增加居停主的麻煩；再過了些時，自家有厨備炊；便用烏魚子煮了一次豆腐；不料反而比煎的更見腥味；是不是「作料」有問題？魚味原佔「鮮」味的一半，魚子更是魚的精華結晶。以之調味：如蒸肉，如燉蛋，定會「相得益彰」的增益本味的鮮美；讀者諸君子如果來自長江流域，千萬別把烏魚子當做鯽魚子，甚而和鯉魚子作同一的嘗試。須知，人世間事，有甚多是「名」、「實」絕不相副的；或許，口之于味，難盡全同？在我，不打誑語；我對于烏魚子的「先聲奪人」，固然由于「聞名已久」，不免多多少少會增添些「好感」；可是，一朝眞個嘗試以後，便有「望而生厭」的胃納緊縮起來。無怪乎，有許許多多「盛名之下」的人、事、物，經過「火候提煉」以後，就不免「難以相副」；烏魚子，祇不過萬千個事例中的一例；值不得「專題」寫它。

（四十年舊稿改記）

洪武雞

洪武雞，俗稱「叫化雞」；傳係丐兒們的妙製佳味。由于明太祖高皇帝「軼事」的渲染，因此，到鳳陽觀光「明皇陵」的遊客，都以一嘗洪武雞爲必有的節目；同時，洪武雞也就成爲鳳陽名菜。從而，這原屬於丐兒輩之「卑田院」中的食品，居然在通國之內的大市要埠的大飯店裏的「菜單」上給列上，這，眞可算是「物以人傳」。無怪乎許許多多的人，喜愛攀龍附鳳般的亂扯鄉親、假冒族籍，沾染其「殊遇」什麼的；世道如此，人心如此，還是言歸正傳的談洪武雞：

我甚此生有幸的嘗過洪武雞，而且還承一位鳳陽朋友告訴我，關于洪武雞的由來和做法。本來，任何佳肴美饌，都得有其調和鼎鼐之「配味」相與輔佐；譬如：魚翅和海參，就須雞湯炖煨；才可格外「牡丹、綠葉」的相得益彰。甚而就是葱、蒜、薑、豉，以至于原醬、酸醋；也是得配搭匀稱、多少恰當的莫可或缺。還有：用陶器的缽、罐？用金屬的鍋、爐？或者用竹籠蒸？用瓦瓮煨？以至于用柴薪的明火燒？用木炭的文火煮？一位名廚：他就會在這些節目上，細細的較量、估計；不容有其偏差；有說一個好厨子，猶如一位好宰相；調和鼎鼐，也就是籌計國之大政，同樣的必須求得民之所欲、民之所好惡，一味菜，一條法令，實在是其爲效、爲用一也。費話太多，野馬兒太放遠了，還是言歸正傳爲宜。

洪武雞的最大特色：是既無燖毛、去臟的麻煩，也無須用鍋、用罐的累墜；據說，這便是人類的智慧所不同于其他物類之處，亦卽「人爲萬物之靈」的靈機所在；顧名思義，洪武雞乃洪武爺所發明的創作；然而不然，有說是「早已有之」的。不過，由于洪武爺的顯達，由一個「丐」、「僧」而乞食、遊食的以「舉事」；居然在「龍蟠虎踞」的石頭城，做了「皇帝」。從而，這一味雞，縱然是前所已有？怎奈其名不雅；便無庸忌諱的將太祖高皇帝的「微時」行徑，用做這一味雞的雅號。溯其所由：大家都知道丐兒們是居無定所的，所謂卑田院（正稱爲悲田院）也並不是專供丐兒們的居住之所；唯其如此，當然談不到爐灶設備什麼的。丐兒們多半是就沒有僧、道的殘破菴院做爲夜晚借宿處；自無炊事器具等的設備。疊磚爲灶，原是極方便的；可是要煨煮一隻雞，確實該得費一番功夫。丐兒們窮則變、變則通：便化無爲有的因地制宜、因物致用。叫化幫的朋友便因陋就簡：首須將雞扼死或溺斃，不能用刀宰殺；因一經用刀便有創口。當然，也有人說叫化幫朋友的雞，大都是竊攘而來；也許，在竊攘時爲預防雞的啼叫，就已緊扼雞頸將雞致死。然後細心的、均勻的用調和的濕泥漿，將雞周身塗滿；大約要有半寸來厚，因爲是用泥塗，所以不能有刀口；以免有土氣息泥滋味的滲透。塗好以後，用木棒將雞支叉着，下用枯草圍燒；直待所塗泥漿乾燥現龜裂狀，便將雞拿離火堆，就地一擲。雞毛隨泥片剝落淨盡，比較用滾湯燖毛，還要顯得清淨；再劈開雞腹，內臟的腸和肫是棄擲不要；心和肝、却是絕妙的下酒物。我在鳳陽喫的洪武雞，已是非復本來面目；磁盤裏，盛着一隻嫩黃的肥雞；並且，已經用刀劈開，加上醬油碟、香菜碟、仍用椒鹽碟、五香碟；盤碟滿陳，桌椅全備；當然沒有卑田院中喫東西的風光。不過，雞味却鮮美無比，絕非自己家廚所治的雞味可與比擬。

鳳陽朋友說：洪武雞，是太祖高皇帝「童年、牧牛」時代的故事；他和一些小夥伴，抓着一隻雞，大家面面相覷，沒鍋沒灶，沒法把雞弄熟。太祖高皇帝是「天亶聖明」的，就想出這個用濕泥漿塗雞，用枯草圍燒的辦法。朋友還說出另一個太祖高皇帝的軼事，那是怎樣處置「謊報失却一牛」的軼事：說太祖高皇帝替人牧牛時，偷偷的宰了一條牛；他將牛頭牛尾埋入山坡，露一段牛尾在外。他報告主人，牛鑽進了山；主人往視，果見那露在外面的牛尾還在搖曳，而且山坡裏還隱約的聽見有牛在叫；便相信是牛眞個鑽進了山坡。而且更神乎其事的，說那是當山土地神奉命如此做作；來替人主圓謊的。姑妄言之，姑妄聽之；總而言之：所有非凡人物的故事軼聞裏，定有如此這般神奇怪誕的一套傳說；值不得去根究的。

我也曾躬親妙製過兩次洪武雞：一次，說來已是十二、三年前事；帶領中山大學社會學系「

邊疆研究組」的學生，在廣東北部的傜山裏作「民俗」考察，由雞夾飯說到洪武雞；學生們便在我的指示下「如法泡製」了三、四隻雞；因爲塗泥的不够勻稱，火候的不够周到，就不免「半生不熟」；可是，其味仍然非常鮮美。一次，是在勝利後；我和孩子們作郊遊，四女剛讀了一課英文關于野餐的紀事，她向我要求：「爸爸，今天我們舉行一次Picnic」。當由三兒在鄉農家買了兩隻肥母雞，我指點着大四兩女和泥；三兒帶領着五六七八四個小弟妹蹦蹦跳跳的收集枯草；這次果然成功，雞味鮮美無比。孩子們咂嘴呷舌，啃着麵包，撕着雞塊；個個吃得津津有味。尤其那席地而坐的情景，在那樣的場合裏吃洪武雞；下意識裏覺得更有其特殊的風味。

目前，在臺北；竟然有用「富貴」其名的「叫化雞」，或許？毋寧說是脫胎「叫化」製作的「富貴雞」；當然，富而且貴：其把一隻雞由活而死、由生而熟的程序，有鍋竈、更有電化器具、復有悠閒的時間以燖毛、剖腹、洗血穢；難得的還有塑膠袋。如此這般：在我看來，似乎絕對不會有「原始式」的叫化雞那樣保持着其「眞」味？信，不信？該得先行嘗試，再行定評。似不妨趁此秋高氣爽的季令：自由寶島之上，是處處奇觀，在在勝景的；讀者諸君子儘可于假期周末，如作郊外遊；儘可如所舉述，試一試洪武雞和富貴雞什麼的風味；當然，要嘗富貴雞，又得回到金迷紙醉的大酒樓之上。我想，我覺得：作郊遊、野餐什麼的，眞正原始式的洪武雞，也許比「便當」或Sandwich別饒佳味。可是，麵包和作料，還得攜帶；同時，得着意塗泥的厚薄勻稱和火候的慢急周到；否則，我就不免要捱受「貧嘴」「饒舌」的詛咒了。

（四十一年舊稿五十五年秋改補）

培元正氣雞

我雖非十足的饕餮之徒；不過，對于食事，却絕不「馬虎」；所以，每臨一地，定必于問禁、問俗之外；一問此邦的食中名物。請相信，不拘任何地區；絕不至于「絕無」其地區的「方物」。尤其關于食物，縱然是窮鄉僻壤，也自必有其「不足爲外人道也」的方物；或者是「天工」開化的自然產物，或者是人力技巧的手藝神功；前者如：萊陽梨、肥城桃、以至于黃河鯉、洋澄湖蟹之類；後者如：無錫麵筋、蕪湖豆干、以至于鎭江醋、蘇州瓜子之類；其實，此之爲例，實在是不勝枚擧的擧不勝擧。今玆一談屬于後者的，如貴陽的培元正氣雞；着實是如貴陽朋友所說：來到貴陽，不食培元正氣雞；枉自來了貴陽一趟。眞個：培元正氣雞；單顧其名，就可想見「設計」𠛬造者的風雅；當然，此公對于食事的講求；也不待言的自有其心得了。

雞之爲味，原是鮮美的：它不祗是本味美，並且還有輔佐他味的特色；譬如說魚翅海參，設非雞湯輔佐；那就會索然寡味的。我嘗過：廣東東江客家的「鹽焗雞」，也嘗過四川菜館的「宮保雞」、「麻辣雞」，以至于高標保留原味的俗稱「叫化雞」的「洪武雞」；我覺得還應讓培元正氣雞的以味純而膺上選。培元正氣雞，單是一種「炖」的？二十八年路過貴陽，由于貴陽朋友的宣揚；一下汽車，就嬲着迎接我的朋友去嘗培元正氣雞。他搖搖頭、表示歉意，他說：「今天吃正氣雞，絕不可能；第一、得先一天買牌子、第二、喫雞的時間，不能過午。」他約定：同家後找門路去弄牌子，弄得到，明天就可喫了。第二天一早，朋友到旅館來看我；坐定後，他笑嘻嘻的掏出兩寸來長半寸來寬的兩塊小銅牌給我看。一面刻有「培元正氣雞」五個字，一面刻有號碼；銅牌光可鑑人，古雅樸素；未食其雞，一見此牌，就會令人心無塵俗想。

朋友說：在貴陽人的口裏不說出「培元」，祇說「正氣雞兒」；他又說：喫正氣雞，過早不行，那還是一片磨刀聲和一陣燖雞味；過遲也不行，那是會「謝君光顧、明日請早」的；頂好的吃雞時間：是午前十時以後的兩小時內。據說：每天祇賣兩百隻雞，每雞斬頭、除尾、斷脚、淨肚而外；每雞一盅，每盅一元（那時是軟硬幣同值）；雞頭、雞翅、雞脚、雞內臟，另行發售；雞而外，還有湯麵。

在一條巷內，有一間八字朝門的人家；門旁懸掛一塊如「天水堂趙」或「朱紫陽堂」類的木牌，上鐫「培元正氣雞」五個趙體字。進門、一個庭院，院內堆滿雞籠；籠內的雞，雖說身近刀俎；却還在此啄彼跳的喔喔爭食。幾張方桌，坐滿了嘗雞客；我們坐定後，有人前來問訊「有牌子未有」？朋友交出隔夜謀來的兩塊小銅牌；等待了約莫一刻鐘的時光，送來兩盅雞；取箸試進，果然，嫩若無骨；再嘗其湯，看似清水一般，一着舌端，其鮮美眞個非言詞所可形容。家廚何嘗不炖過雞？兩相比較，不免自慚「俗傖」的那股油膩氣息；家廚的炖雞湯，同一湯也，兩相較量；確實是未免大有遜色。尤其是雞肉，家廚炖雞湯裏的雞肉，常常像木渣似的；任是「童雞」、也絕比不上培元正氣雞；其細嫩的可口，不拘是皮是肉，都有一種鮮香在刺激你的味覺。也許是貴陽的雞種好？可是，朋友的太太提出了反證；她說她們也常常炖雞，而且，特地吩咐厨子注意火候水分；文火細煨，少水久熬；固然，其湯可與培元正氣雞的湯，差堪比擬；但是其肉，却不敢承教。朋友太太的一席話：證實了培元正氣雞的絕非倖致其名；個中玄妙，據說是其家祖傳；所以能夠聲傳遐邇；爲山城的貴陽，平添上一段佳話。

組安豆腐

故行政院長譚組安氏（延闓）精究食事：嘗別出心裁，口授曹厨子某菜某做；「組安豆腐」，蓋卽其一；惜曹厨子未能錄爲食譜，以與「隨園食譜」作一較量。我雖飫嘗譚厨的佳饌，亦且嘗聞曹厨子談其經驗；可是，因爲那時的年少識淺，未甚關心食事；縱或口喜某菜、耳熟某菜，也大都祇是當下筯時的徒哺啜也而已。現今，事後追思：不免有其不勝遺憾之至；否則，丟掉被世人所「妄」稱許的淸高如何的白粉條兒；幹起操刀匕事鼎鼐的搞個什麼「園」，一定要有出息的多。從而，在懊惱欲絕的窮困無憀際；用談組安豆腐，於以見譚厨中尙有「傳人」；然而，可不是我。

組安（其實，正當的寫法，是組菴或組盦，玆且從俗）豆腐：是傳稱於譚氏身後；當其生前，我們雖常吃譚厨的豆腐；當然，是別具佳味；可是，絕未一聞組安豆腐之名。大約時在抗戰前四五年：距譚氏逝世已兩、三年（譚逝於十九年九月二十一日）；有曹厨子之徒柳厨子、尹厨子等（？）在長沙開一「健樂園」菜館；以「譚廚」相標榜；尤以「組安豆腐」一味，膾炙人口。時長沙米價上等米才六、七元一石（石重市斤百五十餘斤）？猪肉一角五、六分錢一斤；銀圓一枚，可得猪肉七斤，雞蛋、則每圓八十枚；海參席、每席不過八元；魚翅席、燕窩席、亦不過加倍而已。

健樂園的組安豆腐，定價一元六角（？），想見其「身價」的高貴。可是，凡光顧健樂園的食客，幾乎人必組安豆腐；也可說，似乎是專爲嘗組安豆腐而前來光顧。柳、尹我皆相識；前年在香港，常和柳胖子（因爲他身軀肥胖，我們覺得喊他柳胖子似乎比叫他柳廚子來得順口而又禮貌一點；因此我們當着他是稱他柳胖子的時候多）在一起；掏出五十元至多百元港幣找他做幾樣菜，着實不同凡響。老實說，比從前找他做的菜，似乎還要更上一層的跳一級；當然，從前他是以廚子身份「侍候」我們；現在他是以「朋友」資格幫忙我們；或且，還會貼上幾文，保證不會賺我們的。那時，楊綿仲「欵待」他在「他」的「公館」（似乎是由一個金融機構承租的）裏的一間小房間裏；我原住在九龍，有時、過海不便；也常常住在楊家的客廳而又兼飯廳的大房間，架起一片行軍床。柳胖子那時並不像我們是「難民」，眞正之失業的難民；他活像專家者流，間或有大公館找他去做菜；他說：每出去一趟，總要賺個兩百三百港幣。加上，小曹廚子也間或一百兩百美金接濟他；從而，他也偶爾自掏腰包、做一兩個菜給我們大快朶頤一番。

我們也談到組安豆腐，他可絕少做組安豆腐給我們一快朵頤；他說：一來香港的豆腐不耐「火功」；二來買不到眞正口蘑，三來香港有的是魚翅、海鮮；喫慣了濃味，也就是吃膩了濃味；難得在豆腐上找「正味」。他所以不做組安豆腐給我們吃，便是如上所述的原因。我也嘗以健樂園的組安豆腐，定價太高、得利定厚相詢，據其答稱：豆腐雖屬尋常物，可是，佐治的作料；如口蘑、那時的眞口蘑就得二元一兩；還有湯、那是眞實的原味雞湯；同時，豆腐也得特選精製，比方用「石膏」用「鹽滷」點凝，就大有分別；用人力磨的豆腐，較之用「馬達」磨的豆腐，也自有其不同；再說：用的黃豆，更得淘「蹩」汏「蝕」；蹩的不夠豆「漿」，蝕的影響豆「質」；還有炖湯的雞，過嫩不成，過老也不成；雄雞是萬不能用，正在孵卵的雞也不能用；一隻雞的湯，祇能做兩客組安豆腐；這些條件、如不全備，就會損害到菜味；從而，組安豆腐，自不能不高抬其身價。

由此可見：食之一事，眞個是「調和鼎鼐」的大道存焉；也就是說要做一個好廚子，定得有其「治大國、烹小鮮」的一手。曹廚子有子，現在紐約某中國菜館主烹調；據說「組安豆腐」，也是該中國菜館名菜之一；而且，比以李鴻章傳揚的「雜碎」，還更受外賓的贊美。若然，小曹廚子的操作刀匕之功；也許，會大有助於我們外交官在樽俎間的折衝？他年，小曹廚子榮歸祖國；假定有好事者贈以「大國手」榮稱；而來一個熱鬧至矣、套花圈、贈金牌什麼的「機場」鏡頭，那眞是伊尹而後的一段佳話了。

王橋燒餅

油條燒餅，用以「過早」；着實是「實惠」之至；前兩年，我住在和平西路時。如果不是大風大雨見阻；寧波西街，那山東鄉親開的「養生豆汁房」。當八九時之交，定有區區小可我在；豆漿一碗，滾熱燙手的燒餅、中夾酥而且脆的油條一套，飲一口甜的豆漿，咬一口燒餅油條；香甜鹹脆，四美俱臻。假定，願意多花塊兒八毛，豆漿加蛋；當然，更是營養衛生。我也曾光顧過其他許許多多的「豆汁房」；而且，結識了許許多多山東朋友；又誰知今日賣油條燒餅的夥計，不少是昔時的風雲人物。搬來鄉下後，因爲周遭附近沒有豆汁房，久已不復領略那樣價廉、物美、且復適口、充腸的早點了。閒聊中和妻談及：她對於我那樣的早點，原祇贊成一半；此一半者是我居然破例的肯用早點，因爲我平素並不大喫早點。她並不以油條燒餅爲然；她是一個極端而又嚴格的飲食主營養論者；她說油條燒餅絕無營養可言，祇可偶一嘗試，不應列爲日程。我在「遁辭知窮」中，想起「王橋燒餅」，便以反詰式的口吻向她質詢：「那妳在南京爲什麼要巴巴的吩咐車夫趕上好幾里路去買王橋燒餅？」而今回溯前情，說來眞個是恍若「隔世」已成「陳蹟」。

約莫自民二十一年至二十五年間？我家有時寄住南京城南；所謂「王橋燒餅」也者，是在國府路靠東方中學附近的一爿賣燒餅的攤頭，或者也可說是一間小門面；那裏的原來地名是叫王橋，該燒餅店既無「字號」、又無招牌，大家便以王橋燒餅稱之，我也跟着大家以王橋燒餅稱之；其實，王橋燒餅原就是南京名物之一。在我的嗜癖裏：我的喜愛王橋燒餅，却比對黑廊大街韓復興的鹽水鴨子，還感興趣多多；今已近二十年不嘗此味矣。遙念石頭城中，在魔影幢幢淚痕斑斑裏，還有當年同嘗王橋燒餅的老友，仍能如當年的嚙食王橋燒餅否？

王橋燒餅的特點：是鬆酥香脆、是有油層而無油膩味；不像他處的夾粉滓而不勻，積葱油而不化，或者失之枯焦，或者過於夾生；王橋燒餅，絕不如此。金黃其色、馥郁其香、濃凝其味、不拘是鹹是甜，莫不允執厥中；尤其那幾星星的黑芝麻仁，點綴着餅面的美觀。當然，還有其妙味的淸香，加上那幾瓣蒜葉、幾點葱花，淸綠色的映入眼簾；視覺的快感，連帶加香了味覺的快感。我原厭惡葱蒜味，可是，在王橋燒餅裏；轉覺得非葱蒜無以見其美味似的；猶之乎食烤鴨，捲薄餅、包甜醬、必得有白嫩的大葱來事調和；否則，便難以臻其盡善盡美的「味」境一般。

王橋燒餅，在抗戰前兩三年時的價錢；大約是五分錢一枚，就是一角錢兩枚。另外，有特加作料的，是須預先定做；每枚價錢一角。還有，夾火腿爲餡的，是一角五分錢一枚。按照那時的生活程度準則：一角五分錢一枚的燒餅，着實不是「普通平民」所肯光顧；因爲，頂上的熟米才八九元一石；一石，合市秤當在一百五十斤左右。一枚燒餅，足抵兩斤米價；同時的猪肉，也不過兩角錢一斤；一個車夫的月工，才七元；女工只五元一月。上夫子廟六朝居喝早茶連喫早點：省儉的人，兩三角錢就可對付；一碗大鹵麪一角錢，一壺香片茶才五分錢。上中華門外馬祥興：兩個人吃喝得酒醉飯飽，也祇兩、三元錢便可大大方方做一次東道；上普通麵館，要兩碗肉絲麵，大約是兩角錢的佔多數，一角五分錢一碗的，就算是太貴的了。而今回想起來，眞個恍若隔世；細細數說，還是「人」，尤其是我們這干肩不能挑、手不能提的人的「身價」；想當年，即如在下我，月入銀元五百多枚，足可抵得上六、七十石米；說王橋燒餅，那更無可數計的了。說而今呢，對此「人身」，未免要不勝太息而痛恨的要向造物主大訴其不平：有一位擁有一條德國狼犬什麼的，爲什麼月入高達十萬元；足抵幹我們這一行的四五十人的「人價」，人、眞個要自貶人價，仗狗求生嗎？還有：搞明星什麼的，這是拿人比人，而並不是拿狗比人，同一人也；一在天之上，一在地之下，造物主未免太不公平了吧！現實，現實如此，還是低頭屈服，免開尊口；嘮嘮叨叨個則甚！我懷念王橋燒餅，懷念王橋燒餅那個時代。

（四十一年舊稿重新改補）

貴妃酒

數各地「名酒」：陝西鳳翔的貴妃酒，似乎非具有「酒徒」或「酒鬼」諢稱的人，常會被「漏遺」的。當然，貴妃酒，是不及山西的杏花村汾酒、貴州的茅台酒、四川的瀘州大麯酒、浙江的紹興酒、安徽的洋河高粱酒等等名聲洋溢的膾炙人口。可是，貴妃酒；在鳳翔朋友說來，鳳翔酒是另有以的「酒格」，非別的酒所能仰望的「酒格」。那並不是由于楊貴妃和它同一產地；貴妃楊玉環，也是陝西鳳翔人。說來，已是三十多年前的「往事」，往事堪追憶的太多，又豈祗鳳翔的貴妃酒而已；我之追憶貴妃酒者，是由物而及人，送酒的人之友情難忘嗎？非也；難忘其人之那套的「酒許」，難忘其人之那套獨來獨往、守正不阿、持身任性，當然，處今之世，是不「便」爲訓的。

抗戰前兩年，一位鳳翔朋友，自他家鄉來；送我兩個用柳枝編成的小簍兒，橢圓形，四五寸高，腹部最濶處五六寸，簍口不足容拳，牢牢的用綿皮紙糊封着；好像山東朋友贈送的醬菜一樣。我道了道謝、收受下來；朋友並沒說什麼，我也就漫不經意的既不看簍兒外的紙標；也沒去查問隹兒裏的何物；將它擱置到厨櫃裏。直待過了近一年：一天，那位鳳翔朋友再來我家，恰值晚飯時分，便留他喫飯。當下，開出一瓶茅台酒；朋友問我：「我送你的酒如何」？我瞠目莫知所答，經他重加說明；原來：他所送我的兩個小柳枝簍兒，其中便是「貴妃酒」；費了一番尋找的工夫，將兩個小簍兒找着，鑿破紙封；頓時酒香四溢，滿室生春。等到傾入酒杯，其色乳白；大概因爲擱置過久，柳枝兒揮發性大，簍內的酒僅有一半；因之，酒的濃度也就較高；酒味極醇。不料同座共飲的一位女客，她祇飲了一小口酒，娘兒們所慣用的飲酒方式來飲酒；竟然玉山傾倒的偃仆於地；累得我們手忙脚亂了一陣，打電話找醫生；診治結果，祇不過是「醉」了酒。其實，她並不是眞正的「喝」醉了酒；事後，我們常笑她是「聞」醉了酒；她祇僅僅的端起酒杯聞了一聞。

據說：貴妃酒本質，越陳、「後勁」越大；不過，在當地釀酒坊裏，是貯在陶瓷的缸甕裏，揮發性不大，外運時才裝入柳枝簍。若果，經過一年以後，而又是擱在櫃架之上；有時會揮發得滴酒不存。將女客送回以後，我便和這位送酒的朋友閒聊起來，當然是離不了「酒」的話題；自然而然的也便聊到「貴妃酒」什麼的。「不，不，我們沒有什麼貴妃酒，鳳翔酒就是鳳翔酒，幹嗎又添上這麼的一個臭別號」；客人如此的義正辭嚴，我做主人祇有順應唯諾，何必招致客人的不快意。

我也深知這位鳳翔朋友的個性：他不願託庇祖蔭世德，他不屑以特殊身分邀得特殊的優遇；他「獨來獨往」的「我行我素」；他深惡而痛絕的「藉親、假故」的說這說那。深蒙他的不我遐棄，他每次來上海，總得來看看我；當然，也一定帶有貴妃酒（不，該說鳳翔酒）見貽。自從那回「聞」醉女客以後，我極力避免在他面前提出貴妃酒那個酒稱；他嘗說：鳳翔出了個楊貴妃，是他們鳳翔人的奇恥大辱；千百年後，竟然還有以這樣「臣妾」觀念來改稱鳳翔酒叫貴妃酒，這眞是無恥之尤！無恥之尤！

接着，他又滔滔不絕的列舉鳳翔酒的酒格：有激濁、揚清、起頑、立懦的功能；具有純正的本色、原質及不假藥味、不借參香的酒品；觸鼻不淫、下喉不膩、沾舌不澀的酒德；祇堪男兒子硬漢輩痛飲、快飲；不容許委瑣、儇嬾漢、廝養輩有所干謁、乞求的諂飲、歡飲；如斯妙品，唯有我與若足以飲此，何必找不相干的人來濫相羼與！

我靜靜的聽他品酒，當下又將我的珍藏羅列於前；希望和他對飲個痛快盡興。他似不屑一顧的，隨即又大發其高論：酒格，猶如人格；酒的品德，也恰像人的品德；你這些酒，全憑着那干陳死人的標榜，浪得一個虛名；猶如一個人憑其祖先的世蔭，或吳越異地攀上「吾家」什麽的；甚且，更有最下流最不肖的「謂他人父」亂認祖宗；再，湊上一干幫閒趁熱漢的譁衆邀寵一陣；根本談不上酒格的酒，也是在亂扯「地望」「人望」等等又等等，居然以「名酒」欺世；這又有什麼好說?物既如此,人又如彼,姑且找那「身價」高的浮一大白吧!我當下挑出一瓶法國白蘭地給他,不料想,他竟突地往地下一摔;隨手找了一瓶「竹葉青」道:今世何世,還是喝點軟性酒,大家欺欺騙騙,把水當酒喝,豈不可哀,豈不可傷。

自此以後,我和這位鳳翔朋友;未再見面,也未通過信。到臺灣後,在一個偶爾的宴會間,才聽說:他在某一次偷渡黃河的戰役中,給一個平素討厭他說老實話的人,暗地裏給了他一個猝不及防的一腿;把他踢到大浪滔滔的洶湧中,結束了他還不到五十歲的生命。我並未曾爲他寫過悼弔、悼念什麼的;今天,無因無由的,陡然由酒而想到他;朋友,這種人值不值得生當於今之世呢?!寃死,枉死,算是活該!須知:衆人皆濁,不容獨清;衆人皆醒,却儘可獨樂其醉;願爲我的好酒友,酹酒一瓶;這是你還未嘗「聞」過「名」、當然,更是無從「品」嘗其「味」的金門大麯呀!說罷,我忍着惋惜、而又慷慨的「痛」;嘩啦啦將那瓶珍藏已久、愛不忍嘗的名酒,虔誠而默禱的向地面摔去。

聯語

用聯語打趣人、訕笑人、或甚至詈辱人；人稱之曰諧聯：其上品、能令受之者啼笑兩非、莫可奈何。清季柯逢時撫贛，不得民心；離任日，贛人有送匾聯者。匾爲「執柯伐柯」四字，聯文則爲：「逢君之惡、罪不容於死，時日曷喪、予及汝偕亡」；官失其政，民苦其暴，一十八字，描寫得淋漓盡致。又如李鴻章秉政日，翁同龢長農部；時天下擾擾、歲荒歉收、民不聊生。有人撰聯以譏之曰：「宰相合肥天下瘦，司農常熟世間荒」；李合肥人，翁常熟人，文雖不甚典雅，但語句湊合，亦頗天衣無縫。又如康有爲晚年遊西安，收受當地紳耆贈送之碑刻搨石多種；但不爲新派人士所諒，強欲索回；一時有「康聖人盜經」之謠傳。一日晨興，康所居寓邸門首粘一紙聯，起句是「國家將亡必有」，落句是「老而不死是爲」；康閱後大恚，然亦莫如之何，乃即襆被潛行云。又如張治中主湘日，因措置乖方，將長沙全市付之一火；事後，長沙警備司令酆悌、警察廳長文某某、警備團長徐某某，皆以軍法判決處死刑、陳尸市曹，以謝長沙人民。湘中人士恨張既不能預謀幾先，又不能負責事後；乃撰聯云：「治湘無術、兩大方案一把火，中心何忍、三個人頭萬古寃」；橫額爲「張皇失措」。蓋張莅任時，高唱「動員民衆」、「集訓幹部」，定爲治湘之二大方案云。此類聯句，以自然巧合爲工；稍涉牽强，如上所舉四則，一三兩則較二四兩則爲佳；文章本天成，妙手偶得之；一二兩字之更易，一二兩語之定奪，頓使全文生色不少，此固祇可以意會而難以言傳。嘗聞人述一諧聯，其上聯爲：「呷鹽（諧狎緣）、鑽熱被窩、細語丁寧約再會」，下聯爲：「喫醋、坐冷板凳、大聲怒吼罵無情」；描寫風月場中之炎涼異態，亦頗有聲有色、刻畫入骨。又有以：「勸君更盡一杯酒、與爾同消萬古愁」及「險阻艱難備嘗之矣、功名富貴可忽乎哉」類成句成語爲聯；亦頗具見匠心的巧思。又聞某將軍外出時，喜以一騎前導、一騎後殿，己身一騎居其中；而每逢會期，更喜大談其古聖時賢之道；有人爲撰一聯：「耀武揚威、前呼後擁三匹馬，聖諭廣訓、陳腔爛調一團糟」，嘲笑某將軍外出時之聲勢、及其所談講的內容，似亦恰當分寸、無傷大雅；但以言詞藻，似嫌俚俗而難以語文雅。

又聞曾國藩生前對王闓運（壬秋）不甚禮遇；曾死，王挽之曰：「平生以霍子孟張叔大自期，異代不同功，勘定僅傳方面略；經術在紀河間阮儀徵而上，致身何太早，龍蛇遺憾禮堂書」。後經識者注釋，謂此聯上句譏曾無相業，下句譏曾無著述；然此非淵博之讀書人莫由辨此。又傳王壬秋中鄉試後，因與肅愼有往還，懼牽連不敢會試；直至宣統年間，始得「翰林院檢討」之「

賜授」。時科舉已廢，留學外國醫、工科者回國，例授以「翰林院檢討」或「賜進士出身」，故有「牙科進士」、「染織翰林」之稱。王得翰林院檢討賜授後，撰一聯自嘲云：「愧無齒錄稱前輩、喜與牙科步後塵」，侮弄傲慢，情見乎詞。王晚年喜以女傭伴隨，其中周媽尤蒙寵眷；王死後，有謔者為撰一聯云：「秉蘆齋系、為百世師、名士本風流、只怕周公來問禮，登湘綺樓、望七里舖、佳人猶宛在、不容王子去求仙」，聯中湘綺樓為王書齋名，故王亦稱湘綺老人，七里舖，則為周媽家所在地名；有謂此聯出諸長沙葉德輝手，葉德輝於民十六為長沙共匪農民協會所殺，其致死之由，傳亦因葉在家戲為農民協會會場撰聯；上句：「稻粱粟麥黍稷、無非雜種」，下句：「馬牛羊雞犬豕、都是畜生」；事為農民協會份子所聞，當率梭鏢隊闖入葉家，將葉拖至會場，用梭鏢戳死；戲言招殺身禍，戒之哉！戒之哉！近有某教授有感於目下社會對於教授稱謂的濫用，例如裁縫、廚子甚而唱歌、跳舞、也就是一技一藝的傳授，莫不一律稱之曰教授；大有羞與為伍之概。特撰一聯張於門：「倡優皆教授、廝養亦師尊」，似乎不足為訓！其實，各行其是；又何必干涉他人的某某相稱？充其量，也無非顯見教授之不足尊、之名斯濫、品斯下矣罷了。

友輩中，張齡（劍芬）工於排辭比句，其所撰聯對，所惜的率多「應詔」「酹情」的「對策」「交卷」之作；但求對仗工穩，未遑計及「神韻」。如代挽空軍烈士：「好男兒誓不生還、看隼擊鵬搏、共向雲霄爭萬古，大丈夫寧為玉碎、想忠魂毅魄、定逐風雷下九天」；如陸軍節聯：

「聖戰創我民族無上光榮、百鍊鑄軍魂、史筆大書雙七節，臺灣爲全世界自由燈塔、九州歸正朔、國運重開億萬年」；如代挽傅斯年：「讀先生文章、能使頑夫廉、懦夫有立志，論千秋節概、足令親者信、疏者無閒言」類；皆足顯示其充沛的才氣。我在三聯中，深愛第三聯，似又不祗「工」而且「穩」而已。

吳佩孚駐節洛陽、度其五十大慶，中以康有爲一聯，最爲吳所激賞；其聯爲：「牧野鷹揚、百歲勛名纔一半，洛陽虎視、八方風雨會中州」。蔡松坡（鍔）之逝，譚延闓傷之痛，以二聯挽之；一爲：「天地一英雄、出死入生、提挈河山還故有，邦家兩愁慘、眼枯淚盡、艱難身世復何言」；一爲：「心事如白日青天，遂使貞誠同刼運，家國正風瀟雨晦、況兼孤露哭餘生」；其中所謂「邦家兩愁慘」者，指黃克强（興）之先蔡一月而逝。譚挽黃聯，爲：「當世失斯人、幾疑天欲亡中國，遺書猶在篋、此行吾愧負平生；」蓋譚二度督湘，係經黃氏等促勸。又譚延闓挽黃忠浩聯，情意眞摯；黃原受淸廷命統湖南巡防營，湖南反正時爲亂兵所殺；其聯文：「見危授命、是公本懷、惻惻感前言、所悲未竟平生志，忘年下交、視余猶弟、冥冥負知己、悽切難爲後死人」；想見前輩之篤於交情；並不以政治背景之異同而有少殺。

我不工聯語，最惡虛套矯僞語，置於挽聯內；嘗戲告友好：「旣欺死者，行將受人欺也；我死幸勿勞君等致送挽聯；轉不若我之自挽爲當」；比撰七十字：「生當亂世、著什麼書、立什麼說、累自己妻兒啼飢號寒，問店掌櫃、學術啥行情，究值若干價；死有餘辜、既不尊王、又不事夷、誤人家子弟履仁踐義，請閻羅王、律條重修訂、加深十九層」；過於激憤，不足爲訓。重荷梁均默兄以最佳高麗紙爲我書就，並加注語。又閒與老妻鬥口，厭其瑣碎而偏執，戲語之曰：「若死，我有一付絕妙挽聯，舍若外，難以移送他人」；其聯文，爲：「卿不死孤不得安、卿既死孤更難安、長相憶、長相憶，其愚非常人所及、其智非超人所及、夫何言、夫何言」；游戲筆墨，難當雅頌，聊以遣興而已。再，去年除夕，十女見鄰家張貼春聯，聒絮着我：「別人家有，我家也應有」；勉强湊成一付：「筮易得遯爻九五、卜居喜園圃風光」，中嵌「遯園」二字；遯卦九五：不事王侯、高尚其事；我家門牌號數，恰爲九五。門前有園、圃，花、蔬全備；雖不大工穩，要亦切合體貼，不容轉移他人家。

談稱謂

稱謂一事：要能恰當其分，不亢不卑；苟一失當，受之者既不快意，與之者亦至失禮。如稱「公」、稱「老」，所謂朝廷以爵，鄉黨以齒；大抵仕宦中人喜以官位稱人，同時也喜以公稱人；間亦有稱老者。稱公者，以其位尊；稱老者，以其年長；可是，也有非其位而諂之的，忘其年而諛之的；更有辭官卸職已久的人，而人仍以其官其職相稱；呼之者似已習慣自然，聽之者是否安之若素？在商場中：似乎絕少以公稱人？而喜以「翁」或「丈」相稱；當然，「老板」、「經理」以至「董事長」之類，也是耳熟不過的稱謂；固然，各鄉各俗、各業各習，自難一律而論。湖南人以「爺」對男子的尊稱，如張三爺、李四爺是；廣東人却喜以「公」爲男子的通稱，如趙公錢公是。又如湖北人口裏的「你家」，比之於北方人口裏的「您老」；似乎又斤兩相稱的絕無軒輊？此外：如長江下游一帶（尤其江北地區）的阿某；如兩廣一帶的亞某；前者是阿字之下，接以其人的名；後者是亞字之下，綴以其人的姓。當然，這是親如家人、或至好朋友間的稱呼；

否則，就未免大不敬了。至於就人身材、面貌、以至於五官特徵爲稱的：李長子、王矮子、趙駝子、錢瞎子、周聾子、孫跛子類的稱謂，似又得注意到是「當面」還是「背地裏」；不然，就犯着「挑人痛脚」給人不快。劉成禺先生，慣聽「麻哥」相稱，絕不之忤；這，得視其人的氣度；矮人面前，別說矮話，應酧場合，也是値得留心點。若夫地位高貴點的，「子」常換「公」，如麻公、矮公、瞎公類是；還有，轉而用諱稱的：長子之諱稱「無常」，矮子之諱稱「矮脚虎」，偏盲的獨眼龍等等；當然，這又得看其兩人間的私人關係來說。反過來，張三叫李四、可以；王五叫李四、就得挨揍、駡。至於「老王」、「小陳」、「老三」、「小五」等類的稱謂，以「老」和「小」冠姓或「出生別」的行次；「老」輩中却常常用作對「工友」輩的通稱；「小」什麼的可除年紀分別而外，還得有其分際；年歲的是不是「够小」是一事？個人關係的若何又是一事？如果出之於「女人之口」，小什麼的，在受之者似乎「受寵若驚」而外；還多少有如「日出」裏顧八奶奶之於胡四什麼的。不過，假定施之於「用人」（雇傭），自當另作別論。

至於夫婦之間的互相稱謂，在從前有個笑話；那是說，從新嫁娘到做小媽媽、到老太婆、三個時代對丈夫的稱謂：新嫁娘時代嘟嘟嘴、輕聲的說出一個「他」；做小媽媽時代，是會叫「毛毛的爸爸」；老太婆時代，是帶着恨恨的罵聲、喊「老的」、「老不死的」、甚而喊「老鬼」。當然，還有「我們那一位」或「那個」，也是一般太太向別人提起她丈夫的稱謂。在近年來辭心洋化的少年夫婦：往往喜歡叫「的兒」，或「答靈」什麼的；好像比「親愛的」什麼要中聽些（？）；不過，在聽不習慣的人聽來；似乎又多少有點其肉麻難受。一個朋友他說：夫婦間的互相稱謂，頂大方的還是呼名；可得有其青年、中年、老年的分別。青年夫婦、宜呼一個字的雙聲，比方麗娜之呼「麗麗」；中年夫婦、宜於單字而不雙聲，麗娜便省却麗、或娜，祗呼「娜」或「麗」；老年夫婦、那可該全名全稱；雖屬笑談，似亦不無見地？饒有閨房艷福的人，不妨一試，呵呵。

更有人以地稱的：如曾國藩的曾湘鄉；袁世凱的袁項城；黎元洪的黎黃陂；馮國璋的馮河間；段祺瑞的段合肥是。也有人以官（爵）稱的：如某主席、某司令、某長之類是。至於父以子尊的「老太爺」稱謂；或子以父貴的「大少爺」稱謂；或兄以妹顯、弟以兄貴的「舅老爺」「二老爺」稱謂；那祗能算是備此一格。於其人之本身的智愚賢不肖與窮通顯晦，原無關連；用以相稱，多多少少令具有「廉恥」的人爲之踧踖不安；不過，聽慣不怪；此風似頗流行於世，似乎也不必過事諱忌。

從前，北洋軍閥輩；彼此相呼以「帥」，那是沿襲前清僚屬對督撫的尊稱：如張作霖的「雨帥」（張字雨亭）；吳佩孚的「玉帥」（吳字子玉）；孫傳芳的「馨帥」（孫字馨遠）是。甚且如張勛的「辮帥」；當然，那祗是背後的私稱，不能見之於文電的；因爲張勛的有髮辮，和他的所部辦子兵；是否能列入光榮之內的事蹟？還有，稱爵帥的：猶之乎香港士紳輩受過英王封爵的稱做「爵紳」一般；譬如袁世凱「洪憲稱帝」時所曾封爵的王公侯伯子男等：黎元洪的「武義親王」是高於儕輩之首的；那不妨稱之以「黎武義」。又有以所任職務、所居地方而見稱的：如唐繼堯任聯軍總司令時之稱「聯帥」；倪嗣沖居蚌埠時之稱「蚌帥」是。若夫「老總」一詞，大都是部屬對長官，當然，是武職人員爲多；而是背地裏的一種稱謂，也有稱之曰「老板」的；不過，此稱也漸漸的在文職人員的口裏流行起來。

另有見之於文電中的一個「座」字：據說在勝淸之際，除門生對老師稱「師座」外；其他堪以稱座的人，要當具有「位列三臺」與「方面大員」的資格。不過，此風演變至今，「座」已成爲相當尊敬的通稱；官無分大小，位不別高低；一派出所主任，稱「所座」；一稽查員，稱「稽座」；不免「名斯濫矣」了。至于連長稱「連座」，營長稱「營座」，團長稱「團座」，局長稱「局座」，縣長稱「縣座」，校長稱「校座」，推而上及軍長師長的「軍座」「師座」；部長院長的「部座」「院座」；當然，更是與不傷惠、受不皇恐的。若果，要擴而至於我們報館（報社）的館主（社長）稱「館座」「社座」；編輯仁兄稱「編座」；新聞記者稱「記座」；又誰得而非之呢？固然，像對汽車司機的稱「司座」或「機座」；公共汽車車掌的「掌座」；司炊事朋友的稱「火座」；司勤務朋友的稱「勤座」；聽來未免多少有點不習慣吧。至於懼內同志稱其太太爲「太座」，似乎敬畏中不失親暱；反過來，如果太太稱其老爺爲「老座」；可又要令對方受寵若驚的顯得尷尬失措了。總之：人生在世，誰不有一個「座」位？縱令座有高、低、大、小和沙發、籐墊、硬木板之分；可是，人之稱座，在某種意義上，也許不免有「謔虐」的成分？然而嚴格說來，任何「行當」（職業）都可稱座，把「座」當做像日本的「樣」；他們既無一不「樣」，我們也就可無一不「座」。他們賣豆腐稱「豆腐樣」，我們難道不可賣油條大餅的稱「油座」「餅座」；口角春風，皆大歡喜，豈不妙哉！

還有稱謂之中，應得注意對方的姓氏名號的讀音：有一位姓「郭」的朋友，他不願人以「先生」稱之；此公頗幽默，他嘗以他的尊姓做謎面，打孟子一句：「先生之號則不可」；希望朋友們不再以先生二字聯綴在他那尊姓之下。他說他事事都喜歡中國本位化，惟有他的稱謂却極願意洋化；「先生郭」聽來便不若「郭先生」的「刺耳」。他又說過王占元在湖北督軍任時，僚屬們對他那「子春」別號，無論上一個字或下一個字，都不敢以「公」相稱；諧聲協韻，「子公」「春公」，聽來似乎都是未免有欠大雅。此公又喜調侃人：某次與一姓王的人相值，他便表示親切不過；說他和他令兄七先生、令弟九先生至爲要好；聽的人莫知所答，惟有頻頻稱是；這也是談稱謂中的一個有趣插曲。再如學生對老師，常以「夫子」相稱的；可是，女學生對男老師，應該避免用這個稱謂。又如「先生」之稱，在某些個人與人間，如叔之於姪，師之於弟子，似乎還是愼用爲宜。另有「小姐」這一稱謂，兒孫繞膝的老太婆，已爲人母的媽媽，或和丈夫並肩而立時，該得慢開尊口、思而後呼。更有：據說，因爲武大太窩囊、武二眞英雄、哥兒倆的故事：對山東朋友稱大哥，也不大受對方的歡迎。還有「老板」的稱謂，在某地方（大概北方一帶）是指幹不光榮的買賣，尤其像娼寮寮主妓院院主的稱謂；所以他們叫「掌櫃的」以代替「老板」的名詞；再如「姑娘」這一稱謂，似乎也不是處處所愛聽的稱謂。眞個，問禁問俗，到陌生的地方，遇初見的人；這一開口的稱謂，千萬得當心注意。

（四十一年舊稿改補）

談送禮

朋友們閒聊際，每每聊到日常家用的澆裹所需時；常常指着陳列在案頭上的紅柬、白帖之類，稱做紅白災禍。不用說，紅柬：多半是結婚請光臨，間或也有是壽慶、喬遷之喜與開張大吉類；白帖：當然是屬於哀此訃聞。這是無從預計的；預算項目，原是難以作近於正確的數字；我們政府的原始預算，可不也不得不有追加預算來事「平衡」？像在下我，所有學生輩全是已屆婚齡，竟至在一天逢着兩、三處其囍的；白帖更是月不落空，照人的生命限度說，我們這一輩不免紛紛道山歸去的並不算早；凑幾個字在白布上寫一寫，生芻一束，其人如玉，所費確比對付紅柬便宜；然而，積少成多，這筆費用，何況有的還得致送賻儀。總之：像在下我，每個月所費於紅與白類「禮」的部分，常常會形成家用帳上的「赤字」；追加呢，苦於又無「項目」可資「挪移」；唯一的最後要訣，無他生財之道，祇有「束緊褲帶」。我固如是，有些朋友們似乎比我「尤有甚焉」；無怪乎要以災禍相稱了。

送禮之爲事：如果是時當昇平盛世，物阜民殷；親串姻婭以至鄰舍鄉里，彼此間酧酢往還；於噓寒問暖際，帶些兒「人情」點綴；投桃報李，禮尙往來，原亦無可厚非。可是，送禮得稱家之有無；就喪禮言，生芻一束，又何嘗不可「其人如玉」表示崇高的敬意？婚禮呢，雙手抬一口，道一聲「恭喜」。有人却就酒席所費來計人情的厚薄，似乎結婚該得親友醵資爲歡；甚且，賺點「彩頭」更認爲是「生財」之道。結果：爲送禮至於擧債、至於典質；那就未免太過其分。從而：由送禮而含有「作用」的酬報；更進而變爲「苞苴賄賂」；傷廉、傷惠，取、與之間便各懷歉疚了。談一點往事吧，這是人盡熟知的往事，明朝嚴嵩父子的故事：說是某官以「尊姓大名」刺繡在奉獻老嚴姨太太「睡鞋」之上；眞個是人類智慧發揚達於頂點的聰明人幹的「好事」。記得在我當學生時代，那時是北洋軍閥橫暴當權的時代：常常在報紙上讀到一些大官貴人們的「祝嘏」、或「喜慶」類新聞或啓事；關於致送「禮」物，大都是按等分級。像安徽督軍倪嗣沖的五十大慶，湖南督軍張敬堯的四十大慶，都是冠冕堂皇的分「福、祿、壽、喜」四個等級；當然，有特別關係的人，除了跟大夥兒按照官階職級送禮而外；還得另有其特別奉獻。民國八年九、十月間爲張敬堯四十大慶，兩個月前就由湖南督軍公署湖南省政府合署發起「恭祝帥座壽啓」，遍發各處，指派壽禮，禮分一千元、五百元、三百元、二百元四個等級。照那時的米價算：在長沙，一石上熟米，才五、六元；算算看，即令第四級的兩百元；可不就是三十多石上熟米的米價。等而下之至於縣長輩：每年有所謂「三節兩壽」；據說也是一筆爲數不菲的收入。三節，是端陽節、中秋節、和年節；兩壽，是縣太爺本人和夫人；如果有「封翁」「太君」奉養在署、即或遠在珂鄉，當然，是兩壽之外，再加三壽、四壽。甚且老太爺、太夫人、已是魂歸西土，那就有所謂「冥壽」；也就是仍可振振有辭的索一筆禮。再：還有小少爺的湯餅，大小姐的大喜，甚而至於二老爺、舅老爺、姑老爺、表老爺；總之，凡是有「爺」堪稱便是爺輩；無在而不是可以做生財有道的藉口。同時，類此的節禮和壽禮，不僅祗是「指派」；而且竟至「勒索」；當然，「禮」而於此，未免太不稱禮了。

此外：跑江湖的朋友，「黑社會」中的人物；他們對於「喜慶」的禮儀，更是毫不放鬆「叨光求現」的有其規例。我在上海時、在香港時、曾經聽說有爲「丈母娘」稱觴祝壽、發帖收禮的；甚且常有因送禮不周招致禍害的情事。「禮失而求諸野」，眞正饋、贈、隱、賻：在三村兩舍的鄉曲，摘一籃蔬，提一籠肥雞，攜一罇家釀米酒，帶一方自醃鹹肉或自網的一尾鮮魚；那倒人情醇然的有其至味。不像縉紳之家的此以「虛」來，彼以「僞」應，許多裝璜美觀的盒兒籃兒裏，祗是表面一點「眞物」；其實，誰也不知道「個中何所有」，越是場面濶的人家，收進的禮物越多；同時，送出的也自不少。以禮擋禮；結果，常常是東轉西轉仍舊囘歸到那家原來出張地；眞個是一番虛應故事，禮既爲虛應故事而設；人情也就是不可說不可說了。

抱易談往的起訖

當我來到臺灣的時候，屈指算來，在這篇「舊稿」寫時算來，已是五六個年頭；那時，還很難得聽到「義士」這光榮的稱號；何況，我又從未在共匪暴政之下熬鍊過；既未嘗「為人民服務」，復未嘗使用過「人民幣」，更未能扭兩下「秧歌」什麼的；一言以蔽之曰：「貳臣」身分不够格也。慚愧的我，是在共匪正向重慶竄動，我却「聞風」而自成都飛到香港。當然，我也自感「慶幸」的「自傲」處：我沒有過「靠攏」什麼的「企圖」；我口裏絕未喊過「毛主席」什麼的，無須漱洗；我「無緣」和戴「五星帽」那干東西稱兄道弟或同志什麼的過。因此之故，我絕對沒有和共匪面對面的「奮鬪」過，加以「時機不巧」的不幸「來不逢辰」；未能巴結上一個「反共義士」的榮譽頭銜。悄悄然的在無人理睬（歡迎）之下，這樣的來到了臺灣；食、住沒人管，幸而，天無絕人之路，謝謝友好們的關顧；倒也「居之安」、「食有魚」、菸、酒無缺。落寞沒太久，得到一個在中華日報臺南版主持編務的世交至友一封信；他請我寫一點兒什麼的。真個，煮字果能療飢；這便是在下我來臺灣後開始寫作的一個回憶；特地檢點出塵封十年的舊作，在本書「遯園雜憶」裏，算是最近最新的一個回憶；所以，將它當做「尾聲」的作本書之殿。

本書有些個回憶，也有部分片段的取自抱易談往；那時的署名是它夫子。下面兩段：一是首先開宗明義「復東代敍」的起章，是在民四十的十二月十六日中華日報臺南版第六版露面；一是「告別讀者」的「謝幕」的最後的訖章，是在民四十一的十二月三十日中華日報臺南版第六版刊出。連頭帶尾的計算起來，雖說有一年多的時間；可是，其間或因我嬾而不能繼續供應稿、或因報紙別有其他的專輯如「兒童」、「影劇」什麼的而暫中空；從而，此一抱易談往，實際上祇有一百來章；當然，每一章是登一天或兩天不等，有的也常常會連續的登過三天；短的五、六百字，長的兩、三千字。

復東代敍　××兄：手敎敬承；以貴報副刊亟需近代掌故、及不拘一格、可供談助之文字；並以下走浮沈斯世，身所親歷與夫耳聞目擊，當有可資掇拾者；屬爲記述，拜荷拜荷！飄泊干戈，正苦無憀（聊）；往事雲烟，亦嘗枕上夢廻；哀樂人生，眞個萬念灰滅，灰而云滅，直已至矣盡矣化爲烏有矣。重荷雅屬，世俗念又於殘燼中復告燄然；追憶昨非，無當今是；近代掌故，頗難措辭。良以下走尚未晉躋耆老之列；故舊、固不少已化作山頭土，朋儔、仍多有束帶簪紱客；褒之墮我德，毀之招彼怨、逢彼怒。設僅從事「落水狗」之扑撻，或「塚中骨」之搢埋；又未免有傷忠厚。姑就尊示「可供談助」，吮毫舖紙，寄供填白；但其間亦非絕無「掌故」。心靈所感，筆端隨之：談鬼、談怪、談人、談事、談物、談遊踪之鴻泥、談風月之懷想、談天方之夜、談瀛海之奇、談方物名物、談佚聞秘聞；子所不語，我則全談；無所不談，抑亦無一可談。以言文字體例，老嫗口語的白話文，狂士筆端的文言文；亦復儘與任情，不拘一格；信筆疾書，但期辭能達意。「抱易」云者：則以浩刼未已，大難方殷；我人恰逢其會，雖不必有怨天尤人之私忿；然不能無悲天憫人之赤心。古之君子，有「居易俟命」之誡，下走非宿命論者；謬識陋解：深慨夫國族之興廢盛衰，個己之福禍得喪；端在其國之人，其人之行，爲準繩當否而已。但月蝕、礎潤，石殞、星流，要亦有其事徵理解；易理玄奧，似大可不必牽强傅會，以讀「燒餅歌」方式讀易。居而以待，竊恐空事懸望、徒深悾憁；轉不若下走之「抱易」談往，易於排遣時日，易於融和心性，或且更易於隨緣世俗；博得大家一聲「好」（？）也。古之人：以「抱氷公事」、喻在官之清白，以「抱薪救火」、喻當事之鶻突；緬懷以往，謬識藐躬：設非清白誤我，鶻突由人；故吾今吾，又將何若?!「五十學易」，希冀趨步於先聖，則吾豈敢；抱易、以窮究事理之精微，往者已矣，來者何之？區區大願，如是云爾。往事、將何談起？姑且，尋思復尋思，請從「北伐軼事」爲談之始；何如？願待敎正。

告別讀者　時光荏苒，眨眨眼又是一年過去；「抱易談往」，在這一年中：東鱗、西爪，零縑、段絲；說來辱沒煞人，既不足稱大塊文章，邀「大雅」君子的賞鑑；復不能如小品文字，佐「閒、都」士女的笑謔；至多，不過「斷朝爛報」、略資審識，記人、誌物、小事佐證。可是，在下我當寫作時的思量，却未嘗有些微的不會着意；而且，一回思量、幾番着意；自然，也須有其「得心」之處，才能不期然而期然的「應手」而來；方敢吮毫、濡墨，隨之鋪紙、陳辭。雖說，「文章是自己的好」，然而在我、却仍慊疚在心的想「討好」，而又不免苦於「心餘力絀」；書生結習，伊誰怎能而不落此窠臼？何況，若果自承是「不好的文章」，那是無妨藏拙；天地良心，對不起讀者，更對不起編者。也許？有人以為搞寫作的人，大概不外乎「飢來見驅」；但期「文字療貧」，又有什麼「水準」的可言？然乎！否耶！此時此地：光天化日之下，政治開明之會；不容許「權門投刺」、不容許「暮夜拜謁」、不容許「稱臣稱妾」、不容許「獻女出妻」；既無「姊夫在朝為官」、「復無娘舅做大買賣」、並無「義父母的提携」、又無「乾親家的噓植」、更無「有志一同」的相與「朋比」。天生成一付畸零而又貧賤相的壞質，眼望着女幼、妻醜、四壁蕭條之餘；乞靈三寸管、十行紙而外，又有什麼好說？又有什麼可說！怎奈「眼高手低」，看人家的幾乎百無一當；自己寫來，却不免苦於「腹儉手顫」。所以，每回刋出，一經自加檢點；不敢打誑語，實在面紅、耳赤、覺得火辣辣的不大好受的「自視欿然」。加之以：所寫的人、或事、或物；尤其是人：不拘已是塚中枯骨，或者還仍偷息人間；在我，固然「胸有成宰」、「心懷仰望」，願盡天下人皆好人，也就是願我筆下寫出的都是好人；怎奈整座「大觀園」，偏偏又僅僅乎祇有門口那一對石獅子乾淨！不過，我決沒開死人每的「玩笑」，對活人每也力求「持平」公允；獎勵人做好人、做好事；當然，也就並不一定贊許人做大官、博盛譽、沽高名、發大財；孰得孰失？誰毀誰譽？天下人自有公論；我又何得也又何敢以隻手掩盡天下人的耳目。至於寫事、寫物；我所持的原則：不以無益害有益、不以偏聽惑衆聽、非躬親目擊不寫、至少非傳聞「有稽」不寫，也就是非其事不寫、非其物不寫；唯其如此，所以便不免顯現得「平淡無奇」。古之人所謂：「不寶珠玉而賤菽麥」；其然豈然？讀者諸君子是否願加以「讚許」？其實呢，畫魔鬼易，畫犬馬難；越是平淡無奇的事事物物，寫來可又得着意於平淡無奇中找出一點兒曲折；有些事過境遷，又不免縱令全眞、難得完璧；多少有點兒缺陷或折扣？野馬兒太扯長了，溜韁脫轡的毛病，恐怕將會更多？是以故：我在商得編者的同意，一年好景的任令過去，該得來一個「結束」；同時，我也該得向讀者作一番「交代」；正是：「豆棚瓜架雨如絲，姑妄言之姑聽之」。一年多來：謝謝編者、謝謝排字朋友，將我那够「塗鴉」的字蹟潦草得一塌糊塗裏，一淸二楚的排列在白色的紙張之上，實在不是一件太容易的事。固然，不能說絕無舛錯；可是，在日報的副鐫中；何況，又是我這樣不够「淸、明」的原稿；實在是既「難能」而復「可貴」的。當然，更得謝謝讀者一年多來的文字因緣；君不我識，不知我爲誰何？我不識君，亦不知君爲誰何？總而言之，統而言之：讀者該得承認我是一個「身手兒不全廢料」、「心眼兒似未壞透」的傢伙；不然的話：我既能白紙上寫黑字、並能「湊字成句、綴句整章」的「漢子」；在芸芸人海裏，難道眞個「天生我材（？）必無用」？難道竟不能「播間乞餘」以羞妻妾、以傲友朋？難道更不能「狗竇鑽營」以食鐘鼎、以衣朱紫、服錦綉？甚而、或且強妻、迫女、幹「賣笑」（譬如競選世界什麼的、投考明星什麼的、都得笑容可掬的大賣其笑）的勾當？執梃、操刃、事刼奪的生涯？再說：我可也能之乎者也矣焉哉什麼的，ABCD什麼的，アイウエオ什麼的；正是：天地之大，謀生術多；幹這「乞靈文字」、累誤世人則甚？够了够了！此地無銀三百兩，用不着「故作淸白」的「耗子爬秤鈎」（自稱自）；收拾起禿筆、殘墨、臢紙、且待來年吧！

在這十三個月裏，解決了我菸、酒之部分的所需；謝謝天，料不到「幼年習書」的點丁兒所得，居然在「晚年厄遇」裏發生了「功用」；這，似乎比拿「嗟來食」式的「補助」、「獎勸」什麼的；好像要「心安」而「理得」吧？人言「百無一用是書生」，書生無用而至於淪爲靠「外援」「人助」；品斯下矣！品斯下矣！唯其如此，所以上說「且待來年吧」那句結尾話，「誓」

不兒現；抱易談往什麼的，實在是無從談起，眼見、耳聽、以至于身受，算了且「了」吧！於是乎，我來臺灣以後的寫作生涯，暫告結束；而今而後，是否改行賣什麼；明天事是明天的事。何況，我祇是在雜憶從前，並不展望將來；暫此打住，敬乞垂鑒！

（四十五年舊稿改記）

三民文庫已刊行書目（三）

71.	藝術與愛情	張秀亞著	小說
72.	沒條理的人①②	譚振球譯	哲學
73.	中國文化叢談①②	錢穆著	文化論集
74.	紅紗燈	琦君著	散文
75.	青年的心聲	彭歌著	散文
76.	海濱	華羽著	小說
77.	僾門春秋	幼柏著	散文
78.	春到南天	葉曼著	散文
79.	默默遙情	趙滋蕃著	短篇小說
80.	屐痕心影	曾虛白著	散文
81.	一樹紫花	葉蘋著	散文
82.	水晶夜	陳慧劍著	散文小說
83.	胡巡官的一天	金戈著	小說
84.	取者和予者	彭歌著	散文
85.	禪與老莊	吳怡著	哲學
86.	再見！秋水！	畢璞著	小說
87.	迦陵談詩①②	葉嘉瑩著	文學
88.	現代詩的欣賞①②	周伯乃著	文學
89.	兩張漫畫的啓示	耕心著	散文
90.	語小集	蕭冰著	散文
91.	社會調查與社會工作	龍冠海著	社會學
92.	勝利與還都	易君左著	回憶錄
93.	文學與藝術	趙滋蕃著	散文
94.	暢銷書	彭歌著	散文
95.	三國人物與故事	倪世槐著	歷史故事
96.	籠中讀秒	姚葳著	散文
97.	思想方法	秀河著	時評
98.	腓力浦的孩子	武陵溪著	傳記
99.	從香檳來的①②	彭歌著	小說
100.	從根救起	陳立夫著	論述
101.	文學欣賞的新途徑	李辰多著	文學
102.	象形文字	陳冠學編著	文字學
103.	六甲之冬	沙岡著	小說
104.	歐氛隨侍記	王長寶著	遊記
105.	西洋美術史	徐代德譯	藝術

三民文庫已刊行書目（二）

36.	實用書簡	姜超嶽著	書信
37.	近代藝術革命	徐代德譯	藝術
38.	詩詞曲疊句欣賞研究	裴普賢著	文學
39.	夢與希望	鍾梅音著	散文
40.	夜讀雜記①②	何凡著	散文
41.	寒花墜露	繆天華著	小品文
42.	中國歷代故事詩①②	邱燮友著	文學
43.	孟武隨筆	薩孟武著	散文
44.	西遊記與中國古代政治	薩孟武著	歷史論述
45.	應用書簡	姜超嶽著	書信
46.	談文論藝	趙滋蕃著	散文
47.	書中滋味	彭歌著	散文
48.	人間小品	趙滋蕃著	散文
49.	天國的夜市	余光中著	新詩
50.	大湖的兒女	易君左著	回憶錄
51.	黃霧	朱桂著	散文
52.	中國文化與中國法系	陳顧遠著	法制史
53.	火燒趙家樓	易君左著	回憶錄
54.	抛磚記	水晶著	散文
55.	風樓隨筆	鍾梅音著	散文
56.	那飄去的雲	張秀亞著	小說
57.	七月裡的新年	蕭綠石著	散文
58.	監察制度新發展	陶百川著	政論
59.	雪國	喬遷譯	小說
60.	我在利比亞	王琰如著	遊記
61.	綠色的年代	蕭綠石著	散文
62.	秀俠散文	祝秀俠著	散文
63.	雪地獵熊	段彩華著	小說
64.	弘一大師傳①②③	陳慧劍著	傳記
65.	留俄回憶錄	王覺源著	回憶錄
66.	愛晚亭	謝冰瑩著	小品文
67.	墨，趣集	孫如陵著	散文
68.	蘆溝橋號角	易君左著	回憶錄
69.	遊記六篇	左舜生著	遊記
70.	世變建言	曾虛白著	時事論述

《電影原創劇本書》

想見你

Someday or One Day

人物介紹

黃雨萱

「如果想要什麼，就要去爭取；

如果沒有嘗試過，怎麼知道不可能？」

二十五歲（2017），獨生女，光實科技開發部產品經理。

勇敢自信、仗義執言的雨萱，是讓人驕傲的女兒、值得信任的朋友、辦事得力的下屬，也是霸道但忠貞的情人。看似果敢堅定、誰都傷害不了的雨萱，只會把脆弱地那一面留給最親密的情人，面對她的唯一之外，絕不輕易示弱。

雨萱幼年時在外婆家附近迷路，遇到了熱心善良的李子維送她回家。十年後，雨萱在飲料店打工時，意外與子維重逢，不一樣的情愫開始萌芽。兩人順利交往，一起過每一個節日，住進同一間房子，共同規劃著未來的生活，卻沒想到，以為能夠一起幸福下去的日子，在 2014 年的 7 月 10 日有了重大的轉變。

李子維

「無論重來幾遍，我都會這樣選擇；

因為黃雨萱的幸福對我而言，比生命還要重要。」

三十三歲（2014），獨生子，室內設計師。

陽光開朗的子維，也許不是最優秀的，卻始終是人群中最燦爛耀眼的人。他遇見合得來的朋友，就會毫無保留地對他們好；他找到喜歡做的事情，就會毫無保留地一股腦栽進去。唯有當他遇見喜歡的人時，巨大的年齡差讓他裹足不前。因為對他而言，自己是否幸福，從來不是最重要的事情。

從加拿大留學回來後，子維開了一間室內設計工作室，在創業初期與即將高中畢業，在飲料店打工的黃雨萱重逢。子維很快就喜歡上勇敢、獨立、直率又落落大方的雨萱，終於鼓起勇氣向雨萱告白，並承諾要為雨萱帶來幸福。兩人順利交往、同居，原以為幸福會這樣一直延續下去。沒想到，在 2014 年 7 月 10 日這一天，子維意外從一處廢棄高樓墜落，原因是為了保護墜樓的雨萱……

 # 陳韻如

「我夢見，在未來，在另一個地方，

有一個人很愛我，很愛很愛。我只是想要那樣被愛著而已。」

三十六歲（2017），家中長女，出版社版權部責任編輯。

從小聽著爸媽從吵架到離婚，韻如只能獨立扛起家中的一切家務，扮演最讓人放心的女兒、最盡責的姊姊，但最後卻往往成為被遺忘的那個人。她總喜歡獨自待在舅舅的唱片行裡讀書，放自己喜歡的音樂，寫自己的日記本，假裝全世界只剩下自己一個人。但是在她的心底，她最渴望的，是被人看見——真正的看見，並且被愛著——徹底地愛著。

韻如小時候過得很不快樂，直到認識了李子維和莫俊傑，彷彿在生命中找到一絲陽光。她感受到俊傑溫柔的追求，只是俊傑始終沒有告白成功。高中畢業後，韻如如願考上台北的大學，獨自搬到外地居住，再次回到孤獨一人的生活。2015 年，韻如因工作外派到上海，在那裡重新遇見了大學打工時認識的朋友。在對方熱烈追求下，韻如答應了他的求婚，卻沒想到這是一切痛苦未來的開始。

 # 莫俊傑

「不說，並不是不在乎。

不說，是我所知道，唯一一個可以讓我們繼續當朋友的方法。」

三十六歲（2017），獨生子，撫養他的奶奶病逝後，將冰店轉型經營。

自小因耳疾的關係，俊傑的性格比同齡朋友更早熟，安靜、內斂、體貼，不輕易向人敞開心房。看似隨和好相處的俊傑，其實擁有比別人都還要細膩的心思，將身邊的人情冷暖看在眼裡，內心的想法也不輕易被他人動搖。面對喜歡的人，俊傑總是不露聲色，將對方的一顰一笑都記在心底，記得很久很久。

性格內向的俊傑遇見李子維之後，兩人成了比兄弟更親的摯友，相互鼓勵扶持。而在俊傑眼中，陳韻如就是那個值得他細細觀察保護的人。高中畢業後，俊傑留在台南，韻如上了台北讀書。從偶爾見面到短訊問候，兩人因為距離而漸行漸遠。直到 2001 年伍佰演唱會的意外與錯過，俊傑沒有再見過韻如。2014 年，莫俊傑在台北重新開張奶奶的剉冰店，並且在同年 7 月 8 日再次遇上韻如，她卻聲稱自己是來自未來的黃雨萱，並預言子維會在三天後死去……

楊皓

「妳有沒有做過那種，很長很長、很真很真的夢，

真到，當妳終於醒過來的時候，妳以為妳還在夢裡？」

四十一歲（2017），上海光實科技市場部經理。

隨和溫暖的楊皓是可靠的下屬、友善的同事、體貼的上司，雖然才到職兩年，已經以敏銳的觀察力和圓融的溝通技巧，贏得大家對他的喜愛與信任。不過仔細一想，其實公司的人們對他的生活可謂一無所知。無論是家庭、交友圈或是感情狀態，楊皓總是能圓滑地轉移焦點，從不揭露關於自己的私生活。也因此，沒有人知道，在這開朗溫暖的形象之下，楊皓始終活在巨大的懊悔與痛苦籠罩之中。

許多年前，他結識了一位特別的女孩，對她一往情深。他們走過交往的甜蜜，走進幸福的婚姻生活。然而在結婚後不久，楊皓的妻子歷經流產，受憂鬱症所苦，兩人感情受到考驗。某次的意外導致妻子遭逢事故，從此昏迷不醒。大受打擊的楊皓，每天在後悔中煎熬，直到他發現了一個關於妻子的祕密……

術語介紹

O.S.：Off-Screen 的縮寫，說話的人沒有在畫面中出現，卻與畫面中人物在同一個時空環境下的台詞。

V.O.：Voice Over 的縮寫，說話的人沒有在畫面中出現，與畫面中人物也不在同一個時空環境下的台詞。

Insert：插入鏡頭。

蒙太奇：將一系列不同地點、距離、角度、拍攝方法的短鏡頭組合在一起的剪接手法。

Slow Motion：慢動作畫面。

Fade to Black：淡出，用於劇本結尾。

Ending Credits：片尾字幕。

電影劇本

第 1 場

時間：夜／日

外景：廢棄大樓外

內景：心房／唱片行／陳韻如家

年代：2014~

△工地大樓一樓，一位女子的身影躺臥在地（黃雨萱）。

△畫面一切，相同的場景，躺在地上的變成了兩人（李子維抱著黃雨萱）。

△畫面再切，相同的場景中，躺在地上的變成一位長髮女子（陳韻如）。

△在一片空白的空間裡，韻如緩緩墜落，閉著雙眼彷彿沉睡著。

韻如 V.O.：想要緊握住快要消失的東西，是多麼傻的事情。

△ Insert 廢棄大樓天台，雨萱（實陳）在一陣拉扯中向天台外摔出，畫面外韻如（實黃）的手伸出想要抓住她，卻沒有抓到。雨萱（實陳）失足摔下天台。

△心房中的韻如仍然閉著眼睛，彷彿做著一場夢。

韻如 V.O.：就算從夢中醒來，還是捨不得說再見。

△ Insert 二手唱片行裡，韻如拿起一張《愛情的盡頭》錄音帶，若有所思。

△ Insert 韻如在房間書桌前寫著日記。

韻如 V.O.：爲了怕自己忘記，我會一直凝望著你。

△特寫鏡頭，隨身聽內的錄音帶，正在播放音樂，緩緩地轉動著。

△韻如的日記寫著：「想要緊握住快要消失的東西，是多麼傻的事情。就算從夢中醒來，還是捨不得說再見。為了怕自己忘記，我會一直凝望著你。」

△文字慢慢逝去，只剩三個字猶存，浮現片名。

片名：想見你

△一陣鬧鐘的聲音先進。

第 2 場

時間：日

內景：黃雨萱家臥室

外景：街道上

年代：2009

△雨萱躺在床上熟睡，原來是起床鬧鐘響了。

△雨萱緩緩地睜開了眼睛，像是還留戀在夢中的情境。

△ Insert 夢境畫面，雨天，穿著高中制服的男孩（李子維）看著雨萱。

△雨萱一臉恍惚的看著天花板，回憶著那清晰卻又模糊的夢境。

跳轉

△時序稍後，雨萱拉開窗簾，看見外頭下著雨的城市。

第 3 場

時間：日

內景：李子維工作室

外景：街道上

年代：2009

△城市下雨空鏡。

△工作室內，子維看著同樣下著雨的窗外，伸了個腰像是剛睡醒的模樣。

△子維和雨萱一樣，一臉若有所思的想著剛才的夢境。

△ Insert 夢境畫面，雨中穿著高中制服的女孩（黃雨萱）跑在前面，回頭看向他。

雨萱：李子維，過來！

△子維笑著，快步跑向女孩。

跳轉

△時序稍後，子維撥弄著吉他，斷斷續續地拼湊起〈Last Dance〉的旋律。

△這時俊傑走進工作室，見到子維坐在沙發上彈吉他哼唱的模樣，沒有注意到歌的旋律，只是被子維的舉動氣到翻了一個白眼。

俊傑：李子維，你很誇張欸，打了多少通電話給你都不接……不是說好要給我看那個冰店新的招牌設計稿嗎？東西呢？

△俊傑一邊叨唸著，一邊把剛買好的早餐丟到桌上。

△俊傑見子維仍忘我地撥著吉他，不耐煩地走到子維面前，子維才抽神看向他。

俊傑：大哥，你該不會還沒弄好吧？

△子維這時才停下動作，抬頭看向俊傑。

俊傑：我今天要下台南了欸！

子維：放心啦，我弄好了。爲了改你這位少爺的意見，我搞到快天亮才睡。

△子維把文件遞給俊傑時，露出桌上的一張素描，是夢中女孩在雨中奔跑的身影。
子維帶著試探性的口吻問。

子維：欸……你最近……跟陳韻如還有聯絡嗎？

△俊傑故作無所謂的樣子搖搖頭。

俊傑：怎樣？你幹麼突然問這個？

子維：沒事啦。

△子維收拾東西起身。

子維：我先去刷牙洗臉，等一下還要出去跟客戶開會。

△子維說完，不等俊傑反應就往廁所方向走去，突然又回頭問俊傑。

子維：大冰奶有加糖嗎？

俊傑：（無奈）有啦。

子維：（比手指愛心）愛你喔！

△子維離開後，俊傑像是被韻如的名字觸動到，若有所思。

第 4 場

時間：日
內景：黃雨萱家臥室
外景：黃雨萱家外
年代：2009

△雨萱身上穿著制服，正在整理書包。

跳轉

△雨萱走出了家門，撐著傘在雨中出鏡。

第 5 場

時間：日
外景：李子維工作室外／街道上
年代：2009

△時序稍後，子維已換上正裝，撐著傘走出了工作室。

△下雨的街景，一個穿著學生制服（雨萱的聖北高中制服）的女生走過。

△子維看向女孩，發現她錢包掉了，趕緊上前撿起，向女孩的背影跑去。

子維：同學，妳的錢包。

△女同學轉過頭接過錢包，是一位不相識的高中女孩。

△女孩道謝後離開。此時一位穿著類似鳳南高中制服的女學生跑過子維身邊，他看著另一個女孩奔跑的背影，彷彿一瞬間回到夢中的畫面……

△ Insert 子維的夢境，下著大雨的街道，穿著制服的雨萱燦爛地笑著，揮手要他快點跟上。

△子維帶著悵然的思念，想著夢中的畫面。

第 6 場

時間：日

內景：手搖飲店

年代：2009

△飲料店內，昆布手忙腳亂地趕著訂單。

△穿著制服的雨萱來到飲料店前，調皮地假裝點餐。

雨萱：妳好，我要一杯珍珠奶茶，不要珍珠不要奶不要茶。

昆布：（有聽沒懂地應著）好！馬上來！

△昆布回過神發覺不對，抬頭看見點餐的人是雨萱。

昆布：噢黃雨萱！妳在幹麼！外帶還有二十杯沒做欸！

雨萱：（抱怨）這麼多喔……早知道我就晚一點再來……

△雨萱不甘願地滑進後台開始工作。

第 7 場

時間：日
內景：手搖飲店／李子維工作室／同居公寓／唱片行
外景：海邊／海邊公路
年代：2009

△雨萱專注地製作著外帶飲料，此時喇叭傳出〈Last Dance〉的旋律，她順勢跟著音樂哼起旋律，才意識到自己在哼唱這首歌。

△Insert 夢境中，沒有客人的唱片行裡，雨萱打開了一卷錄音帶放進音響。隨著〈Last Dance〉的旋律，雨萱一邊哼著，一邊讀著參考書。

△鏡頭回到飲料店內，雨萱察覺這是夢中的那首歌。

雨萱：這什麼歌啊？

△雨萱說完，上前走到櫃枱前看向螢幕。

雨萱：伍佰的〈Last Dance〉……

△昆布見狀，一臉納悶。

昆布：幹麼，妳喜歡這首歌噢……

雨萱：也不算是……就我最近一直夢到我在聽這首歌，可是我之前明明就沒有聽過這首歌。

昆布：妳沒聽過這首歌？可是妳剛剛哼這首歌？

雨萱：對啊。明明我就沒有聽過這首歌，可是我卻一直夢到我在聽這首歌，聽到我都會唱了。

昆布：太奇怪了吧。

雨萱：更怪的是，在那個夢裡，我總是跟一個男生，一起聽著這一首歌。

昆布：誰啊？

雨萱：（搖頭）不知道，不認識。可是在夢裡，感覺我跟他好像已經認識了很久很久，在一起很久很久……

△ Insert 子維的工作室裡，雨萱捧著生日蛋糕小心翼翼走過來。子維突然出手，抹了一把鮮奶油到雨萱的鼻子上。

昆布 O.S.：哇，這個夢聽起來感覺很浪漫欸，然後呢？

△Insert 雨萱和子維共騎一輛摩托車，一起戴著同一副耳機，望著天上將要落下的夕陽；海邊，看見他們的背影，在沙灘上越走越遠；採光明亮的家中，兩人布置完客廳倒在沙發上……

雨萱 O.S.：在夢裡，我們一起去了很多地方，我跟他後來好像還住在了一起。我們一起搬家，一起聽著這首歌，一起做了很多……

△雨萱一臉不好意思也不知道怎麼說下去。

△昆布像是意會到什麼的模樣。

昆布：黃雨萱，妳就是在做春夢嘛……

雨萱：什麼春夢？妳不要亂講。

昆布：妳剛剛自己說的啊，（模仿雨萱）我們一起去了很多地方，還住在一起，我們一起搬家，一起聽著這首歌，一起做了很多、很多、很多的事情……

雨萱：我剛才哪有這樣說！

△雨萱跟昆布打鬧著，沒注意到有人出現在櫃枱前。

子維 O.S.：不好意思，請問一下……

△雨萱聽到子維的聲音，回頭望去，兩人四目相接。

△眼前熟悉的男子讓雨萱一時說不出話來。

△子維看到雨萱，眼神也同樣離不開她，有些笨拙地張著嘴。

△ Insert 唱片行內，穿著鳳南制服的雨萱看向門外，開心地笑了；門外，穿著鳳南制服的子維也看向雨萱，笑了。

△子維過幾秒才驚覺自己怎麼會盯著別人看這麼久？他趕緊再問一次。

子維：呃，請問，妳們現在店內放的音樂，是什麼歌啊？

△雨萱回神，故作冷靜回覆子維。

雨萱：是伍佰的〈Last Dance〉。

子維：喔謝謝。我……我要一杯珍奶……全糖微冰。

△雨萱藉故操作點餐機，撇開眼神。

雨萱：一共四十元。

△子維掏出零錢給上。

子維：不好意思請問一下……妳有姊姊嗎？

雨萱：蛤？

△子維也意識到這是爛透的搭訕台詞，連忙擺手。

子維：妳不要誤會，我不是在跟妳搭訕。我會這樣問，是因爲妳長得很像我高中隔壁班的同學，所以我才會問，妳是不是有個姊姊？

△氣氛僵掉，雨萱撕下飲料單貼紙，貼到飲料杯上。

雨萱：我沒有姊姊，收你四十元。

△子維有點懊惱地將腳步移開，到一旁等待。

△雨萱做著飲料的同時，子維不時瞥向雨萱，正好雨萱也趁隙望向子維。子維趕緊別開視線，卻按捺不住嘴角上揚的弧度。

第 8 場

時間：日

內景：手搖飲店

年代：2009~2010

△音樂段落。

△從那天起，子維時不時就來點杯珍奶，並尋找著雨萱的身影。

子維：妳好，我要一杯珍奶，全糖微冰。（夏天）

子維：珍奶，全糖微冰。（秋天）

子維：全糖……微冰好了。（冬天）

△一年後的春天，這天子維又來買珍奶了，但站在櫃枱處的人，卻不是雨萱。

△子維有些小小失望，然而當昆布見到是子維，帶著竊笑地轉頭對正在內場泡茶的雨萱，刻意喊著。

昆布：（拉長音）黃雨萱，一杯全糖甜心。

△這時只見雨萱上前，瞪了竊笑的昆布，然後拿起放在桌旁的珍奶，一臉故作無事狀地看向眼前的子維。

子維：全糖甜心？

雨萱：你不要聽我同事亂講。拿去，你的珍奶。

△子維拿了飲料，看了一下飲料杯，上頭畫了一個方糖圖案，愣了一下。

雨萱：你今天來晚了，微冰都變去冰了……所以這杯我請你。

子維：那……我請妳吃宵夜？

雨萱：不用啦……

子維：（堅定）十點。

△子維拿著飲料離開，雨萱轉過身，忍不住嘴角甜甜的微笑。

昆布：（模仿）十點喔。

雨萱：（害臊假裝生氣）看什麼啦！

第 9 場

時間：夜
外景：小吃攤
年代：2010

△台北城市夜間外觀空景。

△子維跟雨萱來到一處路邊攤，兩人吃著滷肉飯配著小菜。子維不知道雨萱愛吃什麼，點了一堆小菜。

△雨萱吃了一口滷肉飯，滿意地點了點頭。

子維：好吃嗎？

雨萱：（點頭）好吃。但說到滷肉飯，我覺得還是南部的滷肉飯比較厲害。

子維：妳是南部人？

雨萱：（搖頭）我不是，但我媽是安平人，小時候她常帶我回安平。每次回去，我們都會去我阿嬤家附近的小吃店吃滷肉飯，雖然每次都要排好久的隊，但真的很好吃。

子維：妳說的該不會是林家滷肉飯吧？

雨萱：你怎麼知道？！

子維：我以前住永康啊，很常去安平那邊玩。說到安平好吃的滷肉飯，又是排隊名店，那絕對就是林家滷肉飯了。

雨萱：所以你是南部人，那你應該也吃過白糖粿吧？

子維：當然，我高中有一陣子，幾乎每天都會去買白糖粿來吃，我朋友都說我好像中了白糖粿的毒。

雨萱：真的，我懂，白糖粿真的好吃到會讓人上癮。自從我阿嬤過世之後，我就沒有再回安平了，超懷念的。像是白糖粿啊，還有老街的椪餅，廟口的古早味紅茶冰，還有夜市的超大塊牛排……

△子維看到雨萱提到安平美食那貪吃的模樣，不禁笑了起來。

雨萱：你笑什麼？

子維：沒有，就妳剛講的話，讓我想到一個人而已。

雨萱：又像誰啦？

子維：我高中的時候，有一次去買白糖粿，遇到一個小女生，我看她很想吃的樣子，我就分一半給她吃，後來才知道她跟家人走失了。

△雨萱聽子維說著，像是想起什麼事情。

子維：本來想說找警察幫忙，誰知道她一聽到警察兩個字就被嚇哭了，最後我只好騎車載她去找她的家人。

雨萱：（有些驚訝）然後呢？

子維：然後就是我覺得好笑的地方了。明明說好只是陪她去找家人，結果她卻一路拗我買吃的，就是剛才妳想吃的那些東西。什麼紅茶冰、椪餅、夜市牛排……不誇張，她眞的每一個都拗我去買給她吃。

△雨萱聽子維說著，已經發現子維就是她小時候遇見的那個人。

△子維回想著當時的往事，說得太投入，沒有注意到雨萱臉上的表情。

子維：眞的不誇張，我那週零用錢都被她花完了。眞的很會吃，這麼小一個人欸！每個都拗我買給她吃！

△雨萱一臉驚訝地看著子維。

子維：怎麼了？

雨萱：你說的……那個小女生，可能是我。

子維：是妳？不是吧？怎麼可能？！

△雨萱模仿小時候的語氣。

雨萱：大葛格，我叫黃雨萱，你不可以忘記我喔！

△子維聽完嚇了一跳，驚訝地看著雨萱。

△接著雨萱拿出手機，秀出小時候的照片。

雨萱：你還不相信，你看？

子維：（看手機）眞的是妳！

雨萱：你剛剛是不是變相罵我很愛吃，說我是豬？

子維：我沒說妳是豬啊。

雨萱：你有說……

子維：我眞的沒有啦！

△兩人嘻笑打鬧，跳至下一場。

第 10 場

時間：日
外景：黃雨萱家外／海邊公路／海邊
內景：藝廊
年代：2010

△時間流程。

A. 黃雨萱家外

△子維坐在熄火的摩托車上等待雨萱時，不忘看著後視鏡，整理著頭髮。

△這時換好衣服的雨萱走出了家門。

△子維遞了安全帽給雨萱。雨萱扣不上，子維上前幫她扣，兩人距離又拉近了一些。

B. 海邊公路

△夕陽掛在海面上，子維騎摩托車載著雨萱馳騁在海邊。

雨萱：你不是說你會記得我嗎？根本就不記得啊。

子維：不是啊，妳長那麼大，我一時之間怎麼可能認得出來。

雨萱：也是啦……

C. 藝廊

△前一場的畫面成了畫廊裡的畫，子維入鏡，帶著雨萱漫步在展場中。

△鏡頭持續前進，另一幅畫裡看見兩人走在海邊的身影，接下一短場。

D. 海邊

△兩人沿著海邊走著，子維想偷偷牽手，卻一直提不起勇氣。

△好不容易伸手，雨萱卻正巧看見前方海灘上有漂流木，興奮地跑走了。子維只好尷尬地裝沒事，跟上雨萱的腳步。

△兩人坐在漂流木上，正當子維一臉挫敗時，雨萱將手指輕輕搭在子維的手上。

△子維察覺後慢慢看向雨萱。雨萱只是靜靜地，臉上掛著微笑看向前方。

△子維看著雨萱望著海平線的側臉，沒有多說什麼。

△接著跟雨萱一起，看著眼前平靜的海面，露出滿足的笑容。

第 11 場

時間：夜

外景：山上

年代：2010 年底

△跨年晚會附近的山頭，人滿為患，每個人都想在最佳的位置欣賞跨年煙火，讓新的一年有個美好的開始。

△子維護著雨萱穿過人群，繼續往另一處走去。

雨萱：我們不在這裡看嗎？

子維：相信我。

△子維示意雨萱繼續跟他走。

△兩人來到一處無人小徑，雨萱開始有些擔心。

雨萱：快要倒數了，會不會來不及？

子維：不用擔心，一定來得及。

△子維一邊護著雨萱，一邊撥開擋住路的植物。終於，他們來一處更高的平台，這裡空無一人，眼前一片開闊。

雨萱：哇！

子維：怎麼樣，這裡是不是很棒？

雨萱：嗯，很漂亮……

△就在雨萱望著眼前夜景的時候，兩人聽見附近有人群的驚呼，似乎要開始倒數了。

子維：其實，我有話想跟妳說……

雨萱：啊，時間差不多了。

△雨萱轉身看向台北 101，等待煙火綻放。

子維：其實我想說……

△遠方，激動的人群聲音響徹雲霄，所有人都在倒數。

人群：十、九、八……

雨萱：等一下，有什麼話等一下再說。

子維：……好。

人群：七、六、五……

雨萱：因爲這是我跟我男朋友的第一個跨年，我不想要錯過。

子維：男朋……？

△子維突然感受到什麼，愣住了。

△與此同時，新年倒數完畢，台北夜景被101的煙火照亮。

△子維卻無心眼前的煙火，因為雨萱悄悄將自己的小指，勾住子維的小指。

△子維這才恍然大悟地笑了。

△雨萱看著子維燦爛的笑容，她也浮出安心的微笑。

△子維緊緊牽住雨萱，隨著煙火，兩人越靠越近，最後兩人的唇貼合在一起。新的一年，從這個吻開始。

第12場

時間：日

內景：同居公寓

年代：2013

△家具物件仍雜亂擺放的公寓內，子維和雨萱將一組新沙發搬進客廳。

△搬完重物的雨萱坐下來休息。

雨萱：也太累了吧！爲什麼要找一個六樓的房子……

△子維一把抱住雨萱，調皮地將雨萱放倒在沙發上，搬家的疲憊一掃而空。

跳轉

△同居公寓整理完成，雨萱跟子維兩人擊掌慶祝。

△鏡頭拉開，兩人溫馨的公寓位在台北市巷內的一間頂樓加蓋。

第 13 場

時間：日

內景：咖啡廳

年代：2013

△子維、雨萱跟俊傑三人在咖啡廳裡用餐，俊傑默默觀察著雨萱。

俊傑：李子維，她眞的不是陳韻如的妹妹或親戚嗎？

子維：你也覺得超像對不對，但她們兩個完全不認識，而且個性差很多。她比較兇……（被雨萱瞪）好啦好啦，你們兩個介紹一下。

俊傑：妳好，我叫莫俊傑，是李子維的高中同學。

雨萱：你好，我是黃雨萱。你們說的那個人，眞的跟我長得這麼像嗎？

△子維跟俊傑同時點頭。

△這時俊傑拿出手機，翻找了一下。

俊傑：妳看。

△俊傑把手機遞給雨萱。雨萱一看到韻如的照片，自己都驚嘆。

雨萱：眞的好像。

△雨萱突然想到什麼，瞇起眼看向子維。

雨萱：她該不會是初戀吧？

子維：沒有！妳不要亂猜，我跟她就是同學……（小聲）而且以前喜歡她的人是……

俊傑：（插話）喂！李子維你不要亂說話。

雨萱：（思考）眞的假的啦……這樣子不會很尷尬嗎？

子維：放心，妳們一個三十幾歲，一個二十幾；一個安靜過頭，一個活潑過頭；還有妳的眼角這邊有一個痣，但她沒有；還有妳比較愛生氣……

△雨萱跟子維兩人在咖啡廳打鬧起來，俊傑在一旁看笑話。

第 14 場

時間：夜

內景：同居公寓

年代：2013

△兩人同居的公寓內，子維坐在工作房裡畫著設計圖，一臉疲累。

△這時雨萱像是剛睡醒走來，輕輕上前從子維身後抱住他。

雨萱：你又在熬夜趕稿子了？

△子維帶著有些疲累的微笑，轉身看向身後的雨萱。

子維：嗯，對啊，這案子有點趕……怎麼了？

雨萱：我做了一個惡夢。

子維：什麼惡夢？

雨萱：不太記得……我只記得在夢裡，你原本抱著我，抱得好緊好緊，可是忽然之間，你就不見了……

子維：放心，那只是夢，我哪都不會去的。

△子維說完，將頭靠在雨萱頭上，右手伸出小指，和雨萱的小指勾在一起。

子維：如果妳又做惡夢了，只要這樣勾著我的手，就表示那只是夢。

△雨萱依言，輕輕勾勾子維的手，上前擁抱著子維，安心地閉上了眼睛。

第 15 場

時間：日

內景：同居公寓

年代：2017

△桌上的鬧鐘顯示著 2017 年，這時鬧鈴響起。

△此場雨萱跟子維其實分隔兩個時空，彼此幻想對話。

△雨萱獨自從床上醒了過來，走進廁所。

△廁所內，趕著上班的兩人正擠在一間浴室內刷牙。

△鏡子前刷牙的子維，看了一眼坐在馬桶上的雨萱，一副無精打采的樣子。

雨萱：李子維，我心情不好，你講笑話給我聽好不好……

子維：想聽笑話嗎？好啊，有一天，包子……

雨萱：拜託，不要又是包子跟麵條的冷笑話……

子維：幹麼這樣，這一集眞的很好笑，自從肉包跟銀絲卷吵架之後……

△雨萱不理子維，直接起身，吐掉口中泡沫之後，轉身出門。

雨萱：你慢慢講，我要趕著上班，不理你了。

第 16 場

時間：日
內景：台北辦公室
年代：2017

△台北都會大樓城市空景。

△會議室內，雨萱正單獨對娜姐與一位上海來的經理做簡報。

△PPT 上秀出一張交友 APP 的競品表格。

雨萱：……這一季的更新確立了我們與其他平台的區別性，透過配對與約會紀錄的形式，記錄下每次認識人的心動和雀躍，再用數據分析出喜歡的交友類型，刺激用戶持續留在平台上。

Lisa：有不同區域使用者的紀錄數據嗎？

雨萱：有，我們可以看到日韓兩區的數據，因爲系統配對的關係，單一用戶的聊天量大幅提升。那接下來是這一季的成長數據……

跳轉

△會議結束後，經理很滿意地起身和雨萱握手。

Lisa：公司看到這季的成長都很驚訝。雨萱，妳有很大的功勞哦。

雨萱：沒有沒有，都是和大家一起開發的。

△娜姐走過來，搭上雨萱的肩。

娜姐：Lisa，考慮的怎麼樣？

Lisa：我都來這裡接人了，妳還這樣問。

△Lisa 笑著轉向雨萱，雨萱卻有些茫然。

Lisa：雨萱，其實公司釋出了上海開發部產品經理的位置，我們兩個都決定推薦妳，上海公司也很期待妳可以過去。

△雨萱難掩自己的驚訝與興奮，但隨即又顯得有些擔心，卻不好直接表現出來。

雨萱：謝謝妳們對我的肯定，這個機會很難得。但是調派到上海，我可能需要考慮一下……

娜姐：雨萱，這是個機會……

雨萱：我知道，娜姐，我會認真考慮。

△Lisa 露出明白的神情，大方地拍了雨萱的肩。

Lisa：沒事，反正這幾天我還在。要不妳先想想，這兩天給我答覆？

雨萱：好。

Lisa：期待我們能共事。

△娜姐跟 Lisa 雙雙離開會議室，留下雨萱。

第 17 場

時間：日
內景：台北公司用餐區
年代：2017

△休息區，雨萱捧著手機，有點頹廢地半靠在椅子上，滑著手機發呆。

△娜姐將熱美式遞到雨萱面前。雨萱發現是娜姐，鬆了一口氣，接過咖啡。

娜姐：需要聊一聊妳的顧慮嗎？

雨萱：妳怎麼知道我在想什麼……

娜姐：妳喔，我一手帶到現在，怎麼會不知道？

△娜姐雖是主管，但她真心地勸著雨萱。

娜姐：每個人對調派一定都會擔心。但是好不容易有這個缺，以妳的能力應該要把握住。

雨萱：我知道，但是去上海至少兩年起跳……

娜姐：我覺得，妳現在這個年紀正好需要爲自己，勇敢地去闖一闖。

雨萱：爲我自己……

娜姐：只有去過了，妳才會知道結果嘛。我是希望妳去那裡，換一個環境，好好發揮。

△雨萱一臉猶豫。這時娜姐拍了拍雨萱的肩要她好好想想，然後先走一步。

△雨萱有點苦惱地嘆了口氣，重新拿起手機，傳了訊息給子維。

雨萱 v.o.：今天晚上一起吃飯吧？我訂七點的位子。

△沒等子維回應，雨萱便按掉手機螢幕畫面，起身走回辦公區域。

第 18 場

時間：日

內景：李子維工作室

年代：2017

△子維正在工作室畫著圖，突然停下尺跟筆。

△他疲累地嘆了口氣，躺上椅背，轉頭想拿手機，卻發現手機沒在身邊。

△子維撇了撇眼，看到手機在身後的小桌上，上前拿起手機看訊息時笑了一下，接著回傳訊息。

子維：剛才開會的時候，客戶推薦了一間不錯的餐廳，要去試看看嗎？

△子維放下手機繼續工作。

第 19 場

時間：夜

內景：景觀餐廳

年代：2017

△餐廳裡，子維跟雨萱兩人面對面吃著晚餐。子維一邊吃，一邊對眼前的雨萱說今天工作上的事情。

子維：我本來以爲這個禮拜就可以結案，所以我就接了小張那邊的案子，誰知道德國那邊今天又提了新的修改方案，害我現在一個頭兩個大，根本忙不過來了……

△子維說話的同時，雨萱卻因為要調職到上海的事情，顯得有些心不在焉。

雨萱：其實我有一件事，想跟你說。

子維：什麼事？

雨萱：我可能要調派到上海，至少兩年。

△子維聽完，一陣思索後，提起精神，重拾微笑。

子維：這聽起來是好消息啊，妳應該早點跟我說，我們今天可以一起慶祝。

△子維舉起酒杯喝了一口，雨萱怔怔地看著子維，也緩緩舉杯抿了一口。

子維：妳不用顧慮我的感受，妳只要知道，不管妳做什麼決定，我都會支持妳。

第 20 場

時間：夜
內景：同居公寓
年代：2017

△時序稍後，同居公寓夜間外觀空景。

△此場雨萱和子維分隔兩個時空，彼此幻想對話。

△雨萱一個人坐在天台，看著夜景思索著。她拿起手機，敲打簡訊。

雨萱 V.O.：萬一，我想你了，該怎麼辦？

△雨萱轉頭看向屋內子維的方向。

△坐在工作枱前的子維聽見簡訊聲，查看手機，露出淡淡微笑，開始回覆訊息。

子維 V.O.：當我想妳的時候，我都會聽首歌，因爲是這首歌，讓我遇見了妳……

△子維說完，開始放歌，那一首讓他們相遇的〈Last Dance〉。

△隨著音樂，雨萱帶著想念的神情起身走向子維在的方向。

△工作桌前，子維抬頭看向雨萱。

△兩人隔著天台的落地窗望著彼此，臉上帶著淡淡哀傷的笑容。

第 21 場

時間：日

內景：上海辦公室

年代：2017

△飛機空景，上海城市空景。

△宋潔帶著雨萱走到工作區，經過的每個同事都好奇地看上一眼。

宋潔：Lisa 姐出差了，她請我多關照妳。我叫宋潔，楊總的助理。

△宋潔把雨萱帶到工位前。

宋潔：這邊就是妳的工位，妳先慢慢整理，有事找我。

△雨萱打算整理時，注意到宋潔的眼神帶著疑惑盯著自己，這時市場部的經理正巧走來。

宋潔：楊總。

△楊皓停下腳步，回頭朝向宋潔走來，雨萱也回頭看向對方。

宋潔：跟你介紹一下，這是新來的開發部產品經理。

雨萱：（握手）我是黃雨萱。

楊皓：（握手）……楊皓，市場部經理。

△雨萱在握手時注意到楊皓戴著婚戒。

楊皓：Lisa 跟我提過妳，我對妳做的約會紀錄板塊跟人選配對的條件很感興趣，有機會聊一聊？

雨萱：好的，謝謝楊總。

宋潔：那雨萱妳先整理，楊總差不多時間開會了。

△兩人離開時，楊皓回頭多看了雨萱一眼。

△雨萱沒有注意到，只專注於拍工位的照片發給子維。

雨萱 V.O.：我未來的辦公桌，不錯吧。

第 22 場

時間：日

內景：上海辦公室休息區

年代：2017

△雨萱咬著三明治，平板放在桌面，上頭是一些工作資料，她正在整理筆記。

△這時兩杯咖啡出現眼前，雨萱抬頭，發現是楊皓。

楊皓：熱美式和熱拿鐵選一個？

雨萱：熱美式好了，謝謝。

△楊皓將咖啡遞給雨萱後，在她身邊坐下。

楊皓：還習慣嗎？工作上。

雨萱：還好，開會大家很踴躍。雖然各式各樣的意見都有，也有不少討論。

楊皓：那就好。晚上我組織了歡迎會，米潔也會介紹更多同事給妳認識，這樣大家熟得快。

雨萱：這怎麼好意思。

楊皓：別客氣，以後還要多勞煩妳。

雨萱：謝謝楊總。

△不遠處的玻璃窗內，宋潔啃著三明治，遠遠看著楊皓跟雨萱在對話。這時另個同事趙雪走來關心。

趙雪：又在看楊總？

宋潔：（慌）說什麼呢。

趙雪：怕新來的搶走妳的心上人啊？

宋潔：楊總已經結婚了，別胡說八道。我對他只是欣賞，沒其他意思。

趙雪：（模仿）我對他只是欣賞……女人當舔狗，註定一無所有。

宋潔：妳！！

△宋潔追著趙雪打鬧起來。

第 23 場

時間：夜

內景：KTV／辦公大樓中庭電梯

年代：2017

△雨萱和上海辦公室的一行人在 KTV 舉杯歡慶。

宋潔：讓我們再次歡迎雨萱！

眾人：乾杯。

△眾人歡呼齊齊乾杯。

△一段蒙太奇畫面，眾人狂歡，有人唱跳有人喝酒。

△宋潔拉著楊皓、趙雪跟雨萱合照。拍完後趙雪搶過宋潔的手機。

趙雪：（悄悄對宋潔說）我幫妳把黃雨萱 P 掉，讓妳跟楊總有合照。

宋潔：（打鬧）喂，妳別胡鬧！

△接著下一首歌出來，雨萱起身接過麥克風，唱起一首抒情歌。

跳轉

△隨著雨萱的歌聲轉場，她站在包廂外的走廊，拿著手機傳訊息給子維，沒注意到楊皓走過來。

楊皓 O.S.：在跟男朋友報平安啊。

雨萱：……（收起手機，微笑回應）

楊皓：這種異地戀我懂，我跟我太太也這樣。

雨萱：你們也是分隔兩地嗎？

楊皓：那是結婚前的事了。我上海的，她呢，算是跟妳同鄉。

雨萱：那你們怎麼認識的，因爲工作嗎？

楊皓：（點頭）01 年，我被外派到台北時認識她的，不過，一切還沒開始就結束了。回上海後總想起她，想再跟她見一面，可偏偏沒有留下聯繫方式。

△Insert 楊皓站在電梯前，當電梯打開時裡面滿滿是人。本想等下一班的楊皓在電梯要關上門時，看見裡頭有個熟悉的身影。他伸手擋住電梯門，硬是擠了進去。

△楊皓後面的女孩低著頭，沒有發現他進來。（鏡頭沒拍到女孩的臉）

楊皓 O.S.：直到有一天，我去黃浦開會，竟然跟她搭上同一班電梯。

△KTV 現場。

雨萱：眞的？她也來上海了？

楊皓：是啊。她說剛被公司派來這，結果第一天上班，就走錯了大樓。

雨萱：太巧了，看來你們是註定再次相遇。

△ Insert 電梯到達樓層，女孩走出電梯，此時她沒注意到楊皓。楊皓看著她的背影追了出去。（鏡頭沒拍到女孩的臉）

楊皓 O.S.：也許吧，所以這次我不想再錯過，出電梯後我叫住了她，鼓起勇氣要了聯繫方式。

△楊皓和雨萱邊聊天，邊走回包廂門口。

楊皓：接著沒多久，我們熟識、交往，最後結婚，一切就是這麼巧。

雨萱：我覺得不是巧合，是因爲你們都想找到彼此，所以最後才可以走到一起。

楊皓：（笑）是這樣嗎？

雨萱：（笑）我想是。

△楊皓推開包廂門，和雨萱走進去。

第 24 場

時間：夜

內景：黃雨萱上海家／同居公寓／台北辦公室／景觀餐廳

年代：2017

△音樂延續，雨萱已獨自回到上海住處。

△雨萱從浴室走出來，穿著一身睡衣擦著濕頭髮，看得出來剛洗完澡。

△她倒在床上拿起手機看著跟子維的訊息，表情跟神態都不像原本那樣有元氣，失落的表情跟稍早聚餐時判若兩人。

△手機上是子維的視訊影像。子維看著鏡頭，一臉睡眼惺忪的模樣。

子維：早安！

雨萱：早安。

子維：不對，洛杉磯是早上七點的話，妳那邊應該已經是晚上了吧，所以應該要跟妳說，晚安才對吧……

雨萱：晚安。

子維：這個時候，只是想跟妳說，我剛剛睡覺時，夢到妳了……很想妳……等我噢。

△影片結束，雨萱神情黯淡看著跟子維的對話框。她往上滑動手指，畫面帶到上面的訊息——全部，都是雨萱單方面傳給子維的未讀訊息。

△隨著雨萱的手指越滑越快，飛逝的未讀訊息不斷回溯：2017、2016、2015……始終不見子維的回覆。

△訊息最後停留在2014年7月9日，才終於出現子維留給雨萱的最後一句話。

△隨著懸疑的配樂，快速閃回先前場次中沒有呈現的視角。

△雨萱拿著拐杖，站在客廳的角落，看著子維的工作桌，一臉難過。

A. 同居公寓

△雨萱拎著外賣小吃的塑膠袋回家，放在飯桌上。

△雨萱下意識地從廚房拿了兩副餐具，才猛然驚覺現在只有她一個人了。

△她看看手裡的餐具，最終沒有放回去，而是走回餐桌，將兩份晚餐打開來，一邊吃著。

△雨萱忍不住像以前吃飯一樣開口聊天，望著子維的座位，她想像他就在那裡……

B. 同居公寓

△Insert 第 15 場。雨萱坐在馬桶上，對著沒有人的方向，像是跟子維說話。

雨萱：李子維，我心情不好，你講笑話給我聽好不好……

C. 台北辦公室

△Insert 辦公室一角，娜姐看雨萱，溫柔但語重心長地開口。

娜姐：雨萱，已經三年了。如果他還在的話，應該也不會希望妳因為他，就放棄這麼好的機會吧？

D. 景觀餐廳

△ Insert 景觀餐廳內，雨萱心不在焉地撥弄著盤中的食物。

△從旁人的角度一看，雨萱那桌只有她一個人在用餐。

△喝下紅酒，雨萱的表情轉為失落。

雨萱：當我聽到娜姐跟我說這件事的時候，我第一個想到的，就是你……

E. 同居公寓

△ Insert 雨萱傳著訊息「萬一，我想你了，我該怎麼辦？」但都沒有任何回應。

△雨萱站在天台，看向子維空蕩蕩的位置。

△畫面一黑，轉場。

第 25 場

時間：日

內景：太平間

外景：廢棄大樓外

年代：2014

俊傑 O.S.：那天的意外，妳真的都不記得了嗎？

△字卡：三年前，2014 年 7 月 12 日

△俊傑推著坐輪椅的雨萱來到太平間。

△雨萱鼓起勇氣拉開白布一角，看見子維平靜閉上的眼。

△雨萱不敢置信地掉下眼淚。

俊傑 O.S.：妳從工地大樓摔了下來，李子維爲了抓住妳，最後也一起摔下去……

A. 廢棄大樓外

△Insert 子維跟雨萱倒在血泊之中。雨萱已經昏迷，而子維口裡吐著鮮血，轉頭望著雨萱的臉，撫摸著她嚥下最後一口氣。

第 26 場

時間：夜

內景：黃雨萱上海家

年代：2017

△回到現在，雨萱從仰躺改為蜷曲著身子，將自己縮到不能再小。手機亮著子維的影片，她護在懷裡。

子維：我剛剛睡覺時，夢到妳了……

雨萱：我也夢到你了。

子維：很想妳……

雨萱：我也很想你……

子維：今天，我搭晚上的飛機回去，很快就能回家見到妳了，等我噢。

雨萱：嗯……

△雨萱看著影片播畢的停格畫面，依依不捨地再按了一次播放鍵。

△雨萱聽著子維曾經說過的話，一邊回應一邊哭著，直到入睡。

第 27 場

時間：日
內景：上海辦公室／同居公寓／廢棄大樓
外景：街道上／海邊
年代：2017

△上海日間空鏡。

△雨萱帶著午餐回到辦公室，發現桌上出現一個包裹，她納悶地看著。

△她將包裹打開，撥開小泡綿球，裡頭竟是一台裝著錄音帶的隨身聽。

△打開隨身聽，裡頭的錄音帶是伍佰的專輯。雨萱翻看包裝，沒有寄件資料。她納悶地看看周圍，不明白是誰寄了這東西。

△好奇心驅使雨萱戴上耳機，按下播放鍵。隨著熟悉的旋律從耳機傳出，許多回憶也同時湧上心頭。

△這時突然一陣暈眩來襲，雨萱閉上眼趴倒在桌上。

△雨萱的腦袋快速閃過回憶片段。（剪輯上各種 insert）

△Insert 雨萱跟子維初次相遇的片段畫面：雨萱聽到子維的聲音，回頭望去，兩人四目相接。

△Insert 雨萱和子維布置公寓時的打鬧嬉戲。

△Insert 海邊，子維帶著微笑，安靜地看著雨萱的側臉。

子維 O.S.：做惡夢啦？放心，只是夢而已。我哪都不會去。

△Insert 雨萱從子維身後擁抱著他，子維勾住雨萱的小指。

△隨著雨萱的回憶，音樂持續播放，雨萱的眼皮不安地跳動了一下。

△Insert 廢棄大樓天台，雨萱手上握著一塊玻璃碎片。

△Insert 廢棄大樓天台，子維奮力衝向前想要抓住什麼。

△Insert 廢棄大樓天台，一隻手（韻如）奮力想要抓住另一人（雨萱）卻抓空了。

子維 O.S.：黃雨萱！

△Insert 廢棄大樓天台，雨萱摔出，兩個人影碰一聲摔落至一樓地面。

△畫面一黑。

第 28 場

時間：日
內景：陳韻如台北家／陳韻如打工唱片行／咖啡廳
外景：街道上／火車站外／演唱會場外
年代：2014

△趴在桌上熟睡的韻如（實黃）突然驚醒，一陣頭痛的同時，一串像是韻如記憶的畫面快速植入韻如（實黃）的腦袋。

△Insert 韻如一人走在台南鄉間小路的畫面（1999）。

△Insert 主觀鏡頭翻閱著韻如的日記。

△Insert 俊傑送韻如去台北的片段畫面。

△Insert 韻如看著手上的演場會門票開心笑了。

△Insert 有個人（楊皓）手上緊張地握著一張演唱會門票。

△Insert 下著大雨的演唱會場外，韻如一個人，像是在等人的模樣，這時一個男人出現在韻如面前。

△Insert 韻如在唱片行整理著錄音帶。

△Insert 韻如一個人在桌前寫日記的畫面。

△鏡頭回到現在，韻如（實黃）回神過來，摸了摸疼痛的頭。

韻如（實黃）：這些記憶是什麼？

△此時韻如（實黃）像是察覺到什麼，環顧四周，看著陌生的環境。

韻如（實黃）：這裡是哪裡……？

△韻如（實黃）感覺到自己對環境既熟悉又陌生。

△她看見穿衣鏡裡的自己，驚訝自己長得不一樣了（即使臉一樣）。

△韻如（實黃）反覆地看著鏡子，想要從中找到什麼線索。就在這時，一旁的手機響了起來，韻如（實黃）看著手機，猶豫了一下才接起電話。

韻如（實黃）：喂？

同事 o.s.：陳韻如？

△韻如（實黃）聽到話筒傳來陳韻如這個名字，一時之間反應不過來。

同事 o.s.：現在都幾點了，妳怎麼還沒到公司啊，妳人到底在哪啊？編輯會議都開完了，妳今天不是要提案嗎？

△韻如（實黃）不知所措，趕緊掛掉電話。

韻如（實黃）：陳韻如……？

△Insert 台南巷弄，韻如、子維、俊傑穿著高中制服，下課一起走路回家的短畫面。

△Insert 咖啡廳，雨萱看著韻如的照片，驚嘆兩人長得如此相像。

子維：妳們一個三十幾歲，一個二十幾；一個安靜過頭，一個活潑過頭；還有妳的眼角這邊有一個痣，但她沒有……

第 29 場

時間：日
內景：陳韻如台北家／太平間
外景：廢棄大樓外
年代：2014

△回到現在，韻如（實黃）看著鏡子裡的自己，臉上並沒有雨萱的那顆痣。

韻如（實黃）：我是……陳韻如？我怎麼可能會是陳韻如……

△韻如（實黃）打開外出包，從中翻出了韻如的會員卡和公司 ID 卡，上頭所有資料與照片，都是韻如……

△韻如（實黃）拿起手機，上頭出現手機解鎖畫面。她試著將手放上，手機的指紋鎖竟然一按就開。她捂著嘴，不敢相信自己真的變成韻如了。

△接著她看見手機上頭顯示的日期為 2014 年 7 月 8 日。

韻如（實黃）：2014 年……7 月 8 號……可是今年不是 2017 嗎……？

△韻如（實黃）難以相信自己跑到一個時空與現在不符的地方。

韻如（實黃）：這到底怎麼回事！？我越來越搞不清楚了……

△她坐在床邊不敢置信，這時韻如（實黃）忽然想起一件事。

△她再次查看手機時間，今天確實是 2014 年 7 月 8 日。

韻如（實黃）：等一下……7 月 8 號……

△韻如（實黃）忽然想起一件事。

△Insert 子維傳給雨萱的最後一則訊息，時間是 2014 年 7 月 9 日。

△Insert 太平間，白布下是子維冰冷的身體。

△Insert 廢棄大樓外，抱著雨萱滿身是血的子維。

△回到現實，韻如（實黃）試圖咬自己，卻完全沒有夢醒，肉體的疼痛反而讓她哀嚎。

第 30 場

時間：日
內景：心房
年代：2014

△這時心房裡的韻如像是被痛覺給喚醒，從床上爬起。

△韻如發現自己身處於一個偌大的空間裡，屋頂的部分像是個水池，自己身處水池底部，但水卻沒有落下。平靜偶爾泛起漣漪的水面，投射著屬於雨萱的記憶。

△韻如靜靜地望著，這時她看到了幾個熟悉的身影，是子維、俊傑以及……

第 31 場

時間：日
內景：陳韻如台北家
年代：2014

△回到現在，韻如（實黃）像是領悟了什麼似的。

韻如（實黃）：如果這不是夢……我真的回到了所有事情都還沒有發生的過去……那是不是代表著……

△韻如（實黃）思考了一下，決定試試。她輸入子維的手機號碼撥出。

韻如（實黃）：拜託接電話啊……

△隨著電話那端鈴聲不停響著，韻如（實黃）按捺不住，抓著一旁的鑰匙跟錢包，轉身出門。

第 32 場

時間：日

外景：李子維工作室外

年代：2014

△子維工作室外，韻如不斷按著電鈴，一邊往內部探望。

△不一會兒，門開了，韻如看見眼前一臉睡眼惺忪的子維。

△子維一臉不解，看著韻如（實黃）。

子維：陳韻如？

△子維還沒來得及反應，韻如（實黃）立即上前緊緊抱住他。

△子維面對韻如（實黃）這突如其來的擁抱，完全不知所措。

△這時緊抱著子維的韻如（實黃）因為兩年多的想念，一句話也說不出來，任憑自己失控地哭泣。

△子維看著眼前緊抱自己哭泣的韻如（實黃），推開她也不是，讓她這樣抱著也不是，只能保持紳士風度刻意讓雙手舉著。

子維：（不知所措）有話好好講……

△突然子維的表情變得比剛才更尷尬。隨著鏡頭一跳，這時看見俊傑提著便當跟雨萱（實陳）從不同方向走來。

△兩人看到韻如（實黃）抱著子維哭泣的模樣，都傻住了。

子維：（無辜）你們兩個不要這樣看著我……快幫幫我啊……

△隨著韻如（實黃）在子維懷裡痛哭的樣子，跳切至下一場。

第 33 場

時間：日

內景：李子維工作室／同居公寓

年代：2014

△所有人都來到了子維的工作室內，韻如（實黃）已經冷靜許多。

子維：所以妳是說，7 月 10 號死掉的人是我，然後，雨萱也會一起掉下去？

△韻如（實黃）凝重地點點頭。

子維：陳韻如，妳不要鬧了好不好……

韻如（實黃）：我知道你們不會相信我，我知道這聽起來很荒謬，連我自己也不知道這是怎麼一回事，但我真的不是陳韻如，我是黃雨萱……

俊傑：妳是黃雨萱，那……

△子維和俊傑看向坐在不遠處的雨萱。這時雨萱（實陳）看著韻如（實黃），一臉不知該怎麼辦的表情。

韻如（實黃）：莫俊傑，我從陳韻如的記憶當中，看到了你們以前的相處。你覺得那個比誰都還在乎別人眼光的陳韻如，有可能像我現在這樣，這麼無所謂的在大家面前說出這件事情嗎？

△俊傑覺得韻如（實黃）說的有道理，卻又不敢相信。

△韻如（實黃）轉頭瞪向子維。

韻如（實黃）：還有你，李子維。莫俊傑可以不相信我，但你不行。是我欸！就算我變成了另一個人，但我還是我啊，你怎麼可以不認得？

△子維一臉無辜地指著身後的雨萱（實陳）。

子維：因爲雨萱明明就在啊？

韻如（實黃）：對，她也是黃雨萱沒錯，但她是現在什麼都不知道的黃雨萱而我是來自三年後的黃雨萱。雖然我也莫名地有一點陳韻如的記憶，可是我很清楚知道，我不是陳韻如，我是黃雨萱！天啊……！

△韻如（實黃）說著說著，氣得來回踱步，這讓子維跟俊傑都看傻了眼。

△正當子維起身想說什麼的同時，韻如（實黃）卻像是想到什麼，直接打斷了子維。

韻如（實黃）：有了，我知道了！你第一次約我出去的時候，你帶我去吃路邊攤，你吃的是切仔麵，我吃的是滷肉飯。還有之前我不是在打掃房子的時候摔壞你的機器人公仔嗎？其實我不是不小心的，我是故意的，因爲我覺得那個東西醜到爆炸……

△子維一臉不敢相信地看向身後的雨萱（實陳），雨萱（實陳）一臉尷尬的微笑。

韻如（實黃）：上次看《逃學威龍》的時候，你一個人在廁所哭了半小時。

俊傑：（納悶）《逃學威龍》？那部電影有什麼好哭的？

△韻如（實黃）看到子維跟俊傑這時候還在討論這件事情，無奈地翻了一個白眼。

韻如（實黃）：那些不是重點……這樣你們還不相信我嗎？

△韻如（實黃）轉身走到雨萱（實陳）面前，一臉認真地說。

韻如（實黃）：黃雨萱，我知道這一切很難接受，可是請妳一定要相信我。就算是被我騙了，也不會有什麼損失啊！無論如何我們都不能讓李子維出事……因爲，這個世界上，只有妳知道失去他之後的生活……

△雨萱（實陳）看著韻如（實黃）這樣紅了眼眶，內心有些動搖。

韻如（實黃）：……有多難過，只有妳會知道，妳是帶著什麼樣的心情，每天回到……只有妳一個人被留下來的那個家……

△隨著韻如（實黃）的自白，insert 雨萱獨自生活的片段。

韻如（實黃）V.O.：可是偏偏，妳卻又離不開那裡，因爲只有在那裡，妳才能感受到……自己跟他是一起的……

△Insert 同居公寓，雨萱失落地坐在子維的工作椅上，將子維的東西一件一件從一旁的紙箱中取出。她手上拿著一疊便利貼，上頭是子維的字跡：「雨 7/22 陪她一起跟家人聚餐」、「雨 7/18 下午兩點要看牙醫」等等。

△雨萱看著一張又一張，子維提醒著自己的備忘紙條，啜泣著。

△回到現在，雨萱（實陳）垂下目光，彷彿感同身受韻如（雨萱）的悲傷。

韻如（實黃）：（悲傷）你們相信我好不好？

△韻如（實黃）說完，看著三人。俊傑、雨萱（實陳）帶著同情的眼神看著韻如（實黃），只有子維還是不可置信的表情。

子維：那我問妳，妳是怎麼從（手比雨萱）黃雨萱變成陳韻如的？

△聽到這句話的韻如（實黃）回過神，開始回憶起在上海辦公室的情景。

韻如（實黃）：……是因爲一卷伍佰的錄音帶……我聽了那卷錄音帶，然後就變成……

子維：（打斷）妳眞的不要鬧了陳韻如。

韻如（實黃）：你還不相信我！

△韻如（實黃）氣得不想再解釋，只能轉身離開出去透透氣。

第 34 場

時間：日
外景：李子維工作室外
年代：2014

△韻如（實黃）走出子維的工作室，像是整理自己的心情，看著外頭的天空思索著。

△韻如（實黃）深吸一口氣，平復一下自己的情緒。她拿出手機，看著手機上的日期 7 月 8 日，露出一個做了決定的神情。

第 35 場

時間：日
內景：李子維工作室
年代：2014

△工作室內，雨萱（實陳）看著眼前的子維跟俊傑，開口問起。

雨萱（實陳）：你們……相信她剛才所說的那些話嗎？

△子維跟俊傑兩人看了對方一眼，誰都不能肯定的模樣。

俊傑：韻如她所說的一切都太不眞實了，眞的很難讓人相信。可是我也不知道，該怎麼解釋她剛才說的話……雖然我跟陳韻如這幾年沒什麼聯絡，但一個人應該不可能在幾年之間轉變這麼多。

子維：莫俊傑，你老實說，你們三個是不是串通起來一起來整我？

俊傑：蛤，我又不是你，誰會這麼無聊拿這種事情來開玩笑。

子維：可是如果不是這樣的話……陳韻如他怎麼可能會知道那些（看向雨萱）只有我跟雨萱知道的事。還有她最後跟雨萱講的那些話……我可以感覺到，她是眞的很難過……

△俊傑也不禁點了點頭回應。

俊傑：這一切都讓人難以置信，可是……她眞的很不像我所認識的陳韻如。

△說完，俊傑也望著門外韻如（實黃）的背影，感覺她的背影有些哀傷。

第 36 場

時間：夜
內景：李子維工作室
年代：2014

△時間流程，夜間外觀空景。

△子維工作室內，俊傑看著坐在沙發上的韻如（實黃）。

俊傑：陳韻如，妳真的不讓我送妳回去嗎？

韻如（實黃）：我說不用就不用。我剛剛說得很清楚了，你們要不要相信我說的話是你們的事，現在對我來說最重要的，就是我絕對不會讓 7 月 10 號發生過的事情，再發生一次。

△韻如（實黃）說完，走到子維面前，一臉堅決的看著眼前的子維。

韻如（實黃）：所以這幾天不管你去哪，我就去哪……你別想甩掉我。

子維：陳韻如，妳瘋了喔？

韻如（實黃）：（賭氣）對，我就是瘋了，反正不管我現在說什麼，你也都只把我當成瘋子來看。既然這樣，我乾脆瘋到底……你要回家，我就跟你回家；你要在工作室，我就陪你在工作室；你出去開會，我就跟你出去開會……

△子維一副拿韻如沒輒的模樣，決定轉身走人。

韻如（實黃）：你要去哪？

子維：去廁所啦。

△子維快步離開，韻如（實黃）快步跟上。

△子維大力關上廁所門，把韻如（實黃）擋在門外。

第 **37** 場

時間：夜／日

內景：李子維工作室

外景：李子維工作室外／巷口

年代：2014 ／ 1999

A. 李子維工作室（夜景）

△子維一個人坐在工作枱前專心趕著設計稿。

△工作室一角，韻如（實黃）正坐在沙發上盯著子維工作的背影。坐在韻如（實黃）身邊的還有雨萱（實陳）。

△這一整天的折騰，韻如（實黃）已經忍不住打起了瞌睡。

△一個打盹，韻如（實黃）差點摔倒，趕緊爬起來拍了拍自己的臉。

△子維聽到韻如（實黃）拍臉的聲音，回過頭看了一眼。

△韻如（實黃）見到子維在看自己，裝作什麼事都沒有的模樣，繼續帶著「我正看著你，你別想逃」的眼神監視著子維。

△子維無奈地搖搖頭，繼續低頭做著自己的工作。

△韻如（實黃）見到子維沒在看自己，又露出一臉疲憊的神情，深深打了一個哈欠。

雨萱（實陳）：你們餓不餓？要不要我去買個宵夜回來？

韻如（實黃）：沒關係……我不用。

俊傑：我也不用。

子維：我要。

雨萱（實陳）：那我去買些東西。

△雨萱（實陳）要離開的時候，韻如（實黃）突然覺得不對。

韻如（實黃）：等一下，妳也會有危險……

雨萱（實陳）：妳不用擔心，我很快就回來。再說了，今天才 7 月 8 號，離妳說的日子還有兩天不是嗎？

△韻如（實黃）聞言，覺得有道理，才稍微放鬆。

△雨萱（實陳）起身離開，一旁的俊傑若有所思，默默地看著韻如（實黃）。

B. 李子維工作室外（夜景）

△俊傑一個人來到工作室外，靠著牆，抬頭看著台北市的夜空。

△俊傑耳邊，偶有車聲駛過的聲音，於是他伸手摀住了自己的左耳。這時所有聲音全部消失。片刻，俊傑的耳邊忽然傳來了一個女人清唱的歌聲。

韻如 O.S.：所以暫時將你眼睛閉了起來……黑暗之中漂浮我的期待……

△隨著記憶中的歌聲，俊傑緩緩地閉上了眼睛，鏡頭隨之跳切至下一場。

C. 巷口（日景，1999）

△在一處感覺不太像是台北的巷口，俊傑坐在停好的摩托車上，正摀著自己的左耳，神情溫柔地看著前方不遠處。（這是俊傑送韻如去台北讀書的那一天）

韻如 O.S.：平靜臉孔映著繽紛色彩，讓人好不疼愛……

△隨著俊傑的視線望去，只見到對街的韻如背著背包，戴著耳機，正緩緩走來，神情放空地跟著耳機內的旋律哼唱著。

韻如 O.S.：你可以隨著我的步伐輕輕柔柔地踩，將美麗的回憶慢慢重來……

△俊傑看著韻如嘴裡微微動著，像是不讓任何人聽到地哼唱著。這世界只有他能聽到這歌聲，彷彿只有俊傑能聽懂韻如的心聲。

△他看著韻如，兩人即將分隔兩地的心情讓他覺得不捨。

韻如 O.S.：忽然之間浪漫無法釋懷，明天我要離開……

△隨著音樂到一個段落，韻如抬起頭，看到了不遠處正在看著她的俊傑。韻如對他揚起了淡淡的笑容。

△俊傑微笑回應，望著韻如那還沒分離就開始想念的神情，跳切至下一場。

D. 李子維工作室外（夜景）

雨萱（實陳）O.S.：莫俊傑？

△回到現在，俊傑睜開眼睛，放下摀著耳朵的手，耳邊又恢復了原本台北夜晚的城市環境音，眼前是剛剛買完宵夜回來的雨萱（實陳）。

雨萱（實陳）：莫俊傑，你一個人在這裡幹麼？

△俊傑看著雨萱（實陳）望著他的神情，一瞬間，把她看成了回憶中的那個韻如，一時出了神。

雨萱（實陳）：（納悶）怎麼了？

俊傑：（回神）沒事，就只是想出來透透氣。

△鏡頭隨著俊傑看著雨萱，那故作無事的微笑，跳切至下一場。

第 38 場

時間：夜
內景：李子維工作室
年代：2014

△俊傑和雨萱（實陳）提著宵夜走進工作室內。

△子維見到兩人前來，隨即比了一個噓的手勢，然後指向沙發區的方向。俊傑跟雨萱（實陳）隨之望去，只見坐在沙發上的韻如（實黃）已經睡著的模樣。

△俊傑看著熟睡的韻如（實黃），於是上前脫下自己身上的外套，替韻如（實黃）蓋上。

△俊傑身後的雨萱（實陳）將俊傑對待韻如（實黃）的體貼，全看在眼裡。

△沒想到這時俊傑一回頭，就見到子維拿著鑰匙，踮著腳，小心翼翼地正準備溜出工作室。

△俊傑轉身看向子維。

俊傑：你要去哪？

子維：（小聲）小聲一點啦。

△子維趕緊確認有沒有吵醒韻如（實黃）。

子維：（小聲）當然是回家洗澡睡覺啊。

俊傑：可是我答應了陳韻如，要幫她好好看著你的。

△子維見狀，一臉「你有沒有搞錯」的表情看著俊傑。

子維：我讓雨萱看著我，這樣可以了吧？

△子維把雨萱（實陳）手中的宵夜遞給俊傑。

△此時韻如（實黃）仍熟睡著。

第 39 場

時間：日／夜

外景：街道上／黃雨萱公司大樓外／同居公寓樓下

內景：同居公寓

年代：2014

△時間流程，蒙太奇的段落。

△字卡：7月9日

A. 街道上

△子維剛談完公事，走出大樓。才跟客戶道別，一轉身就看到韻如（實黃）喝著手搖飲站在他面前，伸手拿出另一杯替子維買的手搖飲遞給他。

△子維無奈地接過杯子，轉身離開。

△走到一處巷口，子維冷不防轉進巷弄裡，想要甩掉韻如（實黃）。韻如（實黃）不甘心地快步跟上。

B. 黃雨萱公司大樓外

△子維騎車到雨萱公司大樓外接雨萱（實陳），沒想到韻如（實黃）竟坐在後方的計程車上緊跟著。

C. 同居公寓樓下

△回到家門口，子維跟雨萱（實陳）準備上樓。當韻如（實黃）想跟上，子維直接把門關上。

△被擋在門外的韻如（實黃）大力拉門生氣。

韻如（實黃）：喂，李子維，開門啊。

子維 O.S.：不要。

韻如（實黃）：你不開我也不會走的。

D. 同居公寓

△夜晚，子維站在陽台，看著在樓下守候的韻如（實黃），他神情無奈。

△接著子維回到客廳，他一臉煩躁，突然看到今天韻如（實黃）買給他的手搖飲，杯子上畫了一個方糖圖案，跟當年他跟雨萱還沒在一起時，雨萱畫的方糖圖案一模一樣。

△子維覺得匪夷所思。

E. 同居公寓樓下

△夜晚，韻如（實黃）一直守在子維家門口。

△一個男子的身影突然靠向韻如（實黃）身後，拍了她的肩。

子維 O.S.：妳要在這邊等到什麼時候？

△韻如（實黃）被聲音嚇到彈起身，回頭看見是子維。

韻如（實黃）：你怎麼會在這，你不是在樓上？

子維：我在樓上看妳看得一清二楚，要躲過妳還不簡單，拿去。

△子維遞上兩份宵夜，交給韻如（實陳）。

韻如（實黃）：你幹麼？

子維：我買了兩份宵夜，妳幫我帶上去給雨萱吃，我要去工作室一趟。

韻如（實黃）：不行，我要跟你去。我說過了，我會一直盯著你，一直到過了 7 月 10 號以後……

△子維無奈嘆了口氣。

子維：我真是輸給妳……

△子維說完，對著一個不遠處的轉角大聲說話。

子維：那邊那位大哥可以出來囉，我在樓上早就看到你了。

△俊傑默默從一旁走出來。

俊傑：（抓頭）我只是擔心韻如的安全……

子維：你陪我去工作室一趟。（轉頭向韻如）這樣可以了嗎？

韻如（實黃）：真的？

子維：就像妳說的，明天才是 7 月 10 號不是嗎？

韻如（實黃）：但誰知道會發生什麼事？

子維：好了啦……我要跑早跑了，有莫俊傑在，妳擔心什麼？

△韻如（實黃）拗不過子維，只好接過宵夜。

第 40 場

時間：夜
內景：同居公寓
年代：2014

△韻如（實黃）帶著宵夜來敲門，沒過一會兒，雨萱（實陳）前來開門。

△韻如（實黃）遞上宵夜。

雨萱（實陳）：進來吧，一起吃。

△雨萱（實陳）打開宵夜，發現沒有餐具。

雨萱（實陳）：怎麼沒有叉子……

韻如（實黃）：我去拿。

△韻如（實黃）不假思索地走到廚房，拿了兩支叉子過來。

△雨萱（實陳）看在眼裡，若有所思。

雨萱（實陳）：我可以問妳一些事情嗎？

韻如（實黃）：什麼事？

雨萱（實陳）：未來的事……

第 41 場

時間：日

內景：李子維工作室

年代：2014

△時間流程，城市日間外觀空景。

△午後，俊傑來到工作室，看到子維正在畫圖。

俊傑：你現在有空嗎？

子維：幹麼？

俊傑：我想看當年你幫奶奶冰店設計的圖。

子維：我收在倉庫了，你等一下。

△子維走到一樓角落的儲藏室拿設計圖，俊傑跟上去。

第 42 場

時間：日

內景：李子維工作室儲藏室

年代：2014

△子維毫無戒心地走進儲藏室翻找檔案，沒發現門外的俊傑將一箱食物備品放入門內，快速將倉庫門關上。

子維：喂，莫俊傑你幹麼？

△子維還搞不清楚是什麼情形，就發現有一個人影在窗外，正在把窗戶釘死。子維猛然驚覺事態不對。

△隨著子維一邊拍門，一邊對著門外大喊的聲音。

△鏡頭來到門外，只見韻如（實黃）、俊傑和雨萱（實陳）二人一臉歉意。

子維 O.S.：你們在幹麼啊？我不是說過我今天哪裡都不會去嗎？幹麼把我關起來啊？

△子維試圖推開窗戶，但徒勞無功。

△門外，韻如（實黃）和俊傑隔著一個門板和子維對話。

韻如（實黃）：我知道你說過，可是我們還是擔心有什麼萬一……對不起啦……

俊傑：你就當作放假一天吧。你就忍一下，反正再怎麼樣，過了今天你就安全了。

△子維看著眼前的情況隱隱作怒。

第 43 場

時間：夜

內景：李子維工作室

年代：2014

△夜晚，三人坐在一樓接待區的沙發一起吃著泡麵，時間已過去數小時。

△韻如（實黃）一臉相當不安的神情。

△俊傑看韻如（實黃）這樣，想試著安撫她的心情。

俊傑：不用擔心，再過幾個小時，就過了妳最害怕的 7 月 10 號了。

韻如（實黃）：（不安）嗯……

俊傑：我們反而要擔心的是過了十二點之後，萬一什麼事情都沒發生，我們三個要怎麼跟李子維交代。到時他肯定會氣炸了。

韻如（實黃）：那就讓他氣吧，只要能改變未來……只要他能平安度過這一天，其他都不重要了……

△雨萱（實陳）看著韻如（實黃）一臉隱隱不安的神情，就在這時，她的手機震動起來。

△雨萱（實陳）拿起手機一看，臉色有些改變。

俊傑：怎麼了？

雨萱（實陳）：喔沒有，是朋友傳來的。

韻如（實黃）：朋友，昆布嗎？

雨萱（實陳）：（起身）對啊，好像有急事。我去打個電話。

韻如（實黃）：喂，妳也別跑太遠。

雨萱（實陳）：不用擔心，我就在外面而已。

△韻如（實黃）看著雨萱（實陳）匆匆推門出去。

△霎時間，客廳只剩俊傑與韻如（實黃）兩人。俊傑調整座位，來到跟韻如（實黃）好講話的位置。

俊傑：大學畢業之後，妳都在做什麼？

韻如（實黃）：我說過了……我不是陳韻如，我是黃雨萱啦……

俊傑：可是妳不是也說過，妳有陳韻如的記憶嗎？

韻如（實黃）：我是有她的記憶，但其實模模糊糊的也不是很清楚。

△俊傑望向韻如（實黃），似乎帶有一點期望。

俊傑：我只是想知道……妳後來怎麼樣？

第 44 場

時間：日

外景：火車站外

年代：1999

△俊傑騎車送韻如到車站，接過她遞來的安全帽。

俊傑：到台北聯絡我，我放假就上去找妳。

韻如：嗯，掰掰。

△韻如轉身離開時。俊傑像是按捺不住心情，伸手拉住了韻如。

△韻如被猛然一拉，回過身看向俊傑。

△俊傑看著韻如，捨不得的心情卻又說不出口了。他放下韻如的手，找了其他理由推託。

俊傑：剛才……有車經過。小心一點。

<u>跳轉</u>

△韻如已走到車站門口，回頭看向俊傑。

△俊傑微笑，和韻如揮手道別，直到她走入車站。

俊傑 o.s.：當時的妳，因爲課業忙碌，越來越少回家，我也沒辦法每週上台北見妳一面。

第 45 場

時間：夜

外景：台北街頭

年代：2001

△雨天，客運拋錨在路邊，車尾冒著白煙，司機淋著雨放置三角錐。

△此時俊傑拿著一束花，隨著其他乘客從客運跳下車。他手上沒有傘，大雨很快就把他淋得半溼。

俊傑 O.S.：妳的話裡越來越常出現我沒聽過的朋友，而我能告訴妳的，卻只有沒變化的每一天。

△俊傑在路邊招車想趕上演唱會，但大雨天的計程車都載了客，他一直招不到車。

△俊傑拿出手機，卻因為雨淋，手機已經關機打不開了。最後俊傑只好脫下外套，蓋在要送給韻如的花上，自己淋雨跑向會場。

第 46 場

時間：夜

外景：演唱會場外

年代：2001

△俊傑終於來到會場外，已經沒有多少人了，連小販都開始慢慢收攤。

△演唱會入口的門已鎖上，狼狽的俊傑站在屋簷下等待，手上的花束也被雨淋得七零八落。

俊傑 O.S.：跟妳約在台北聽伍佰演唱會的那天，很抱歉我沒有趕上……

跳轉

△稍後，雨停了，俊傑還站在會場外。這時出入口開始出現人潮，是演唱會結束了。

△俊傑跑到出口附近，拚命尋找韻如的身影。

△終於，俊傑看見一個疑似韻如背影的女孩，打算上前道歉。

△就在俊傑快步上前時，他看到另一個男生走向那女孩，兩人有說有笑。

△俊傑瞬間停下腳步，難過地看兩人走遠。

第 **47** 場

時間：日
內景：陳韻如打工唱片行
年代：2001

俊傑 O.S.：後來，我去妳打工的那間唱片行，看見妳和朋友聊著演唱會的事。我很開心，有人可以陪著妳……

△隔日，俊傑來到韻如打工的唱片行，想找她解釋，卻看到同一個男子在跟她聊天。

△俊傑望著兩人開心聊天的身影，依然沒看見男生的臉。但看著男生表演遮眼的動作，猜想韻如可能跟他進去看演唱會了。

△唱片行外的俊傑突然失去上前的勇氣，連原本打好的道歉簡訊都沒傳出去，最後傷心地離開。

第 48 場

時間：夜
內景：李子維工作室
年代：2014

△俊傑握緊雙手，鼓足勇氣。

俊傑：我只是想知道妳跟那個男生後來……

△韻如（實黃）皺眉，突然比了個安靜的手勢。

韻如（實黃）：等一下，你有沒有聽到儲藏室裡有什麼聲音？

△兩人仔細聽，發現裡頭有搬東西的聲音。

第 49 場

時間：夜
內景：李子維工作室儲藏室
年代：2014

△韻如（實黃）開門衝入儲藏室。

△眼前的儲藏室裡已經空無一人。

△兩人見到原本從外封死的窗戶被打開了。

韻如（實黃）：完蛋了！

△韻如（實黃）慌張跑出工作室。

第 **50** 場

時間：夜

外景：李子維工作室外

年代：2014

△俊傑跟韻如（實黃）快步跑出工作室，發現工作室外沒有人，連剛剛出來講電話的雨萱也不見蹤影。

俊傑：黃雨萱呢？

△兩人來到工作室門口路上，依然不見子維和雨萱。

俊傑：李子維去哪了？

△俊傑說完，轉頭看向一旁的韻如（實黃），只見韻如（實黃）一臉驚恐地想起什麼似的。

韻如（實黃）：他該不會去那個地方了吧？

△隨著韻如（實黃）擔憂地快速跑開，俊傑跟上，跳切至下一場。

第 51 場

時間：夜

外景：街道上／廢棄大樓外

年代：2014

△韻如（實黃）與俊傑在工作室附近的大街上狂奔，接著拐入一個人煙較少的工業區。一棟廢棄大樓聳立。

△這時韻如（實黃）一邊拿手機打給子維，他卻沒接。

韻如（實黃）：李子維在幹麼？爲什麼不接電話？

△韻如（實黃）和俊傑找到入口，四處喊著子維的名字，卻不見人影。

△兩人各自混亂搜尋一陣後又碰見彼此。

俊傑：我都沒有看到他。

韻如（實黃）：我找這邊！你找那邊！

△韻如（實黃）喊了聲，示意跟俊傑分頭尋找，隨即轉身拾階而上。

第 52 場

時間：夜

內景：廢棄大樓

年代：2014

△樓梯高度不斷攀升，直到八樓，韻如（實黃）仍不見子維身影。

△當她轉身準備走向另一個樓層時，隱約聽見了子維的聲音。

子維 O.S.：陳韻如人呢？

△韻如（實黃）猛然回過頭，奔向聲音來源。

韻如（實黃）：李子維！

△韻如（實黃）來到子維面前，卻看見子維身邊有另一個人。那人轉過身，竟是一個跟子維長得一模一樣的男子（王詮勝，實李）。

△韻如（實黃）對眼前的景象還困惑不已。子維正想開口解釋時，她的背後傳來一陣腳步聲，令子維和詮勝（實李）臉色頓變。

詮勝（實李）：陳韻如，妳冷靜點……

△韻如（實黃）轉過身，看見她背後走來的人是雨萱（實陳），而她手上緊緊握著一片碎玻璃，鮮血隨著玻璃邊緣一路流至尖端滴下。

韻如（實黃）：這到底怎麼回事？爲什麼……

詮勝（實李）：陳韻如，妳冷靜點……

韻如（實黃）：什麼，陳韻如？

△這時拿著玻璃的雨萱（實陳）突然衝向韻如（實黃）。

△詮勝（實李）見狀也向前衝，瞬間將韻如（實黃）往後拉，但自己卻沒能躲過雨萱（實陳）的攻擊，側腰部被雨萱（實陳）的玻璃插入，玻璃斷了半截在裡頭。

△詮勝（實李）摔倒在地，他捂著傷口，避免流更多血。這時子維趕緊上前擋住韻如（實黃），以免雨萱（實陳）又上前攻擊。

△眾人既錯愕又不解地看向雨萱（實陳）。

雨萱（實陳）：你們要相信我，我現在所做的一切，都是爲了你們好……只有我消失了，這一切才有可能會不一樣……你們要相信我……

△說完，雨萱（實黃）注意到韻如（實黃）身後不遠處是塊沒有圍牆的空地。

△突然，雨萱（實陳）顫抖著身體，將玻璃碎片扔向子維。

△瞬間子維只能用手阻擋，雨萱（實陳）卻趁勢往前衝，抓住韻如（實黃）往後推，打算一舉把她推下樓。

△詮勝（實李）跟子維見狀也趕上前。

△就在雨萱（實陳）跟韻如（實黃）兩人在邊緣掙扎時，雨萱（實陳）失去重心，向後倒去。

△Slow Motion 子維率先一步拉住要摔下去的雨萱（實陳），但失去重心的雨萱（實陳）沒有被拉回來，反而伸出另一隻手去拉著韻如（實黃）。

△就在這一瞬間，雨萱（實陳）將子維的手甩開，接著緊緊抓住韻如（實黃）的手向後倒去。

△一旁負傷的詮勝（實李）痛得倒在地上，晚了一步，沒能拉住韻如（實黃）。

△韻如（實黃）在摔出的一瞬間，只看見子維崩潰地大喊著雨萱的名字，接著就和雨萱（實陳）雙雙墜地，一左一右，地面上開滿了血花。

△這回，摔落地面的竟是兩個女孩子，而非子維。

第 53 場

時間：日
內景：太平間
年代：2014

△子維站在太平間內，眼前是一張不鏽鋼床，床上的白布浮顯著人形。

△子維緩緩掀開白布，像是在跟雨萱做最後的告別。

△子維看到雨萱蒼白的臉龐，忍不住掉下眼淚，跪地痛哭。

子維 V.O.：雨萱，爲什麼妳所說的那個未來，跟我遇到的不一樣。爲什麼死的人是妳？

第 54 場

時間：日／夜
外景：醫院花園
內景：同居公寓／李子維工作室／景觀餐廳
年代：2014~2017

A. 醫院花園

△字卡：2014 年 7 月 12 日

△子維坐在長凳上，看起來非常沮喪。

△詮勝穿著病服，坐在輪椅上來到子維面前。

子維：我想問，當未來的我來到你身上時，你有發現什麼線索嗎？

△詮勝回想著被穿越時的細節。

詮勝：我記得……當時好像身在一個無邊無際的空間裡，看著你的記憶，不管是過去還是未來的。

子維：那你有看到我當時是怎麼穿越回來的嗎？

詮勝：是因爲一卷伍佰的錄音帶專輯《愛情的盡頭》。你聽了那卷錄音帶後，就回來了。

△子維有些驚訝，因為雨萱說的話被詮勝給證實了。

B. 同居公寓客廳

△音樂段落。

△同居公寓內，子維抱了一箱伍佰《愛情的盡頭》的錄音帶和 CD，從全新到二手，彷彿愛好者的收藏一樣齊全。

△子維嘗試播放每一片、每一卷，但除了音樂迴響與音質差異，沒有其他變化。

△子維的周圍到處四散著伍佰的專輯。

C. 同居公寓廁所

△子維一個人神情落寞，疲憊地站在鏡子前刷牙，刷著刷著，他看向一旁沒人坐在上面的馬桶發愣，然後開始對著馬桶說話，像是跟雨萱對話。

子維：想聽笑話嗎？好啊，有一天，包子……

△子維才開口要說笑話，因為想起了雨萱，心裡就難過，眼眶紅了，但還是逼自己帶著哽咽的口氣，繼續講下去。

子維：幹麼這樣，這一集真的很好笑……

D. 李子維工作室

子維 O.S.：自從肉包跟銀絲卷吵架之後，他心裡很難過，很心酸……

△子維再抱一箱《愛情的盡頭》的錄音帶和 CD 進來，這時可以看見工作室裡的《愛情的盡頭》專輯已經比上一次還多了。

△子維的狀態有些不一樣，看起來已經過了一段時間。

△他繼續打開錄音帶，放進旁邊的音響，按下播放鍵，音樂流瀉。

△接著子維按下停止鍵，將錄音帶取出，貼上打著「X」的標籤，放到另外一邊的盒子裡。那盒子裡頭全是貼著標籤的錄音帶。

△子維嘆了一口氣，拿起小桌上的手機傳了訊息給雨萱。

△手機螢幕：「剛才開會的時候，客戶推薦了一間不錯的餐廳，要去試看看嗎？」

E. 景觀餐廳

子維 O.S.：可是他一直告訴自己不能哭……

△景觀餐廳裡，子維一個人，一邊吃飯，一邊對著前方說話。

子維：我本來以爲這個禮拜就可以結案，誰知道德國那邊今天又提了新的修改方案……

△隨著子維的話語，鏡頭帶到桌子的對面。子維的對面沒有坐任何人，但他卻繼續對著空氣說話。

F. 同居公寓

子維 O.S.：所以他就一直忍、一直忍，把眼淚吞下去，妳知道最後他變成了什麼嗎？

△台北城市夜間外觀空景。

△子維看著窗外，空氣裡又縈繞著〈Last Dance〉的歌聲。他拿起手機傳了一封訊息給雨萱。

子維 V.O.：（訊息）當我想妳的時候，我都會聽這首歌，因爲，是這首歌，
讓我找到了妳。

△子維一邊聽著歌，一邊在紙上畫上以前雨萱畫給他的方糖圖案。

△沒多久，子維又按下 Stop 鍵，拿出錄音帶，貼上標籤，換下一卷……

△從天台可以看見屋內的燈光依舊亮著，子維從未放棄穿越回去找尋雨萱。

G. 同居公寓廁所

子維：他變成了湯包了……

△子維一邊說著，一邊抹去去眼角的淚水，逞強講著笑話。

子維：黃雨萱，妳幹麼不笑啊，這明明就很好笑……妳爲什麼不笑……

△鏡頭隨著子維的視線往旁邊移，一個人都沒有。

第 55 場

時間：日

內景：台北二手唱片行

年代：2017

△字卡：2017 年

△唱片行外高掛著紅布條，寫著「租約到期，全數出清」。

△子維一個人拿著一張清單，上頭是各地唱片行的地址。

△子維看見布條後毫不猶豫地走進去，像是早有準備前來。

△店內的架子上仍有些 CD，看得出來被人買走不少；錄音帶則被一箱箱裝著，堆放在走道上任人挑選；角落也放了幾張桌子，上面堆滿各種海報、小卡等周邊。

△店內被擺成這樣，加上人不少，子維在店內通行時，時不時會被其他人撞到，但他恍若未知。

△有一箱裝著老舊卡帶的紙箱，可能是被路人踢到了，幾乎被推到放著周邊的桌子底下。紙箱內的卡帶狀況很糟，發霉、泛黃、外殼破裂等都有，但子維毫不在意地伸手在裡面翻找。不一會兒，他雙眼發亮。

△他握著一卷錄音帶站起，走到櫃枱前。

子維：這張多少？

老闆：錄音帶三張一百，你再去挑兩張。

子維：不用，這張就好。

△子維掏出一百元，不打算等老闆找錢，轉身就走。

第 56 場

時間：日
外景：停車場
年代：2017

△子維回到車上，迫不及待地將手中的錄音帶取出來。

△這張錄音帶外殼有破損的痕跡，但錄音帶保存仍算良好。

△子維將錄音帶放入車內收音機中。

△伍佰的樂聲從收音機中傳出，子維靠在駕駛座上，看著擋風玻璃前放著一對他和雨萱的搖頭娃娃。

△忽然，子維感到一陣暈眩，眼睛慢慢閉上沉沉睡去。這時的他沒注意到，外面的人物景色都暫停了。

第 57 場

時間：日
內景：王詮勝大學宿舍／心房／教室
外景：王詮勝高中／海邊／籃球場
年代：2014

△詮勝（實李）醒來的時候，是坐在電腦椅上的。

△他被電腦螢幕的亮光刺得瞇眼，但很快就發現螢幕上的網路資訊，是屬於一個叫王詮勝的人。

△詮勝（實李）照了鏡子，翻看衣櫃，房內陳設種種都與子維截然不同。

△他查看電腦上的日期：2014 年 7 月 8 日。

詮勝（實李）：8 號……是雨萱墜樓的兩天前。

△這是個重要發現，但詮勝（實李）還來不及做出任何反應，腦袋中就先閃過各種關於詮勝的回憶……

A. 王詮勝高中廁所

△Insert 詮勝被眾人推進單間廁所關起來。

△霸凌的同學拿掃帚抵住門，任憑詮勝在裡頭掙扎卻打不開門。

△突然一盆水從天而降，將詮勝潑得一身濕。這時霸凌同學一哄而散。

B. 王詮勝高中天井

△詮勝下課時間，戴著耳機經過一處天井走廊，突然幾個同學從後頭趕上，扯下他的耳機，並且從後頭用力推他。

△詮勝重心不穩跌倒在地，手上的耳機線也壞了。霸凌的同學還不放過他，拉著他的腳拖行旋轉，直到上課鐘響才放過他。

△詮勝一個人坐在地上，滿身擦傷，制服也破了，眼眶不甘心地紅了。

C. 王詮勝高中天台

△這次，霸凌同學拿著詮勝書包跑上天台。

△詮勝在後頭追著，但怎麼樣都搶不回書包。

△接著霸凌同學直接將詮勝的書包打開，從天台往下倒。

△裡頭的課本、文具、個人用品全部隨風飄，最後霸凌同學連整個書包都丟下樓。

△詮勝不想再忍，氣急敗壞地上前理論，卻寡不敵眾反被修理一頓。

△這一場註定會輸的架，讓詮勝徹底否定了自己的存在價值。

D. 海邊

△詮勝從沙灘往海水的方向走，鞋子、襪子、制服褲都逐漸被浸溼，他仍執意向前。

E. 籃球場

△突然畫面一轉，詮勝身邊好像還有個男孩，領著詮勝去打球。

△男孩跟詮勝兩人在球場上打球。從詮勝的表情看得出來，他的生活有了改變。

F. 教室

△這回變成兩人在教室裡讀書，詮勝教對方數學。

△看不清楚臉的男孩撓著頭，苦惱著眼前的數學題。

△時間回到 2014 年 7 月 8 日。湧入的回憶令詮勝（實李）不適，暈眩地坐在椅子上。

△詮勝（實李）抬頭正視鏡中的自己，忽然他確定，醫院裡的詮勝說的都是真的。

詮勝（實李）：我是…王詮勝？

G. 心房

△詮勝從心房中看著鏡子裡的子維。

第 58 場

時間：日
外景：李子維工作室外
內景：廢棄大樓
年代：2014

△詮勝（實李）來到子維工作室外，正想走上前去的時候，一輛計程車從他身旁駛過。詮勝（實李）看到韻如（實黃）下車。

△躲在巷弄轉角的詮勝（實李），目睹了韻如（實黃）直接上前抱住子維的畫面。

子維：陳韻如？

△這時站在轉角的詮勝（實李），又看到雨萱（實陳）跟俊傑趕來。

△詮勝（實李）看到雨萱（實陳），一臉有所顧忌的神情。

△Insert 廢棄大樓天台上，雙手握著玻璃顫抖著的雨萱（實陳）。

△詮勝（實李）突然對雨萱（實陳）警戒起來。

第 59 場

時間：日
內景：王詮勝大學宿舍
年代：2014

△詮勝（實李）回到住處，找了一片黑板，不眠不休地開始整理他所知道的線索。他用各種素材，在牆面上繪出時間線。

△他畫出一條橫線，一條他與雨萱共同存在的時間線，在上頭寫了年分，2017、2016、2015……一直到 2014 年。接著，他的筆停在 2014 上頭開始畫圈，不段反覆來回地畫著圓圈。

△時間過程蒙太奇。

△詮勝（實李）不斷地重新繪製時間線，不斷改變繪製的方式，有兩條直線的、一個圓的、兩個圓的、交叉的，寫字的便條紙貼上又撕下，不斷更換，上網查詢資料等等，絞盡腦汁只想找到辦法救下雨萱。

△詮勝（實李）不知道經過了幾個小時，終於，筆停下來了，筆尖又回到 2014 的刻度上。詮勝（實李）想了想，開始向下畫另一個圈。

詮勝（實李）：如果這是雨萱經歷的時間……在她的時間線裡，死去的人是我……所以她才回到這裡，想要阻止這一切……

△接著詮勝（實李）開始在兩個圓圈之間反覆落筆，形狀漸漸變成了無限的符號。

△終於，詮勝（實李）再次停下筆，並且在無限符號的中間交會點，寫上 2014 年 7 月 10 日。

詮勝（實李）：可是當她到了我這個時間線，死去的人，卻變成了她……

△詮勝（實李）在無限符號的上半圈標記了李子維，在下半圈標記了黃雨萱。

△鏡頭隨著詮勝（實李）一臉思索的神情，跳切至下一場。

第 60 場

時間：夜
內景：李子維工作室儲藏室
年代：2014

△時序來到 7 月 10 日。

△這時的子維正被眾人關在儲藏室內。

△子維怒氣沖沖的敲著門，對著外頭大喊著。

子維：喂！你們不要鬧了啦，我說真的，你們再不開門，我就要翻臉了喫！

△只是不管子維怎麼喊叫，門外始終沒有回應。

△不知該如何是好的子維只能背靠著門，順勢滑坐在地上，又氣又頹喪。

△沒一會兒，子維像是聽到什麼，一臉錯愕的猛然站起身。

△鏡頭隨著子維的視線望去，只見詮勝（實李）把卡在窗戶上的木頭搬開。

△子維走上前打開窗戶，竟然看見一個長得跟自己幾乎一樣的詮勝（實李），一臉錯愕。

△隨著兩人看著對方的視線，跳切至下一場。

第 61 場

時間：夜
外景：廢棄大樓外
年代：2014

△子維跟著詮勝（實李）來到了事發地點的廢棄大樓附近。

△詮勝看了一眼手機，確認雨萱（實陳）在簡訊上約碰面的地點。

詮勝（實李）：陳韻如怎麼會約這裡？

子維：什麼意思？

詮勝（實李）：這裡是雨萱跟陳韻如墜樓的附近。

子維：喂，我不懂……如果她眞的是陳韻如的話，爲什麼要做出這樣的事情？

△就在此時，子維看到廢棄大樓中有個人影。詮勝（實李）見狀，與子維兩人互看了一眼，隨即快步跟上。

第 62 場

時間：夜
內景：廢棄大樓
年代：2014

△廢棄大樓內，詮勝（實李）跟子維快步奔跑上樓，找尋著雨萱（實陳）的身影。

第 63 場

時間：夜
內景：廢棄大樓
年代：2014

△詮勝（實李）跟子維兩人來到看見人影的樓層，卻沒看見雨萱（實陳）。

子維：人呢？

△這時兩人聽到不遠處傳來了韻如（實黃）的聲音。

韻如（實黃）o.s.：李子維！

△沒多久，詮勝（實李）跟子維兩人看見韻如（實黃）氣喘吁吁地爬上來，累到手撐著膝蓋喘氣。

△突然詮勝（實李）意識到時間軸又回到了原本的時空。

△註：以下內容以詮勝（實李）視角呈現。

△這時詮勝（實李）發現雨萱（實陳）從韻如（實黃）身後出現，手裡依然緊緊地握著一片碎玻璃。

△詮勝（實李）感覺這次的記憶跟上次有些微的差距，卻無暇顧及。

韻如（實黃）：這到底怎麼回事？爲什麼……

詮勝（實李）：陳韻如，妳冷靜點……

韻如（實黃）：什麼，陳韻如？

△這時拿著玻璃的雨萱（實陳）突然衝向韻如（實黃）。

雨萱（實陳）：（尖叫）啊！

△詮勝（實李）見狀也向前衝，瞬間將韻如（實黃）往後拉，但自己卻沒能躲過雨萱（實陳）的攻擊，側腰部被雨萱（實陳）的玻璃插入，玻璃斷了半截在裡頭。

△詮勝（實李）倒在地上捂著傷口，避免流更多血。這時子維趕緊上前擋住韻如（實黃），以免雨萱（實陳）又上前攻擊。

子維：妳沒事吧？

韻如（實黃）：沒事，但是他……

△韻如（實黃）看著一旁摀著傷口的詮勝（實李）。

子維：妳到底爲什麼要這麼做？

△就在這時，眾人看向雨萱（實陳）。

雨萱（實陳）：你們要相信我，我現在所做的一切，都是爲了你們好……只有我消失了，這一切才有可能會不一樣……你們要相信我……

△說完，雨萱（實黃）注意到韻如（實黃）身後不遠處是塊沒有圍牆的空地。

△突然，雨萱（實陳）顫抖著身體，將玻璃碎片扔向子維。

△瞬間子維只能用手阻擋，雨萱（實陳）卻趁勢往前衝，抓住韻如（實黃）往後推，打算一舉把她推下樓。

△詮勝（實李）跟子維見狀也趕上前。

△就在雨萱（實陳）跟韻如（實黃）兩人在邊緣掙扎時，雨萱（實陳）失去重心，向後倒去。

韻如（實黃）：不要！！！！

△Slow Motion 子維率先一步拉住了雨萱（實陳）的手。這個瞬間，雨萱（實陳）也伸手抓住了韻如（實黃）的手。

△但這次詮勝（實李）忍住疼痛，衝上前抱住韻如（實黃），沒讓她被雨萱（實陳）給拖下去。

△雨萱（實陳）驚訝沒抓住韻如（實黃），只能默默地摔下樓。

△這時子維竟然為了保護雨萱（實陳）的身體，強行抱住對方，雙雙失去重心墜落。

△這一回，又變成雨萱（實陳）與子維墜樓。

韻如（實黃）：李子維——

△隨著韻如（實黃）失聲尖叫。突然間一切也像是被人按下停止鍵，軋然而止。

第 64 場

時間：日

內景：上海辦公室

年代：2017

△黑暗的畫面，傳來吵雜的人聲。

宋潔 O.S.：雨萱、雨萱……黃雨萱？！

同事們 O.S.：怎麼辦，要不打 120 吧？

△紛雜的討論聲與呼喚名字的聲音，雨萱忽然像是重新獲得空氣一樣，驚醒後大口地呼吸。

雨萱：李子維！！

△所有人被雨萱的驚醒嚇了一跳。

宋潔：妳沒事吧！？

雨萱：我……我怎麼在這裡？

△雨萱愣愣看著身旁的人，突然收拾隨身物品與隨身聽，就起身跑掉了。

宋潔：喂，妳去哪啊！？

雨萱：（跑遠）對不起，我要請假。

第 65 場

時間：夜

內景：冰店

外景：廢棄大樓外

年代：2017 ／ 2014

△台北市夜間外觀空景，一架飛機劃過夜空降落。

A. 冰店

△冰店打烊後，俊傑獨自整理著店內的擺設。這時有人走進店內，俊傑抬頭，看見是雨萱，沒有感到意外，反而是一臉凝重。

△時序稍後，雨萱跟俊傑坐在店內一處。俊傑神情沉重，感覺像是剛聽完雨萱述說她回到 2014 年的事。

雨萱：你眞的不知道事情發生的經過嗎？爲什麼你之前都沒有跟我說？

△俊傑望著雨萱，眼神流露出哀傷，跳切至下一短場。

B. 廢棄大樓外

△時間再次回到 2014 年 7 月 10 日的夜晚，時序從子維擁著雨萱，兩人倒在血泊之中做為開始。

△此時俊傑從不遠處跑來，一臉驚恐，不敢相信他眼前所見的畫面。

俊傑 O.S.：三年前，李子維確實在我眼前墜樓身亡……

△俊傑看著躺在地上的兩人，淚水隨著悲痛的心情流下。

俊傑 O.S.：事實對我們……對妳來說都太殘忍了，看到妳失去子維後的樣子，除了瞞著妳，我們沒有其他辦法……

C. 冰店

△鏡頭回到現在，雨萱不禁露出困惑的神情。

雨萱：你們？

△就在這時，有人開門走進了店裡。雨萱聽到了開門聲響，回頭望去，露出驚訝的表情。雨萱起身走向這人。

△鏡頭隨之帶去，走進店裡的人，是王詮勝。

第 66 場

時間：夜

內景：冰店

外景：廢棄大樓外

年代：2017

△雨萱望著眼前的詮勝，聽著俊傑向她說明那一天之後發生的事情。

俊傑：當王詮勝從醫院醒來後，他把一切都告訴了我。我才明白，那時候的陳韻如，也就是妳，所說的一切都是眞的。

詮勝：其實，想要改變過去的人不只有妳，還有另一個來自未來的李子維。

△雨萱聞言，又困惑又震驚。

雨萱：等一下，我不懂，另一個來自未來的李子維，是什麼意思？

△詮勝望著雨萱，開口緩緩說出他所知道的一切。

詮勝：在李子維的時空裡，7 月 10 號墜樓的，確實是你們兩個。

△ Insert 子維時空廢棄大樓外，雨萱和韻如躺臥在地上，血跡斑斑。

詮勝：可是在我們所處的這個現在，卻變成了妳跟他……

第 67 場

時間：日

外景：停車場

年代：2017

△停車場頂樓，坐在車內的子維突然醒過來。

△子維坐在車內，從窗戶看著外頭無人的環境，接著有些茫然地確認手機上的時間：2017 年 11 月 6 日下午兩點。

第 68 場

時間：夜

外景：河濱公園

內景：廢棄大樓

年代：2017

△一處河濱公園，子維將手中的錄音帶遞給詮勝。

△詮勝接過錄音帶，仔細觀察著。

詮勝：這卷就是讓你回到過去的錄音帶？（看子維）所以你真的回去了？

△子維神情落寞，微微點了點頭。

△詮勝看著子維，像是從中知道天台所發生的事情，心情也跟著沉重了。

詮勝：就算我們找到了回去的辦法，也沒有辦法改變過去所發生的事情嗎？

子維：不管我試了幾次，都沒有辦法沒救到她。

△子維聽完詮勝說的話，一瞬間眼眶泛紅。

△Insert 廢棄大樓天台邊緣的詮勝（實李），像是所有東西都被掏空似的，癱坐在地上，無法接受的痛苦神情，加上腹部的傷口，詮勝（實李）緩緩昏倒。

第 69 場

時間：夜／日

內景：冰店／王詮勝大學宿舍／心房

年代：2017 ／ 2014

A. 冰店

△回到黃雨萱時間線，詮勝繼續訴說後來的事情。

詮勝：李子維從我的身體消失後，我去找了莫俊傑，把一切告訴了他。

B. 王詮勝大學宿舍（日景，2014）

△俊傑來到詮勝的宿舍，詮勝將當時在黑板上畫的脈絡圖給俊傑看。

詮勝：這些是 2017 年的李子維畫的。

△俊傑看著黑板上的時間軸與筆記，感到不可置信。

C. 冰店

△這時雨萱的面前，多了一張圖，是詮勝畫出來的時間軸。

詮勝：在他的時空裡，7 月 10 號墜樓的人，是妳和陳韻如。可是在我們所處的這個現在，卻變成了妳跟他。

△雨萱看著這張時間軸思考。

雨萱：所以……李子維……他在另一個時空還活著？

俊傑：我跟王詮勝都是這麼相信……

雨萱：這麼重要的事情，你們爲什麼瞞著我！？

俊傑：雨萱，妳冷靜一點。

詮勝：就算妳知道了，也什麼都改變不了……

D. 心房（2014）

△ Insert 心房中的詮勝，看著整間屋子的投影畫面，全是子維思念著雨萱的悲傷。

△ 雖然畫面有些閃爍模糊，但詮勝也同時間體會到了子維的悲傷。

E. 冰店

詮勝 O.S.：如果李子維在 7 月 10 號那天有救下妳，那我們就不會坐在這裡了。

△ 回到現在，雨萱泛著淚，看著子維留下來的唯一線索。

俊傑：也許子維也希望妳能好好活下去。

△ 雨萱看著俊傑，眼神堅定的她沒打算就此放棄。

雨萱：如果我跟他都逃不過這場意外，那陳韻如呢？她現在人在哪裡？

俊傑：（搖頭）那天之後她就不見了。我也找了她很多年，都聯繫不上，最後只在大概一年前的一篇網路貼文裡，發現她意外被拍到。

△ 這時俊傑將手中的平板電腦遞給了雨萱。

△ 雨萱接過平板電腦，看見照片拍的是一個裝飾品。在沒有完全聚焦的後頭，有一群人在聚會。

△雨萱再把照片放大，發現韻如就在聚會裡頭，而她身後有一位男子將手搭在她的肩上，看似親暱的樣子。

△雨萱不斷放大照片，突然像是看到什麼，一臉意外的表情。

第 70 場

時間：夜

外景：河濱公園

年代：2017

△回到李子維時間線，子維收斂了難過的情緒，看向詮勝。

子維：我來只是想告訴你，一切都已經結束了。還是謝謝你的幫忙。

△詮勝點了點頭，像是明白子維現在的心情，他沒有多說什麼，低著頭看著手上的錄音帶盒。

△然而詮勝定睛一看，感覺外殼的裂痕有些熟悉，打開了錄音帶盒，拿出其中的歌詞本翻到最後一頁，發現上頭寫著一句：「你應該會喜歡這張專輯，送你——劉宇恆。」

△詮勝見狀，一臉錯愕地看向子維。

詮勝：李子維……你是怎麼拿到這卷錄音帶的？

子維：我是在一家二手唱片行找到的。

詮勝：（不可置信）這是以前，我一個很好的朋友，送給我的錄音帶……

△鏡頭隨著子維聞言感到意外的神情，跳切至下一場。

第 71 場

時間：夜
外景：陳韻如上海家門口
內景：陳韻如上海家
年代：2017

△飛機空景。

△雨萱一個人來到楊皓家門口。正想敲門時，發現門沒鎖，於是緩緩打開門。

△隨著門被推開，雨萱想起先前的事。

△Insert 冰店時，雨萱拿起俊傑的平板，發現韻如旁邊出現的男人，竟是楊皓。

△回到現在，雨萱帶著疑惑的心情走進楊皓家。大廳的燈沒有開，只有月光從落地窗灑進來，地上則是散落著空酒瓶。

雨萱：楊皓？

△緩緩走到客廳的雨萱發現不遠處的房間燈是亮的。她走近將門推開，發現一個空

病床，周圍擺放著醫療機器。再仔細看，周圍的書籍、照片，這是韻如的房間。

△就在雨萱還搞不清楚狀況時，突然一人從後背用力抱住她。雨萱嚇得想把對方甩開，卻依然被緊緊抱住。

楊皓：韻如，韻如妳回來了！妳真的回來了。

雨萱：楊皓，我不是陳韻如，放開我……你放開我！

△終於，雨萱使勁，一把將虛弱的楊皓給推開。沒想到楊皓竟然撞到了牆角，暈了過去。

第72場

時間：夜／日

內景：陳韻如上海家／KTV／陳韻如打工唱片行

外景：演唱會場外

年代：2017／2001

A. 陳韻如上海家客廳銜接臥室（2017）

△楊皓終於慢慢地醒過來，發現自己躺在沙發上，而雨萱就坐在面前。

楊皓：（頭痛）黃……黃雨萱？

雨萱：你醒了。還好傷口不大，我暫時幫你止了血。

△楊皓發現自己後腦壓著一塊沾了血的紗布。他沒有失憶，記得自己剛剛做了失禮的事情。

楊皓：（按著紗布）剛剛很抱歉。

雨萱：……這一切到底怎麼回事？

△楊皓被雨萱這句話拉回主題，他沉默了一陣，最後還是決定把事情說出來。

楊皓：妳還記得，妳問過我跟我太太怎麼認識的？

△Insert 在 KTV 時，雨萱楊皓兩人聊天。

△Insert 結束。

B. 演唱會場外（2001）

△韻如躲著雨，後頭是伍佰演唱會的背板。眼看快要進場了，俊傑還沒來。

△韻如不斷撥打電話，卻依然是語音信箱。這時楊皓撐著傘，正巧也要進場，發現了在躲雨的韻如。

楊皓 O.S.：當時因為工作，我住在台北，常常一個人去逛唱片行，韻如就在店裡打工。我們都喜歡音樂，慢慢就認識了。

△ Insert A：韻如打工唱片行

△ 楊皓拿著新買的 CD 在櫃枱結帳。

韻如：你這禮拜來買三次了。

楊皓：因爲很多專輯我們那還沒有，所以我想趁機多買一些。

韻如：三百五。

△ Insert B：韻如打工唱片行（隔幾日）

△ 楊皓再次逛著 CD，這回他遠遠看到韻如正在跟朋友買演唱會門票。

朋友：拿去，妳買的票。

韻如：謝謝，我拿錢給妳。

朋友：一張票就夠難搶的，妳還要我幫妳搶兩張，是要跟男朋友去吧？

韻如：別亂講，我只是跟朋友約好去看。

楊皓：（結帳）哈囉。

韻如：嗨，又來買 CD 啊？

△ Insert 結束，回到演唱會場外。

楊皓 O.S.：演唱會那天，我看見韻如在等人。我不想錯過這個機會，我不想再當只是買 CD 的朋友。

△楊皓看到一個戴著鴨舌帽、看似黃牛的男子站在不遠處，決定上前。

楊皓：陳韻如？

△雨中的韻如突然聽到熟悉的聲音回頭，楊皓撐著傘走來。

楊皓：好巧，妳也在這……在等人？

韻如：嗯。

楊皓：雨這麼大，會不會不來了，妳有聯絡他嗎？

△韻如點點頭。

楊皓：其實我也等不到我朋友，我多了一張票，要不一起進去聽吧？

韻如：我再等一下好了。

工作人員：最後進場了，還沒進場的趕快喔。

楊皓：走吧，再不進就進不去了。

△韻如依然沒有見到俊傑的身影，看了看手中的票，最後轉身跟楊皓離開。

第 73 場

時間：日／夜

內景：上海寫字樓／上海咖啡店／婚紗店

外景：多景（約會蒙太奇）

年代：2015~2016

A. 上海寫字樓（日景，2015）

楊皓 O.S.：就像我跟妳說的，才認識沒多久，我因爲工作結束回到上海。
當我以爲我再也見不到她的時候，我們卻再次相遇了。

△楊皓趕著進電梯，發現身旁的人竟然是韻如。

△電梯到樓，韻如走出去，楊皓逕自追上。

楊皓：陳韻如！？

韻如：……楊皓？

楊皓：好久不見……

韻如：嗯，好久不見。

楊皓：……好不容易又見面，能跟妳換個聯繫方式嗎？

B. 咖啡店（日景，2016）

△韻如一個人在咖啡廳寫著日記，楊皓突然出現在她對面坐下。韻如有意無意地將日記收起。

△楊皓興奮地拿出兩張迪士尼門票。

楊皓：上海迪士尼開幕了，我買到兩張票，一起去？

韻如：我不敢坐雲霄飛車。

楊皓：那我們就不坐，我們去看各種迪士尼劇場，還有立體影院。（比手畫腳）聽說唐老鴨還會飛到妳面前呱呱叫呢。

△韻如開心地點點頭。

C. 上海寫字樓（夜景，2016）

△韻如下班離開寫字樓，發現楊皓在外頭等他。

楊皓：嗨。妳呷哺了哇？（不正確的台語：妳吃過飯了嗎？）

韻如：什麼？

楊皓：我問妳吃過飯沒。你們那不是這樣說嗎？

韻如：（笑）不是這樣唸啦，是哩呷飽未。

楊皓：（笑）要不要嚐嚐上海有名的館子？保證好吃。

△韻如點頭答應，兩人便一起離開了。

韻如：你吃飯沒，用上海話怎麼說？

楊皓：（想了想）吾乎喜儂。

韻如：……吾乎喜儂。

△楊皓聽了露出淡淡的笑，深情地看著陳韻如。

△韻如不解地回看對方。

韻如：這是什麼意思啦？

楊皓：是……我喜歡妳。

△韻如愣住了，抬著頭看著楊皓。此時楊皓鼓起勇氣，主動牽起了韻如的手。

楊皓：韻如……我喜歡妳，跟我在一起好不好？

△害羞的韻如內心無比激動，她沒有直接回應楊皓的告白，而是回牽住楊皓的手，沒有放開。

△楊皓依然緊緊牽著。

△楊皓露出燦爛的微笑，將韻如牽得更緊了。

D. 多景（日夜景，2016）

△蒙太奇段落。

△兩人從那天開始正式交往。楊皓常常帶著韻如去探店，吃知名漢堡店和各式料理，還有喝奶茶逛街等等。

△兩人的約會也時常在咖啡廳看書、寫日記，一坐就是一下午。

跳轉

△這一天，楊皓約了韻如探店，才剛走進門，就發現店家包場了。

△韻如還在納悶時，突然一群朋友跑出來拉起布條。楊皓隨之從口袋拿出戒指，單膝下跪跟韻如求婚。

楊皓：韻如，我很高興緣分讓我們重新走在一起。從今往後，我會給妳滿滿的幸福，我也會爲生活加倍努力，所以請妳嫁給我。

△韻如感動落淚，將戒指戴上，兩人深情擁抱。

△時序稍後，眾人在用餐後大合照時，不遠處有個陌生人正好在拍照。

E. 婚紗店（日景，2016）

△布簾拉開，韻如穿著漂亮的婚紗轉身，穿著西裝的楊皓看傻了眼。

楊皓 O.S.：當時我真的以為能這樣一直幸福下去⋯⋯

第 74 場

時間：日／夜

內景：會議室／ KTV ／陳韻如上海家／上海醫院

外景：馬路邊

年代：2017

A. 會議室／ KTV ／陳韻如上海家／上海醫院（日夜景）

△蒙太奇段落延續。

楊皓 O.S.：婚後，我為了讓韻如有更好的生活，努力推廣產品，應酬、會議，一個也沒少。

△楊皓在會議室裡，宋潔以及其他同事討論著新的 APP 推廣。

△楊皓在 KTV 跟客戶喝酒，宋潔也在一旁幫忙擋酒。這時楊皓的手機響起，是韻如來電，但楊皓將來電按掉，轉頭把酒一飲而下。

△掛掉電話，家裡的韻如挺著大肚子，看著牆上的時鐘已經晚上將近十點。她決定自己先吃晚餐了。

△這時她聽到廚房湯滾的聲音，走上小階梯想去廚房關火時，突然桌上的電話響了。她下意識轉身想去接電話，卻一個踩空，整個人從小階梯摔下，肚子著地。

△躺在地上的她痛得站不起來，廚房的湯依然滾著，地上流出的羊水摻雜著鮮血。電話依然響個不停，直到韻如暈了過去。

跳轉

△醫院手術室外，楊皓聽著醫生說話，神情茫然。

醫生：我們盡力了，很遺憾，孩子沒保住……

△醫生離開後，楊皓無力地放聲大哭。

楊皓 O.S.：失去孩子的事情，讓韻如大受打擊，她開始變得憂鬱。我想幫她，眞的很想幫她，卻不知道該怎麼辦。

B. 陳韻如上海家（夜景）

△失去孩子的韻如陷入了抑鬱，每天只關在房間裡不斷寫日記。

△楊皓開門進房間，韻如也沒理他。

楊皓：老婆，飯煮好了，出來吃吧。

韻如：（亂畫著日記）我是不是不配當媽媽，所以才留不住小孩。

楊皓：（抱）孩子不會回來了，但日子還是要過，還有我陪妳啊。

韻如：如果我不摔倒……如果我不要去接電話……（甩開楊皓）如果你接我電話，就不會發生這些事了。

楊皓：……妳別這樣。我也不想這樣，但事情已經發生了，不能重來了。

△韻如聽到這句話，突然翻看日記思索著，又突然停下動作，懊悔地抱頭痛哭。

△身後的楊皓難過地看著這一切，束手無策。一旁的桌上放著抗憂鬱的藥物。

C. 馬路邊（夜景）

△韻如從超市買了東西，走在回家的路上，她的表情依然充滿哀傷。

△就在過馬路時，她收到了楊皓傳來的訊息，說今晚要加班沒法準時回家。

△韻如看著手機裡的訊息，突然整個人呆住了，瞬間回到摔倒那一天。她腦子裡想的全是晚餐、滾燙的湯、手機鈴聲、楊皓在跟人喝酒……

△韻如就這樣站在路中間一動也不動，直到一輛車迎面向她駛來……

楊皓 O.S.：從那天起，韻如陷入昏迷。我看著全身插滿管子的她，我開始後悔，我是不是不該在電梯裡與她相遇，我不該跟她換聯繫方式，我是不是不該認識她。

D. 陳韻如上海家（夜景）

△從那天起，韻如陷入深度昏迷躺在床上，她的周圍擺放著維持生命的機器。

△楊皓走進房間，看著躺在床上陷入漫長沉睡的韻如，撥開髮梢親吻她的額頭。

△時序稍後，楊皓用棉花棒沾水塗抹韻如的嘴唇，細心照顧著她。

△楊皓發現韻如的房間內有一個箱子，裡頭全是她過去的用品和雜物。

△楊皓從箱子裡撈出一卷錄音帶和一本舊日記，好奇地拿起日記默默閱讀。

韻如 O.S.：想要緊握住快要消失的東西，是多麼傻的事情。就算從夢中醒來，還是捨不得說再見。為了怕自己忘記，我會一直凝望著你……

第 75 場

時間：夜

內景：陳韻如上海家／上海辦公室

年代：2017

△鏡頭回到現在，雨萱驚訝地看著楊皓。楊皓從紙箱內拿出一本日記。

楊皓：她的日記裡寫到她遇見另一個自己，一個陽光的自己，叫做黃雨萱。我一開始不懂什麼意思，以為只是想像，直到我遇見妳。妳跟韻如長得一模一樣，我才發現，她日記裡寫的是真的。

△Insert 楊皓在辦公室第一次看到雨萱時，其實內心非常震驚。

△Insert 楊皓在房間繼續讀著日記內容。

楊皓：隨著這首歌轟轟鼓點的音樂，我將獲得回到過去的自由。不確定是夢或眞實，只記得我降落在名爲黃雨萱的世界，一個跟我長得一模一樣，卻是不同人生的世界。

△回到現在，楊皓有些瘋癲的神情望著雨萱。

楊皓：看過韻如的日記，我終於把一切串起來。她從妳的記憶裡看見，妳是聽那卷錄音帶回到過去的。

△楊皓越講越激動，雨萱漸漸注意到他狀態的改變。

楊皓：於是我想，那卷錄音帶如果眞的能夠讓她回到過去，那我是不是也可以？

△Insert 楊皓將耳機戴上，按下隨身聽播放鍵，閉上眼睛。

楊皓 O.S.：可是不管我試了幾次，都沒有用，最後我只能讓躺在病床上的韻如試試看。

第 76 場

時間：夜
內景：陳韻如上海家
年代：2017

△楊皓跪在韻如身邊，在她耳邊輕聲地說。

楊皓：韻如，我遇見了妳在日記中提到的黃雨萱。她真的跟妳所描述的一樣，妳們長得好像。

△楊皓將耳機掛上韻如的耳朵。

楊皓：如果妳真的能夠回到過去，我希望，我希望妳能好好的。如果我們在一起，會讓妳變成這樣，那我寧願沒有開始過。

△楊皓按下播放鍵，伍佰的歌聲從耳機流瀉而出。病床上的韻如落下一滴眼淚。

第 77 場

時間：日

內景：同居公寓／李子維工作室／陳韻如上海家／廢棄大樓

外景：李子維工作室外

年代：2014

△日間時鐘空鏡，時間回到 2014 年 7 月 8 日早上九點。

△雨萱（實陳）從床上醒來，腦中閃現了許多屬於黃雨萱的記憶。韻如不真實地摸著自己。她動了動腿，伸展雙手，然後環顧四周。

△雨萱（實陳）走出了房間，看著雨萱和子維同居的公寓，再看著鏡中的自己，無法置信。

△雨萱（實陳）拿出手機以指紋解鎖成功。

雨萱（實陳）：我真的回到了 2014 年。

A. 李子維工作室外

△跳轉雨萱（實陳）走在子維工作室外，看著手機裡雨萱的社群內容。

△雨萱（實陳）聽見哭泣聲，抬頭看到韻如（實黃）正抱著子維痛哭。

B. 李子維工作室

俊傑：所以妳是說，妳並不是我們認識的陳韻如，而是來自三年後的黃雨萱？

△韻如（實黃）聞言，點了點頭。

△這時坐在一旁的雨萱（實陳）握緊著拳頭，神情緊張。

C. 同居公寓

△Insert 第 40 場。韻如（實黃）帶著宵夜來到同居公寓，見到雨萱（實陳）。

雨萱（實陳）：我可以問妳一些事情嗎？

韻如（實黃）：什麼事？

雨萱（實陳）：未來的事。

韻如（實黃）：其實……在我所經歷的那個未來，我對明天要發生的事情一點印象都沒有……

△Insert 過去雨萱的回憶，她下意識地從廚房拿了兩副餐具放到餐桌上，對著坐在桌邊的子維說話。

△但眼前的子維只是微笑不語，雨萱這才驚覺只剩下她自己一個人了。眼前她所幻想的子維消失，她只能獨自開始吃飯。

韻如（實黃）v.o.：我原本以爲，我會隨著時間，回想起當時到底發生了什麼事情，可是並沒有，我什麼都想不起來。

△來到 2014 年 7 月 9 日晚上，雨萱忍著眼淚繼續說著。

韻如（實黃）O.S.：我才發現，就算我想起了那一天發生了什麼事情，他也不會再回來了……

△聽著韻如（實黃）流著淚闡述，雨萱（實陳）的神情漸漸凝重。

韻如 V.O.：（唸著日記）想要緊握住快要消失的東西，是多麼傻的事情。

△Insert 楊皓在韻如的床畔唸著日記，兩人的聲音疊合為一。

韻如、楊皓：（唸著日記）就算從夢中醒來，還是捨不得說再見。

楊皓：（唸著日記）爲了怕自己忘記，我會一直凝望著你。

△時序來到 2014 年 7 月 9 日晚上，伴隨著韻如（實黃）訴說心情的聲音，穿插楊皓在韻如床畔向她說話的聲音。

韻如（實黃）：我不想讓他走，我眞的沒辦法就這樣讓他離開……

楊皓：韻如，我夢見妳了，妳有夢見我嗎？

韻如（實黃）：因爲要我一個人活在沒有他的世界，眞的好難好難……所以我開始對我自己說謊，我騙我自己說他沒有走，他從來就沒有離開過……

楊皓：（唸著日記）在面前的那個男子，帶著青春的記憶，總在雨中，墜落……

韻如（實黃）：如果我真的沒辦法改變……這個世界只剩下我一個人的現實，那至少，我可以躲進有我們兩個人的夢裡吧……

楊皓：（唸著日記）是夢嗎？

楊皓、韻如：（唸著日記）為何你們都在我的夢中成為真實？

韻如 V.O.：（唸著日記）死亡，會不會才是最真實的夢。

△雨萱（實陳）因此在內心做了一個決定。

D. 李子維工作室

△Insert 第 43 場。雨萱（實陳）看到手機訊息，是個沒紀錄的號碼，上頭寫著：「你是陳韻如對吧？我是 2017 年回來的李子維，我們還有時間阻止這一切。」

△雨萱（實陳）看到訊息，臉色一變，拿起手機往外走。

E. 廢棄大樓

△時序來到 7 月 10 日晚上的廢棄大樓天台。

△雨萱（實陳）撿起了碎玻璃，緊握在手中。

△Insert 楊皓在韻如床邊訴說悲傷的心情。

楊皓：如果妳眞的能夠回到過去，我希望，我希望妳能好好的。如果我們在一起，會讓妳變成這樣，那我寧願沒有開始過……

△Insert 韻如（實黃）7月8日在工作室向雨萱（實陳）訴說。

雨萱（實陳）：因爲，這個世界上，只有妳知道失去他之後的生活……有多難過……

△Insert 楊皓在韻如床邊，悲痛地哭了出來。

△Insert 工作室裡神情堅定守護著子維的韻如（實黃）。

△Insert 廢棄大樓外，子維抱著雨萱臥躺在地，一旁的俊傑痛哭著。

△Insert 同居公寓裡，思念著子維的韻如（實黃）一邊說著心情，一邊落淚。

△Insert 韻如疼痛地倒臥在血泊中，意識越來越模糊。

△Insert 韻如站在馬路中間，突然一輛車朝她駛來。

雨萱（實陳）v.o.：是不是……一切都是因我而起，是不是，當時的我不存在，大家都不用再難過了……是不是我消失了，不管是誰，都不會再失去了……

F. 同居公寓

△7 月 9 日晚上，雨萱（實陳）聽完韻如（實黃）的自白，輕輕點點頭，上前擁抱韻如（實黃）。

△在擁抱韻如（實黃）的同時，雨萱（實陳）也留下哀傷的眼淚。

G. 廢棄大樓天台

△時序來到 2014 年 7 月 10 日晚上的廢棄大樓天台。

雨萱（實陳）v.o.：只要我殺了現在的自己……這一切，都不會再發生了。

△幾個天台短畫面閃現。

△拿著玻璃碎片的雨萱（實陳）衝向韻如（實黃）。

△雨萱（實陳）抓著韻如（實黃）往廢棄大樓天台的邊緣推去。

△雨萱（實陳）腳步踩空，往天台外跌出。

△雨萱（實陳）甩開子維要抓住她的手，轉而把韻如（實黃）拉下天台。

△Slow Motion 雨萱跟韻如從半空中墜落，突然畫面一切，半空中變成了子維抱著雨萱，接著兩人雙雙墜地，畫面再次切換，躺在地上的又變成雨萱跟韻如。

（註：兩個時空的結果來回切換。）

第 78 場

時間：夜

內景：陳韻如上海家

年代：2017

△楊皓看著維持韻如生命的儀器波型有一瞬間變平了，過沒幾秒又繼續跳動。

楊皓 o.s.：我感覺得到，韻如成功了，只是周圍沒有任何變化。

△時間進程，楊皓再次替韻如戴上耳機，再次戴上耳機……

楊皓 o.s.：我只能不斷地嘗試，但當時的我沒發現，一次次的聽歌，竟然讓韻如越來越虛弱。

△突然間，韻如一陣顫抖，接著躺平在床上一動也不動，心跳儀也變成一條直線，發出「嗶」的長音。

楊皓：韻如？韻如，妳不要嚇我！

第 79 場

時間：夜

內景：陳韻如上海家

外景：陳韻如上海家門口

年代：2017

△時間回到現在，楊皓突然哭喪著臉上前抓著雨萱，哀求她。這次他抓得很緊，雨萱一時也逃不開。

楊皓：所以我把錄音帶送到妳面前，我想求妳，如果真的能夠回到過去，拜託，拜託幫我救救韻如。不管是讓她繼續活下去，或者告訴她不要跟我相遇都行，我拜託妳救救我的韻如。

△雨萱被楊皓的舉動嚇到，起身想離開。

雨萱：我做不到，陳韻如的事情我很遺憾⋯⋯（被打斷）

楊皓：（跟著起身）不可能，那韻如的日記是怎麼回事？她上面寫著 1998 年的事情又是怎麼回事？

雨萱：（後退）我也試過很多次了！我也沒救到我想救的人，我做不到，什麼都沒有改變⋯⋯

楊皓：妳別騙我了！妳只是不想吧！

△楊皓失心瘋地衝上前把雨萱的隨身包搶過來，翻找她的包包，果然在裡頭找到了裝著卡帶的錄音機。他將雨萱逼到牆角，試圖強迫她戴上耳機，逼她穿越。

雨萱：（掙扎）你放開我，我不可能幫你的。你讓陳韻如回去，結果換來的，（吼）只是她想殺死自己而已。

△聽到這話的楊皓瞬間傻了，他沒想到韻如穿越回去，是將過去的自己殺死。

楊皓：妳說什麼？妳說清楚！

雨萱：陳韻如回到 2014 年的結果只有兩種，一是我跟李子維一起墜樓，子維死了，而我活下來。另一種……就是我跟陳韻如都死了。

△楊皓驚訝地看著雨萱。

雨萱：從一開始你就搞錯了，不管是陳韻如還是我，不管試了幾次，我們什麼也改變不了，因爲被改變的，也不屬於我們。

△雨萱看楊皓失神，趁勢推開他。楊皓摔倒之際，雨萱隨即撿起自己的包包以及掉落在地上摔壞的隨身聽，跑出楊皓家。

△在走出門前一刻，雨萱回頭看了一眼楊皓。他沒有追上來，只是靜靜地坐在地上。

跳轉

△離開楊皓家後，雨萱檢查隨身聽，發現竟然壞了。她再將卡帶抽出來，磁帶竟然被卡死在裡頭。

△雨萱慌亂地想將磁帶修好，卻越弄越糟。

第 80 場

時間：夜
外景：河濱公園／王詮勝大學宿舍外／停車場
年代：2017

△時序來到另一個李子維活著的時空，接續第 70 場後。詮勝告訴了子維這卷錄音帶的由來。

詮勝：這卷錄音帶，在我 14 年搬家時弄丟了，我找了好久，都沒有找到。

△Insert 搬家貨車正要出宿舍門口，一個過彎時輪子卡過一個窟窿。貨車上的一個盒子掉落，掉到人行道上。

詮勝：怎麼也沒想到，這麼多年後從你手上，再次得到這卷錄音帶……

△子維聽完，有些驚訝地看著詮勝。

子維：你的錄音帶，爲什麼能讓人穿越？

△詮勝搖搖頭，有些陷入沉思。

△子維看著手上的錄音帶，一臉歉意。

子維：對不起⋯⋯我不曉得這卷錄音帶對你這麼重要，竟然把它給弄壞了。

△這時才看到，詮勝手中的錄音帶磁帶部分也損毀了。

△Insert 子維上次在停車場醒來後，想要試圖再聽一次錄音帶，回到過去。

△子維按下倒帶鍵，機器卻沒動作，於是他按下退帶鍵，但卡帶卻沒出來。

△子維情急之下開始猛按退帶鍵，終於卡帶被退出來，但磁帶已被攪壞。

第 81 場

時間：夜

內景：同居公寓

外景：同居公寓陽台

年代：2017

△兩個時空對剪的蒙太奇段落。

A. 同居公寓

△子維回到同居公寓，將手上的東西放下，坐在工作桌前。

△他看著桌上畫了一半的素描，是雨萱的畫像。

B. 同居公寓陽台

△雨萱回到台北兩人的同居公寓，她放下手邊的東西，疲憊地坐在陽台椅上。

△場 A 與場 B 畫面對切。

△雨萱與子維分別在自己的時空，思念著對方。

雨萱：李子維……你在嗎？

子維：我知道妳在這……對吧……

雨萱：我是不是……

子維：我是不是……

雨萱：再也見不到你了……

△子維望著無人的客廳，雨萱亦然。

雨萱：如果回去，也改變不了過去，至少我知道，你在另一個時空裡，過得好好的。

△子維苦笑。

△雨萱雖然嘴巴這麼講，但是眼淚卻不甘心地流下。

△另一個時空，子維也流著眼淚，繼續聽著那斷斷續續不成調的歌曲。

跳轉

子維、雨萱V.O.：只要我還出現在這裡，就表示，你／妳沒有活下來。我一直無法接受這樣的事實，我想救的是你／妳，但你／妳希望活著的是我。

△雨萱坐在沙發上，手裡握著那卷壞掉的錄音帶。

△子維坐在沙發上，手裡握著那卷壞掉的錄音帶。

子維、雨萱V.O.：我不想再讓你／妳反覆經歷這段痛苦……聽完這最後一次〈Last Dance〉，希望你／妳能夠，在那個沒有我的世界……好好地活下去。

△兩人同時看著家裡的音響，打算聽最後一次伍佰的〈Last Dance〉。

△子維起身將手中的錄音帶放進音響，雨萱也同時動作。

△兩人所能聽到的，都是斷斷續續、充滿雜音、不成調的旋律。

△雨萱難過地哭了出來。

△子維也同樣不甘心地流下淚水。

△隨著兩邊不成調的音樂，雨萱的手，放在沙發上，而子維的手也同樣放在沙發上，就如同之前兩人一起看海時，第一次牽手一樣。

△就在子維的手順勢往旁邊移動時，他小指像是碰觸到了雨萱的手。此時分割畫面一左一右，兩人像是注意到彼此的互看，卡住的錄音帶突然順暢地轉動了，兩個時空壞磁的聲音合在一起，卻成了那一首熟悉的歌曲〈Last Dance〉。

△雨萱跟子維原本分割的畫面，隨著鏡頭推移，時空像是重疊，變成同一個。兩人的意識也同時暈眩，同時間穿越了。

第 82 場

時間：夜／日

內景：廢棄大樓／心房

外景：廢棄大樓外

年代：2014

△短畫面快速閃過，7 月 8 日、9 日、10 日已經發生的畫面迅速往前倒帶。終於，時間來到廢棄大樓天台那一刻。

△Slow Motion 雨萱（實陳）快要摔下去的瞬間，子維跟韻如（實黃）上前抓住她。

△Slow Motion 雨萱（實陳）甩開子維的手，伸出另一隻手拉韻如（實黃）倒下去。但這回和之前有點不一樣，子維跟韻如（實黃）又同時間伸手抓住雨萱（實陳）。兩人咬著牙，覺得有機會將雨萱（實陳）拉上來，甚至受了傷的詮勝（實李）也上前奮力抓緊韻如（實黃），不讓她摔下天台。那一瞬間，所有人都以為命運被改變了。

△Slow Motion 雨萱（實陳）沒有被拉起來，因為重心太後面，反而是另外兩人快被拖下去。韻如（實黃）因為力氣不夠，鬆開了手，子維卻依然死死抓住雨萱（實陳）。下一瞬間，雨萱（實陳）跟子維同時摔出大樓往下墜。

韻如（實黃）：不要！

△詮勝（實李）趕到天台邊緣，依然來不及阻止一切。

△詮勝（實李）因腹部的傷口疼痛，緩緩跌坐下來。韻如（實黃）上前攙扶，兩人坐在天台邊緣。

△韻如（實黃）握住詮勝（實李）的手，兩人難過地對望。

韻如（實黃）：李子維……是不是，不管我們再怎麼努力，最後還是什麼都沒辦法改變？

詮勝（實李）：（強撐著想讓雨萱安心的笑容）雨萱，不是這樣的，我們並不是什麼都沒有改變，至少……我還可以親口跟妳說一聲……再見。

△韻如（實黃）流著淚，看著詮勝（實李）努力擠出的微笑，更加心痛地緊緊握住詮勝（實李）的手。

△詮勝（實李）落下一滴淚，緩緩靠近韻如（實黃）……

△Insert 子維雨萱一起跨年的那晚，兩人緊握的雙手、甜蜜的對視。

△Insert 子維雨萱布置完家裡後，一起在天台上嬉鬧、擁抱、凝望彼此。

△時間回到 2014 年的廢棄大樓天台上，兩人帶著甜蜜的回憶緩緩靠向彼此，分享最後一個吻。

第 83 場

時間：夜

內景：心房

外景：廢棄大樓外

年代：2014

A. 心房 A

△韻如紅著眼眶，一個人在心房的空間裡，看著雨萱跟子維的道別。

韻如：爲什麼，爲什麼……

B. 心房 B

△心房內的詮勝看著面前的韻如（實黃），又看著眼前那些屬於子維的記憶畫面一個一個消失，詮勝也感受到子維的悲傷與無奈。

△此時的詮勝在心房裡看見一扇模糊的門，於是緩緩走上前。

C. 心房 A

△突然，韻如感受到身後傳來海浪的聲音，她回頭望去，竟然看到詮勝緩緩走來。

△韻如看到詮勝，突然全身顫抖著緩緩後退，她不知道該怎麼面對眼前的一切，也不知道該怎麼改變未來，她只能害怕地紅了眼眶，不斷後退。

△詮勝來到韻如面前，透過眼神告訴韻如，一切會沒事的。接著他將韻如深深地抱住。韻如終於止不住眼淚，放聲大哭起來。

韻如 V.O.：如果我能勇敢……能勇敢一次就好。

△兩人擁抱著，漸漸消失在心房裡。

D. 廢棄大樓外

△廢棄大樓外，臥倒在血中的子維垂下手，永遠離開了。

子維 V.O.：做惡夢了？什麼惡夢？

雨萱 V.O.：我只記得在夢裡，你原本抱我抱得好緊……

△廢棄大樓外，鏡頭緩緩拉開，倒在血泊中的子維仍緊緊抱著雨萱。

雨萱 V.O.：可是突然就不見了……

子維 V.O.：放心，只是夢而已啊，我哪裡都不會去。

△隨著子維的離開，詮勝心房裡的回憶也消散不見。

△與此同時，伍佰的〈Last Dance〉曲終。

第 84 場

時間：日

內景：王詮勝大學宿舍／陳韻如台北家／廢棄大樓

外景：海邊

年代：2014

△台北城市空鏡。

△字卡：一個月後，2014 年 8 月 12 日

△在雨萱的時間線裡，詮勝正忙著搬家，紙箱堆滿了家中各處，房間也已經被清空一半。

△他的髮型已有改變，可以看出事發後，他努力調整自己往前走。

△詮勝搬起一個紙箱，腹部還是因為重物而有點疼痛。這時門鈴響起，詮勝放下手邊的工作前去開門。

△門一開，沒想到站在面前的是韻如。

詮勝：陳韻如？！

△稍後，韻如已進到門內，詮勝正倒著水。

韻如：眞的很對不起……

△詮勝起初沒有反應，接著轉過頭看向韻如，眼神令人猜不透。
△正當韻如恐懼著詮勝會有什麼情緒時，詮勝開口了。

詮勝：謝謝妳送我去醫院，又救了我一次。

△韻如有點訝異地抬頭看向詮勝，然後接過他手中的水杯。

韻如：又？

△Insert 海邊。
△字卡：2010 年
△詮勝從沙灘往海水的方向走，即使制服褲逐漸被浸溼，他仍執意向前。他的鞋子、襪子、書包都放在不遠處的漂流木旁。

韻如：欸！

△這時一道聲音從身後傳來，詮勝聞聲，回過頭望去。

△韻如站在沙灘上，她也赤著腳，看著詮勝跟子維長得一樣，有些驚訝。

韻如：李子維？

△詮勝被這麼一喊，一臉疑惑地看著韻如。

<u>跳轉</u>

△時序稍後，韻如陪著詮勝坐在沙灘上。

韻如：抱歉認錯人了。

詮勝：沒關係。

韻如：你是不是以爲，一直往海裡走，你的痛苦與煩惱就能夠解脫？

△詮勝沒有回應。

韻如：其實⋯⋯我不會阻止你，因爲我不知道你經歷過什麼。但是我希望你要相信自己。

△詮勝看向韻如。

韻如：只要你相信自己，你就會發現，你會那麼想要消失在這個世界上，不是因爲你對這個世界太過失望……而是因爲，你對這個世界有太多的期望。

△詮勝聽完內心充滿悸動，紅了眼眶。

詮勝：（微哭）……我只希望有一天，這個世界會變得不一樣。

△韻如靜靜地看著海。

韻如：……放心，會有這麼一天的。

△Insert 結束。詮勝往宿舍內部走動，一邊說著。

詮勝：謝謝妳，那天有把我叫住。

△韻如驚訝地看著詮勝，因為這段回憶讓韻如想起，曾經在腦海中聽見海浪的聲音。

詮勝：我跟莫俊傑，找了妳好久。沒想到妳會來找我……

韻如：其實那天之後，我很害怕。我試著寫日記拼湊所有事情，但記憶變很
　　　模糊，我不知道什麼是眞的，什麼是假的……

△Insert 韻如在桌前寫著日記。

△Insert 廢棄大樓天台上，韻如回過神，發現自己握著詮勝的手，一臉茫然。

韻如：我想過逃走，但有一瞬間，我想起夢中的情景，我好像夢見了你……
　　　我要怎麼做，未來才會不一樣？

△這時韻如注意到，一塊掛在牆上的黑板寫滿了關於時間軸的筆記。

△她忍不住上前看著複雜的圖示和筆記，彷彿一個月前的事情還歷歷在目。

詮勝：這是當時李子維畫的時間圖，他到最後都沒有找出破解的方法。

△詮勝看著韻如的背影，走上前一步。

詮勝：我們一起想辦法。

韻如：（轉頭看詮勝）我們的未來，眞的會不一樣嗎？

詮勝：會不一樣的，一定會有這一天。

△韻如聽完詮勝說出這句話，眼睛微微睜大，受到鼓舞的模樣。

△沒想到這時韻如不小心撞到一旁的紙箱。紙箱上頭的雜物掉落在地上，一個鐵盒掉落的聲響吸引了兩人。鐵盒裡是詮勝珍藏的宇恆回憶小物（照片、兩人紀念品、錄音帶、錄音機等等）。

△詮勝趕緊蹲下收拾，這時韻如發現鐵盒旁掉出一卷伍佰的錄音帶，殼打開了，歌詞本也散落在地上。

△韻如撿起錄音帶，仔細觀察，打開歌詞本翻看時，突然腦袋閃過畫面。

△Insert 雨萱的記憶：2017 年上海辦公室裡，雨萱疑惑地打開塑膠殼有裂痕的伍佰錄音帶，翻開歌詞本時，看到裡頭有不認識的人的留言。

△回到現在。韻如打開歌詞本，看到了一樣的字。

韻如：我在夢裡看過……這卷錄音帶……黃雨萱就是聽了這卷錄音帶回到2014 年的。

△詮勝接過錄音帶，陷入回憶裡。

第 85 場

時間：日

外景：大學校園／王詮勝大學宿舍／墓園

年代：2011

△音樂響起，以下段落搭配著音樂剪輯，顯示兩人的美好。

△上字卡「2011 年」，大學時期。

△宇恆從詮勝背後秀出他剛買的錄音帶。詮勝一時沒注意，嚇了一跳。

詮勝：嚇我一跳，很慢耶你！你就是去買這個喔？

宇恆：對啊。

△詮勝想要拿錄音帶時，宇恆故作調皮不給詮勝拿，沒想到手一滑，錄音帶直接摔到地上，外殼破損。

詮勝：壞了啦……你新買的耶……

△Insert 宿舍內，看著這卷破損的錄音帶，詮勝想起了難過的回憶，神情轉為悲傷。

△宇恆在走廊上突然身體不舒服，咳嗽幾下後就突然昏倒了。一旁的詮勝緊張地吆喝周圍的學生趕緊叫老師。

△宇恆躺在病床上，詮勝來探望他，卻發現他越發虛弱。原來宇恆得了絕症，已經來不及治療。

△在宇恆身上找到希望的詮勝又再次墜落深淵。

跳轉

△墓園裡，詮勝帶著花來到宇恆的墓碑（1991-2014）前。

△詮勝想要微笑，卻忍不住紅了眼眶。

△時序稍後，詮勝坐在墓碑旁，拿出宇恆送的那卷錄音帶，他笑了出來，然後哭了，眼淚滴落在錄音帶上。這時詮勝沒發現，錄音帶發出微弱的光芒，彷彿被賦予了魔法。

△詮勝戴上耳機，把另一支耳機放在宇恆的墓碑上。

△Insert 兩人在校園中開心相處的時光。

△坐在墓碑旁的詮勝一邊聽著音樂，一邊流淚。

第 86 場

時間：日
外景：海邊／大學校園／墓園／廢棄大樓外
內景：醫院／二手唱片行／廢棄大樓／太平間
年代：2014

△時序回到 2014 年 8 月的雨萱時間線，詮勝同樣戴著耳機，閉著眼睛聽著音樂。他緩緩睜開雙眼，而韻如坐在一旁靜靜陪伴。

△直到歌曲結束，詮勝取下耳機。

詮勝：以前不管發生什麼困難，只要有他在，我就覺得可以撐過去。沒想到他也走了……

韻如：他沒有離開。

△詮勝意外地看向開口的韻如。

韻如：我相信……只要你心裡還有這個人，他就沒有離開。

△詮勝有些感動，嘴角浮現淡淡的微笑。

跳轉

△一把火劇烈燃燒著，站在一旁的詮勝雖然神情不捨，但動作堅定地將錄音帶的磁帶抽出。

詮勝 v.o.：沒有開始，就不用結束……

△Insert 大學時期，詮勝和宇恆一起打球、一起唸書，到宇恆病重臥床，兩人在床榻合影。

宇恆：我們來拍張照吧。

詮勝：……好啊。

△詮勝拿起手機自拍。隨著喀嚓聲，轉場成墓園現場。

△詮勝從隨身包裡拿出一張張兩人的合照，再拿出錄音機。

韻如 v.o.：去愛，去失去……

△回到海邊現場，詮勝彷彿做好了準備，彎下身，將錄音帶放入火堆中。

詮勝 v.o.：改變未來就會改變過去。

韻如 v.o.：……要不負相遇。

△錄音帶和磁帶在烈火中融解消失。

詮勝 v.o.：這一次，會不一樣的。

△火焰中，錄音帶封面漸漸變黑，（特效）化為灰燼。

△Insert 過去發生的種種一一倒帶消失。

△Insert 詮勝解謎的黑板字消失。

△Insert 子維將錄音帶放回二手商店的架上。

△Insert 廢棄大樓裡，準備上樓的詮勝與子維變成粒子消失。

△Insert 廢棄大樓墜樓的人們倒轉變成粒子消失。

△Insert 太平間死去的子維變成粒子消失。

第 87 場

時間：日
內景：同居公寓
年代：2017

△雨萱默默睜開眼醒來，反應有點失神。（這是全新結局的時間線）

△雨萱轉頭往床的另一邊看去，熟睡的子維躺在她身邊，因她的動靜而醒來。

子維：怎麼了？

△雨萱笑了，卻也哭了，她不知道自己的眼淚是哪裡來的。

△子維微笑，勾住雨萱的小指頭。

△子維將雨萱抱入懷裡，雨萱上前吻了子維，兩人在晨光中安靜地相擁著。

△上字卡「2017 年」。

△Fade to Black，主創 Credits 逐一浮現。

第 88 場

時間：日
內景：台北辦公室
年代：2019

△辦公室內，雨萱和子維講著視訊電話。

子維：對不起啦，眞的不是我願意的啊！我人都已經到機場了，誰知道臨時給我出狀況，我也沒有辦法啊！

雨萱：（不以爲然）所以咧？

子維：所以……我只好訂……明天的班機回來……

雨萱：明天！你今天不會回來囉？

子維：對啊……

雨萱：欸，怎麼可以這樣啊！你答應不會錯過我每個生日……說話不算話！

子維：對不起啦，我眞的沒辦法啊！我明天……我明天一定好好幫妳過生日好不好，雨萱……不要生氣啦！

娜姐 O.S.：雨萱！

雨萱：我要上班，不理你了。明天也不要回來了，再見！

△雨萱無情地掛斷子維的視訊電話，起身迎向走來的娜姐。

雨萱：什麼事啊，娜姐？

娜姐：在忙嗎？

雨萱：沒有，不忙。

娜姐：（偷瞄了一眼昆布的方向）其實我也沒什麼事啦，但是我還是要跟妳講一下。（找話題）我剛剛跟客戶去吃飯的時候啊，然後就有聊到這次的合作案，那我就想說，給他們看一下我們幫他們經營的粉絲團經營得有多棒，粉絲破了多少萬，結果打開的時候妳知道有多糗嗎……

雨萱：（努力壓抑住不耐煩的情緒）娜姐……講重點好不好？

娜姐：重點就是——

辦公室同事衆人 o.s.：祝妳生日快樂——

△雨萱回過頭，發現整個辦公室的人已經把會議室布置好，聚在一起大聲唱著生日快樂歌。雨萱噗哧笑了出來，娜姐則掛著笑容把雨萱拉到慶生處。

雨萱：這麼大陣仗慶生，很浮誇耶！謝謝！

△昆布帶領同事們起鬨，要雨萱許願。

雨萱：好！我的第一個願望，希望今年大家業績長紅，年終獎金領到飽！（同事們歡呼）第二個願望，希望大家身體健康平平安安！

阿脫：（自以爲幽默）不如說世界和平，人人隨手做環保還比較好咧！

昆布：閉嘴啦！

娜姐：欸雨萱，第三個願望呢，妳要閉上眼睛……然後放在心裡說……

雨萱：我的第三個願望……

△雨萱閉上眼睛虔誠許願後，上前將蠟燭吹熄。

子維 O.S.：黃雨萱，生日快樂。

△雨萱轉過頭，起初沒看見人影。這時一個戒盒緩緩從下方入鏡，原來子維已單膝下跪，拿出一只求婚戒指。

△同事們見狀激動起鬨，要雨萱答應子維的求婚。

△子維起身，帶著微笑詢問雨萱。

子維：想當李太太嗎？

雨萱：……想！

△雨萱主動把戒指拿了出來，套在自己的手上。語畢，雨萱大步向前，給了子維一個吻。

△吻畢，兩人燦爛笑著看著彼此，再次相吻。

△去愛，去失去，要不負相遇。

△最終字卡：去愛，去失去，要不負相遇。《紀念》，阿佛列．丁尼生男爵，1850 年

△最終字卡：'Tis better to have loved and lost than never to have loved at all.

"*In memoriam H. A. A.*" Alfred, Lord Tennyson 1850

△ENDING CREDITS

第 89 場

時間：日
內景：上海辦公室
年代：2017

△上海空景。

△楊皓拎著咖啡步出餐廳，他的手指上沒有了婚戒。

△這時他看見什麼，停下腳步。

楊皓：在幹什麼？

宋潔：（嚇一跳）楊……楊總好。

楊皓：午休都結束了，還坐在這？

宋潔：對不起楊總，我馬上回去。

△楊皓看了一眼，發現宋潔在網上訂伍佰的演唱會門票。

楊皓：等一下，妳也喜歡伍佰啊？

宋潔：喔……對啊，今天是搶票日子。

楊皓：我也喜歡他。算了，妳把票搶到吧。

△楊皓說完就離開了。宋潔開心地坐下來繼續搶票。

△特寫螢幕，宋潔將訂購的票數「+1」，變成了買兩張票。

第 90 場

時間：日／夜

內景：錄音帶展覽會場

外景：演唱會場外／展覽會場外

年代：2015 ／ 2001

A. 錄音帶展覽會場

△稍作打扮的韻如來到一處復古錄音帶展覽的會場，場內人數不多，但看起來每個人都對展覽充滿興趣。

△怕生的韻如在會場中，四處找著那一個邀請她來的朋友。這時有人輕輕地拍了一下韻如的肩膀，韻如回頭一看，發現是詮勝。

詮勝：嗨，好久不見。

韻如：謝謝你邀請我來看展覽，感覺很特別。

詮勝：這是我朋友辦的展，感覺妳會喜歡，所以就邀請妳來看了。

韻如：謝謝。

詮勝：那妳慢慢逛。

韻如：嗯。

△展場內，韻如一邊逛著，看到了伍佰專輯的展出，她的腳步停下。

△韻如拿起一旁的錄音機，將卡帶放進去，準備試聽。她沒有發現，詮勝正站在遠處看著。

△這時韻如從展覽櫃的倒影中，看到俊傑站在她身後。

△韻如驚訝的回頭。俊傑也一臉驚訝，他沒想到會巧遇韻如。

俊傑：……嗨，好巧。

韻如：……嗯。

△俊傑上前，看見韻如拿著伍佰的錄音帶。

俊傑：對不起，當年沒有陪妳聽到這場演唱會。妳願意陪我再聽一次嗎？

△韻如默默地看著俊傑，接著搖搖頭。

韻如：……我沒有聽過這場演唱會。

△俊傑顯得有些驚訝。

B. 演唱會場外

△雨依然沒有停，站在場外的兩人隱約聽見會場內的演唱會已經開始。

△韻如看了看手錶，這時聽見工作人員出來呼喊最後進場。

工作人員：演出已經開始——最後進場——之後就不能再進場囉。

楊皓：走吧，別因爲沒等到的人，錯過這次演唱會。

△韻如轉身，楊皓以為韻如同意一起聽演唱了。

△這時韻如停下腳步，露出堅定的眼神看向楊皓。

韻如：我不看了。你別浪費票，趕快進去看吧。

△說完韻如一個人淋著雨跑掉，留下錯愕的楊皓。

C. 錄音帶展覽會場

△俊傑恍然大悟。

俊傑：那妳能⋯⋯陪我聽一次演唱會嗎？

△俊傑遞上耳機。韻如接過俊傑手上的耳機，兩人一起戴上耳機，聆聽這場伍佰演唱會。

跳轉

△兩人來到展覽會場外，韻如正準備離開。

韻如：你不用送我了，我自己回去就可以了。

俊傑：那⋯⋯路上小心⋯⋯

韻如：掰掰。

△韻如說完，轉身離開。俊傑猶豫地看著韻如離開的背影。

△終於，俊傑像是做了最後決定，快步追了上去。

俊傑：嘿，陳韻如。

△韻如停下腳步，轉頭看向俊傑。

俊傑：在妳回去之前，我們兩個，一起去吃個東西好不好？

△韻如當下沒有接受，也沒有反對。

△俊傑以為這是韻如拒絕了，神情有些失望。沒想到這時韻如卻回答了。

韻如：你想吃什麼？

△俊傑聽了，臉上浮現微笑。

△不遠處，詮勝遠遠望著兩人肩並肩、越來越靠近的背影，臉上露出祝福的微笑。

補充說明：錄音帶歷險記

2014 年的王詮勝在墓園滴下淚，造就魔幻錄音帶，並於 8 月搬家後遺失（正片對白刪除）。錄音帶流入二手市場，在黃雨萱的時間線裡被 2015 年的陳韻如買走（第 1 場閃現韻如買錄音帶的畫面）帶去上海，在李子維的時間線裡被 2017 年的李子維買走（子維尋尋覓覓找到的），最終於 2017 年兩人雙雙穿越後回到同居公寓。

美好
CASSETTE

後記

《想見你》電影版：全知大解密 —— 編劇 呂安弦

首先非常感謝喜歡《想見你》電影版的觀眾朋友，有你們的支持，《想見你》電影版才得以完美地進入最終篇章，在各位的心中寫下句點。

更感謝數次穿越回去感受角色們的愛恨交織，二刷、三刷甚至更多刷的你。相信你們透過幾次的反覆穿越，已經更懂得這故事的時間線以及電影想傳達的宗旨。放手去愛、去經歷一切，不要因為害怕未來而躊躇不前，也不要因為無法改變的過去停滯後悔。每一段經歷都是最棒的當下，去愛、去失去，要不負相遇。

接下來，就容我在這裡把時間線跟故事內容，以及跟劇版的呼應、致敬，還有精心安排的小彩蛋都給交代清楚，讓各位看過電影的觀眾朋友，帶著「喔～原來如此」的滿足感，繼續前往下一趟旅程吧。

首先來解說整個故事的時空設定。在上映後，因為跑過幾場 QA，網路上的爬文也沒少看（其實很多網友幾乎完全解析了），大概統整出大部分的人對於時空架構概念上的疑問，我就用自問自答的方式來解開疑惑吧。

Q：電影版的穿越機制是「莫比烏斯環」，還是「多重宇宙、平行時空」？

A：其實電影版的時空設定，可以說是一種雙重設定，但更深入探究的話，那是更偏向多重宇宙、平行時空的概念的。怎麼說呢？你還記得李子維在黑板上畫下的那張圖嗎？圖的最後是一個類似數字 8，也類似莫比烏斯環的無限迴圈，但那其實是兩個交錯的宇宙迴圈，更接近是無限∞符號，實際上它是兩個迴圈的交叉點，也就是所謂的奇異點（特異點），就在 7 月 10 日那一晚，也因此自成了一個特殊的閉環，因而也可套用到莫比烏斯環的概念。當黃雨萱、陳韻如、李子維都透過穿越回到 2014 年，他們所有人都將在 7 月 10 日這個奇異點會面，因而造成不同的結果，產生不同的時空，接著無限循環。

Q：電影版故事是接續劇版的後續，還是全新的時空？

A：從設定上其實是延續劇版的結局。在劇版的最後，唯一留下的記憶片段就是高中生的李子維，以及愛吃（大葛格的）白糖粿的小黃雨萱。

Q：電影開場的日記是陳韻如寫的嗎？

A：是的。電影開頭的文字、旁白，最後呈現出「想見你」三個字的那篇日記，正是陳韻如的日記。在這邊其實是想暗示兩件事情：

(1) 這次故事的主軸跟陳韻如有關。

(2) 陳韻如歷經 2014 事件後醒來，其實對整個事情的印象是模糊的，她不知道是真實還是夢，只能憑破碎的印象將記憶寫成日記，接著逃避一切去到上海，卻沒想到這才是陷入循環的第一步。

Q：李子維跟黃雨萱的夢，是致敬劇版畫面，但髮型卻不一樣，為什麼？

A：因為短髮的女孩其實是陳韻如的身體，不是黃雨萱本人。所以當黃雨萱夢到這段不曾有過的記憶時，間接地將自己的意識與外型給套入了，才能更好地去解釋她覺得夢中的那個人是自己，但又不是真的自己。

而對李子維來說，他曾經歷過穿越到王詮勝身上跟雨萱相戀，也曾面對著被雨萱穿越的高中時期韻如（劇版），這些事情交織殘存在李子維的記憶深處，故夢中女孩的形象是綁著馬尾，充滿活力的樣貌。

Q：李子維下雨天出門時，跑過他身邊的是真的黃雨萱嗎？

A：不是，那是夢中的黃雨萱。所以事實上沒有人跑過他身邊，他只是想起夢中的女孩。因為跑過身邊的女孩穿的是鳳南高中的制服，但黃雨萱至始都沒有讀過鳳南高中（灰色針織衫），她讀的是聖北高中（藍色制服）。

Q：黃雨萱做惡夢後，李子維用小拇指勾勾手，代表什麼意思？

A：李子維在勾住黃雨萱的小拇指時，說了一句：「勾住我的手，就代表那只是夢。」意思是說，勾住手的這一刻才是真實，惡夢也只是夢，不要害怕。也呼應結局黃雨萱醒來時，兩人勾著手，代表之前發生的一切，對當下的他們而言只是場惡夢。

Q：為什麼穿越事件是發生在 2017 年？

A：這是為了扣連劇版黃雨萱也同樣在那一年被調派到上海工作而做的設計。這樣能更讓觀眾理解，從劇版的故事結尾開始，進而產生了電影版的故事內容。

Q：《逃學威龍》有什麼好哭的啊？

A：只是編劇的小小惡作劇啦，更準確來說，應該是《逃學威龍 2》。主要是因為小時候在龍祥電影台看太多次《逃學威龍》了。在第二集裡面，周星星正好周旋於張敏飾演的何敏和朱茵飾演的 Sandy 之間，Sandy 跟周星星正好又有年齡差（李、黃有年齡差）。正好跟《想見你》的人物關係有點聯結，所以就寫進去了。

Q：為什麼李子維沒有在第一時間認出黃雨萱就是穿越回來的陳韻如？

A：因為李子維一開始連穿越的事情都還不相信，再加上黃雨萱「實際」就在身邊，就更不會察覺黃雨萱其實是陳韻如。整個事件的歷時也只有三天，在李子維沒有劇版的記憶的情況下，所以設定他沒有發現。

Q：黃（實際陳韻如）為什麼問陳（實際黃雨萱）未來的事情？

A：因為她想要知道，在李子維死了之後，黃雨萱到底過著怎樣的日子？是不是也一樣悲傷？這是一場關鍵場次，在黃雨萱哭著說這三年來，自己根本忘不了李子維時，陳韻如上前抱住她，但她的眼神卻不純粹是為黃雨萱難過而已。因為陳韻如是在這一刻，才產生了要犧牲自己的想法，不再讓所有人難過。

Q：是誰約誰去廢棄大樓？

A：其實約去廢棄大樓的不是穿越回來的李子維，而是假裝成黃雨萱的陳韻如。李子維只是傳了簡訊說要見面。如果你還記得畫面，當 2014 年的李子維跟王（實際李子維）到達廢棄大樓外時，一起向上看了一眼，還說了一句：「陳韻如為什麼要約在這裡？」接著看到陳韻如在樓上的背影，兩人才雙雙跑上樓。所以約在這裡的其實是陳韻如，是她故意設下的陷阱。

Q：陳韻如為什麼約在廢棄大樓？

A：陳韻如約在廢棄大樓的原因有二。一是她的潛意識對這個地方有印象，循環的設定沒有頭尾，陷入循環的陳韻如必然會選擇在這個地方出現。

二是因為收到簡訊的陳韻如當下已經決定要殺死過去的自己。對於內向又手無縛雞之力，周圍又有莫俊傑跟李子維的情況下，要怎麼不驚動大家，有效的達成目的？她短時間能想到的辦法，就是利用機會讓對方墜樓。所以才故意讓兩個李子維看到自己站在廢棄大樓上的背影。因為她知道，想救李子維的陳（實際黃雨萱），肯定也會依循著自己的記憶來到這個地方，才能加以殺害她。但陳韻如沒有理解的是，其實這全是循環命運的一部分。

Q：陳韻如為什麼不在穿越過來時，就直接跟所有人說出真相？

A：站在陳韻如的角度，她並非全知觀點。2017 年昏迷的她雖然不是腦死，還擁有微弱的意識（不然沒法穿越），但她依然不會繼承 2014 年的記憶到 2017 年的自己身上（黃雨萱也只有模糊的記憶）。可以想成有一些昏迷的人在突然甦醒後，以為自己只是睡了一覺，做過一場夢，醒來後只有昏迷前的記憶一樣（Netflix 就有一部瑞貝爾・威爾森〔Rebel Wilson〕主演的《我要回高三》〔Senior Year〕）。

而 2014 年的陳韻如，在黃雨萱的附身結束後，也只能透過日記去拼湊不確定是真實還是夢的經歷。而後個性逃避的她因緣際會去到上海，又回到了循環之中 。（另一個時空的陳韻如是直接死亡了，沒有後面了。）

Q：為什麼陳韻如覺得殺死自己就能拯救大家？

A：如上述所言，陳韻如並非全知觀點，她只知道自己如果活下去，到了 2017 年因流產意外而陷入昏迷，而且害死了自己的隔壁班同學李子維，也害黃雨萱跟莫俊傑永遠走不出那份傷痛。而另一個結局是黃雨萱跟陳韻如都摔死了。不管在哪個時空，陳韻如都只能承受無限的悲傷，所以她才做出決定。只要她犧牲了自己，所有人就不會再悲傷了。只是她不知道，這一切的循環就是因為這份犧牲而造成的。

Q：莫俊傑為什麼不告訴黃雨萱真相？

A：因為莫俊傑怕告訴黃雨萱後，深愛李子維的她會放不下過去，執著於穿越事件，無法繼續正常的生活。另一方面，是因為莫俊傑跟王詮勝碰過面。王詮勝是整個故事裡，唯一能夠知道有兩個時空的角色。雖然記憶同樣很模糊（雨萱也說過她有陳韻如的記憶但非常模糊），但是他能確定黑板上的畫是真實的。所以王詮勝跟莫俊傑也想知道，如果事情真的照黑板上的圖發展，那 2017 年的黃雨萱是否就真的有機會拯救李子維。所以才等到 2017 年真的發生了穿越事件，莫俊傑跟王詮勝才說出真相，證實了李子維黑板上的假說。

Q：陳韻如是如何拿到王詮勝的錄音帶？

A：在李子維活著的時空，他是在一個二手唱片行買到了王詮勝的錄音帶。而在陳韻如活著的時空裡，其實也是在二手唱片行裡買到王詮勝的錄音帶的。只是李子維買到的時間點是 2017 年，而陳韻如是 2015 年去上海之前買的。還記得在電影結尾的那個時空，王詮勝正在搬家嗎？王詮勝的錄音帶之所以會流浪到二手唱片行，就是因為在事件後一個月，王詮勝正好因為大學畢業要搬家。而搬家公司在運送過程中，意外弄丟了王詮勝收藏劉宇恆物品的鐵盒子，錄音帶才輾轉流浪到了一間二手唱片行。這場戲有體現在劇本上，但是最終電影成品因為各種考量而刪除了。

Q：陳韻如在昏迷以前有穿越嗎？

A：沒有。她的第一次穿越就是 2017 年，楊皓給她聽了錄音帶才穿越的。因為要穿越的條件有三個，一是聽那卷擁有魔力錄音帶裡的〈Last Dance〉，二是有一個跟你長一樣的人，三是你有一個非常想見的人。當時陳韻如即使在 2015 年買到了那卷錄音帶，她也不知道那卷錄音帶所賦予的意義（曾經在唱片行打工的她，是愛聽音樂的女孩），因為她當時並沒有真正想見的人，那卷錄音帶只是一卷普通的卡帶，沒有什麼不同。而她是在 2017 年才意外陷入昏迷的，所以在這之前就算聽了〈Last Dance〉，也不會因此穿越回去 2014 年。

Q：為什麼陳韻如昏迷後能穿越？

A：因為她符合了穿越條件。2017 年的陳韻如想要回去見到 2014 年的自己，她也想知道自己有沒有可能改變過去因而改變未來。卻在回到過去後，才知道自己想改變的過去，只是再次讓自己的未來走向悲傷，因而決定犧牲自己來拯救所有人。

Q：為什麼楊皓無法穿越？

A：因為沒有長得跟自己一樣的人。

Q：是誰造成一切穿越的開始？

A：在這個循環設定裡，沒有誰是開始，誰是結束，至少在打破循環之前沒有。但是 2017 年的楊皓，是讓陳韻如以及黃雨萱穿越的關鍵人物。因為他執著想讓陳韻如回到過去拯救自己，也許陳韻如就不會在 2017 年陷入昏迷不醒的狀態。卻也是這執念成為了循環的關鍵。

Q：循環是如何被打破的？

A：在故事尾端，黃雨萱問李子維：「是不是，不管再怎麼努力，最後還是什麼都沒辦法改變？」李子維：「雨萱，不是這樣的，我們並不是什麼都沒有改變，至少……我還可以親口跟妳說一聲……再見。」

這時在心房裡的陳韻如其實看著這一幕，她看見了兩人勇敢為愛放下對方，看見兩人在書房勾著小指頭的畫面。即使再也遇不到對方，但他們知道，命運是將他們扣連在一起的，只要知道對方在另一個時空活得好好的，就已足夠。這時的陳韻如終於放下執念，勇敢接受自己的命運，不再選擇逃避。（劇本中有更完整描述這場戲的內容，以及陳韻如的心境如何轉變。）

Q：為什麼燒了錄音帶，時間就能回到正軌？

A：因為這卷擁有魔力的錄音帶本身就是個時空 bug。循環是從它開始的，毀掉它也就能回到原始的時空軌道（劇版也是）。只是如果陳韻如沒有轉念，王詮勝就會繼續在搬家時丟失他的錄音帶，進而再次啟動循環。所以真正的結束關鍵不是錄音帶，而是陳韻如與王詮勝的放下。這也是電影版想傳達的其中一個主旨。原本在劇版裡被拯救的兩個人，在電影版成為拯救所有人的人。你可能覺得自己不完美，覺得自己做得不夠好，但不要因此沮喪。因為在別人眼中，也許你就是能夠拯救世界的完美之人。勇敢跨越所有過去的不好，去締造更美好的未來。

Q：為什麼改變未來才能改變過去？

A：因為故事的設定是個無限循環，如果你想利用穿越來改變過去，就不符合這個循環的時間走向。

其實在陳韻如最後去找王詮勝的時空裡，還是存在於李子維已死亡的時空，還沒有燒掉錄音帶讓時空回到正軌。因為時間的方向，他們如果再使用錄音帶回到過去，只會再次回到 bug 裡。只有在王詮勝願意犧牲劉宇恆留下最後回憶的錄音帶時，這一切才會回到正確的時間線，或者說開創了新的時間線來結束循環。另一個層面當然也是希望觀眾看完後，能夠勇敢向前，不要只惦記著過去的後悔。已經發生的事情就是沉默成本，無法挽回。只有調整好下一步，邁向嶄新的未來。

Q：最後黃雨萱醒過來，兩人勾著小指頭，所以結局是真實的嗎？

A：是真實的。就像前面說的，小指頭勾著，就代表之前的那些都只是夢。在他們兩人的腦海裡，那些事情好像真實經歷了，卻又好像只是一場夢。但這都沒有關係，因為這個正軌時空的他們，對彼此的愛更加深刻了，這就是最完美的結局。

Q：在彩蛋裡，莫俊傑到底有沒有跟陳韻如修成正果？

A：在劇本上是有的喔。最後這個彩蛋，導演其實設計成了一個錄音帶時光回顧展覽，展出了許多錄音帶時期的音樂以及歌手。同時也想表達時代只能持續往前走，但美好的回憶卻能存在參與過的人心中。陳韻如其實是王詮勝邀請來看展的，只是王詮勝也默默邀請了莫俊傑，但沒有讓陳韻如知道，所以兩人才會在展覽碰頭。而終於勇敢跨出那一步的莫俊傑，其實在聽完〈Last Dance〉後有邀請陳韻如去吃東西，最後陳韻如微笑點頭答應。

Q：在彩蛋裡，楊皓的結局？

A：彩蛋最後，楊皓看到助理宋潔在搶伍佰演唱會的門票，兩人因此產生了工作以外的連結，而有了一個開放結局。其實在劇本裡，宋潔一直是有表現出喜歡楊總的，甚至有些吃黃雨萱的醋。但這些在考慮電影長度後，就先刪除了。

以上就是關於《想見你》電影版的「時空解密懶人包」。不管有沒有幫助你得到解答，參與這部電影的所有人，都是帶著滿滿的誠意跟對這個作品的愛，為《想見你》這個故事寫下終章，也希望大家會喜歡這部電影。

接下來，我整理了一下整個電影版故事的時間線，也許能更有效地幫你釐清故事，有興趣的朋友可以參考參考。

時間線上我分成了劇版時空（劇）、影版時空（影）、黃雨萱時空（黃）、李子維時空（李），這樣能更好閱讀時間線。

1998 年（劇）高中時期的李子維，遇上小時候的迷路的黃雨萱。

1999 年（影）陳韻如跟莫俊傑道別，前往台北讀書。

2001 年（影）楊皓在唱片行認識了陳韻如。

2001 年（影）莫俊傑錯過伍佰演唱會演唱會。

2009 年（影）李子維、黃雨萱夢見另一個時空的對方。

2009 年（影）李子維、黃雨萱在飲料店相遇。

2010 年（影）陳韻如意外拯救了打算投海自盡的王詮勝。

2010 年至 2011 年（影）李子維、黃雨萱一起看跨年煙火正式在一起。

2011 年（影）王詮勝上了大學，認識了劉宇恆。

2013 年（影）李子維、黃雨萱同居。

2014 年 7 月 8 日（影）王詮勝在劉宇恆的墓碑，聽〈Last Dance〉眼淚滴到了錄音帶。

2014 年 7 月 8 日（李）墓園回家後，被李子維佔據身體。

2014 年 7 月 8 日（黃）陳韻如沒有去上班，被黃雨萱佔據身體。

2014 年 7 月 10 日（黃、李）李子維或黃雨萱／陳韻如墜樓亡。

2014 年 7 月 11 日（李）李子維去停屍間認屍。

2014 年 7 月 12 日（李）李子維去醫院探望王詮勝，得知穿越是因為一卷錄音帶。

2014 年 7 月 12 日（黃）黃雨萱去停屍間認屍。

2014 年 8 月 12 日 -13 日（黃 ››› 影）陳韻如轉念去找王詮勝，燒掉錄音帶，修復時空，回到正軌。

2015 年（黃）陳韻如在二手唱片行買到錄音帶。

2015 年（黃）陳韻如被外派到上海。

2017 年（黃）陳韻如流產，輾轉臥病昏迷不醒。

2017 年（黃）楊皓看到日記，試圖穿越但沒用，只能讀日記給陳韻如聽。

2017 年（黃）黃雨萱被外派到上海，遇見楊皓。

2017 年（黃）楊皓試圖讓陳韻如穿越，看似成功，但沒過多久陳韻如就過世了。

2017 年（李）李子維在二手唱片行買到錄音帶。

2017 年（李）李子維開啟穿越回到 2014 年 7 月 8 日。

2017 年（黃）黃雨萱在辦公室收到楊皓寄來的錄音帶，開啟穿越回到 2014 年 7 月 8 日。

2017 年（黃）黃雨萱回到台北質問莫俊傑，遇見王詮勝，而後得知穿越真相。

2017 年（黃）黃雨萱回到上海找楊皓，得知楊皓與陳韻如的故事。

2017 年（黃）黃雨萱回到台北，在同居小屋的陽台做最後一次穿越。

2017 年（李）李子維在同居小屋的陽台做最後一次穿越。

2017 年（影）黃雨萱醒來，彷彿做了一個很長的惡夢，而李子維還在身旁。

2019 年 10 月 28 日（影）李子維在黃雨萱生日那天求婚成功。

彩蛋時間線：

2015 年（影）陳韻如受到王詮勝的邀約去到錄音帶展，莫俊傑也出現。

2017 年（影）楊皓發現宋潔也喜歡聽伍佰，兩人有了工作以外的互動。

最後，我將整理出電影中的所有彩蛋以及劇版呼應，不知道你發現了哪些呢？（以下並無按照時間順序）

1. 跨年煙火的特效，是真的依照當年蔡國強大師的 101 煙火所設計。
2. 兩人搬家到頂樓加蓋，是呼應劇版也是搬家到頂樓加蓋。
3. 為什麼墜樓的那天是 7 月 10 日？因為 7+1+0=8 正好是無限循環的符號。另一方面，穿越回來的日期是 7 月 8 日，也是因為有無限符號。
4. 黃雨萱在 2017 年起床後，到廁所刷牙，要李子維講個笑話。這時候李子維的牙刷其實還插在杯子裡，暗示了李子維根本不在同一個時空中。
5. 晚上兩人在高級餐廳吃飯，黃雨萱訴說要去上海出差的事情。這時黃雨萱的紅酒杯反射、旁邊的窗戶玻璃、頭頂上的窗戶玻璃，皆沒有李子維的身影，暗示著李子維不在同一個時空。
6. 回到家的黃雨萱做在陽台傳簡訊給李子維，李子維在工作房間裡，也拿起手機。但其實兩人並非在同一個時空，因為他們兩人說的話其實沒有對上。

7. 黃雨萱來到上海，躺在酒店房間的床上，看著手機訊息一直往前刷，卻發現訊息只是單方面的思念，這也是致敬了劇版的情節。

8. 開場的陳韻如日記，內容是佳嬿以陳韻如的心情自己撰寫的。劇版的日記也是佳嬿自己寫的，怎麼這麼有才華啦！

9. 黃雨萱穿越到陳韻如的身上，正好是電影開演的第 32 分鐘，這也是為了呼應《想見你》的神祕數字 32 而刻意設計的。

10. 在穿越的過程中，音效設計也刻意做了時間倒轉的環繞音效，總共兩次 32 聲的滴答聲。

11. 包子跟麵條的冷笑話，是延續劇版的笑話內容。

12. 電影版的錄音帶跟劇版不是同一卷。劇版的在 1999 年消逝。電影版的錄音帶是在 2014 年 7 月 8 日因魔法眼淚而產生的。

13. 莫俊傑摀住耳朵，是延續劇版的設定。在這一刻，他有認出眼前的黃雨萱就是陳韻如，但不能百分百確定這件事。

14. 陳韻如在廢棄大樓撿起玻璃，是呼應劇版的內容。在劇版最後，陳韻如也是拿起玻璃抵著自己的脖子。

15. 在故事最後，陳韻如去找王詮勝時，她說了一句：「一定會有這一天的。」

此時環境出現了一個不應該存在的魔法音效。這個音效其實就是暗示時空因為兩人的轉念，而有了改變。下次可以仔細聽聽看此處的音效喔。

16. 最後娜姐幫黃雨萱慶生的情節，是致敬劇版情節。娜姐也是說了很多無關緊要的話，接著給黃雨萱生日驚喜。只是，這次黃雨萱的第三個願望真的成真了。而黃雨萱的第三個願望，永遠都是：「想見你」，李子維。

後記

《想見你》電影美術與幕後問答

Q：《想見你》電影版的年代以 2014 年和 2017 年為主，不過其中穿插的時空跨度還是相差了快要二十年。布置場景時，如何表現其中的生活感和年代差異呢？

A：不論是同居公寓還是李子維的工作室，呈現生活感最重要的步驟就是去設想角色的生活、個性、習慣、愛好等，喜歡吃什麼、偏好用什麼，都會影響到環境的樣貌。美術組把自己融入角色，散落的紙張、畫筆、製圖板、畫尺等等手繪工具穿插在電腦和鍵盤之間，透過堆疊雜亂的工作桌面去營造繁重忙碌的感覺，一個熬夜趕稿、不修邊幅的設計師形象，就會在這些小細節之間被建立。要讓場景處理得更有真實感，美術組會盡量在陳設裡帶點「人味」，例如我們會保留工作人員吃完的早餐垃圾放進場景裡，廚房角落的塑膠袋、茶几上的小公仔等等，去慢慢堆疊生活的痕跡，不起眼的雜物和小東西，都是生活感的依據和來源。

美術組會先和導演進行溝通，確認好年代的差異需要表現到怎樣的一種程度，進而去做出戲劇中的年代區別。通常最直觀決定年代感的，是裝修風格或傢俱這類型的大型硬件。每個時期都會有自己最具代表性的流行、審美或風格，所以我們也會藉由搭配不同花樣或配色的窗簾布、抱枕等軟件，去刻畫每個年代特有的氛圍和感受。

Q：私心最喜歡哪一個場景的構想與布置？充滿細節的工作室、濃濃復古味的唱片行，還是佔了主角兩人最多相處時光的同居公寓？

A：每一個被我們布置出來的場景都像我們自己的孩子一樣，沒辦法評出高低之分。在《想見你》電影中，我們以藍色做為整部電影的基底色，為故事定調。因為《想見你》不只是一個單純的浪漫愛情故事，在談論失去與拯救之間還帶著悲傷的感覺，所以我們以冷色調的藍色去為每個場景做規劃設計，像是李子維的工作室，就使用了許多不同的藍色去堆砌表現。

但是在同居公寓中，我們選擇以暖色調去做為布置主軸，因為無論是對劇情還是對子維、雨萱來說，它是家，是避風港，是所有快樂發生的地方。因此，相對其他場景，我們刻意用了溫暖的黃光，家居布置也往日式雜物感的風格去靠近，想呈現細碎溫馨的生活感。唱片行以還原電視劇的版本為優先目的，但人事已非，只能靠著電視劇裡的畫面去盡量仿效和設計。我們也在唱片行的空間中添加了一些浪漫的顏色和圖樣，去呈現想要的感覺。

BER X

Q：要搜集大量的「舊」道具會不會很困難？工作人員從哪裡找來這麼多的伍佰錄音帶呢？

A：搜集到如電影畫面中這麼大量的舊唱片，確實是有一定的難度，所以一部分是搜集實品，一部分是靠我們的美術組員們手工復刻製作。在製作伍佰錄音帶的過程中會遇到版權歸屬等等問題，跟滾石商量洽談過後，拿到了滾石的版權和同意，再像家庭代工一樣，從美術平面設計、製作、輸出，買回卡帶一個一個人工貼上去。我們不說大家都不會知道，那些我們親手製作的道具們，也替電影的完成出了一分力。回想起製作當下辛苦耕耘的過程，再看到電影播出的畫面裡出現的道具，都讓我們感到欣慰與溫暖，切實地感受到這些辛苦的付出是值得的。

Q：電影中的重要道具「日記本」，和電視劇中的是同一本嗎？聽說內容全都是佳嬿自己寫的，那麼黃雨萱和陳韻如的筆跡也是她設計的囉？

A：日記本是我們依照電視劇裡的樣式再去找到的，而裡頭有許多內容是演員柯佳嬿為了更近一步揣摩韻如的心境親手寫的。她透過不同的字體來呈現角色的不同個性，真的非常用心。

鳳南高中

Q：因為劇情涉及時空穿越和一人分飾多角，需要在同一場景重複拍攝多次，有沒有什麼特別或需要克服的困難？

A：一個場景重複拍攝，對美術組最大的考驗之一就是如何維持場景的一致性。因為要能夠連戲，所以美術組必須保證所有道具的擺放位置或角度都是相同的。我們經常透過拍照記錄每一樣陳設的位置角度，只為求還原一樣的畫面，但這些都沒有演員和梳化辛苦。在電影《想見你》裡，因為一人分飾多角的緣故，重複拍攝時演員需要多次換裝和重新整理心境，為了區分角色以及不同的人物性格會有的樣貌，梳化的同仁也是需要花上很多的時間和精力，相比之下，美術組要面對的不算什麼。

Q：電影是在疫情期間籌備開拍的，相較以前拍電影的經驗，有沒有什麼特別辛苦或令人難忘的事呢？

A：在拍攝期間，正好遇上疫情變得嚴重的時候，放飯時我們會盡可能保持用餐脫口罩需要的社交距離，進片場前的量體溫、消毒或是工作人員得快篩等等，每一個劇組都會有一套自己的防疫規範。我相信等到之後有人要描述這段時期的故事時，他們的美術組勢必就要開始重現這樣一段特殊、具有標誌性的場景和行為，在這樣的大環境之下，這是時代獨有的共鳴。

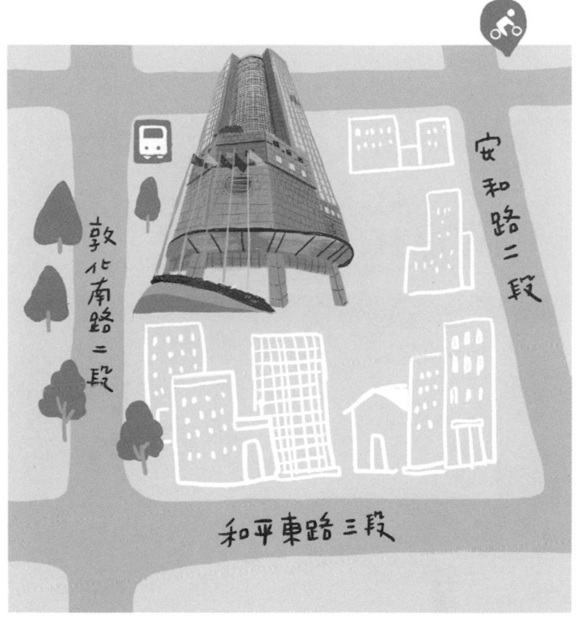

台北遠東香格里拉飯店－馬可波羅酒廊

台北市大安區敦化南路二段 201 號 38 樓

搭乘捷運文湖線至「科技大樓」站下車步行 10 分鐘，或至「六張犁」站下車步行 12 分鐘；搭乘公車，在敦化南路「鳳雛公園」站或「成功國宅」站下車，步行 2 分鐘。

| 韻如俊傑重逢的錄音帶展覽 |

松山文創園區－不只是圖書館

台北市信義區光復南路 133 號

搭乘捷運板南線至「國父紀念館」站下車步行 11 分鐘。

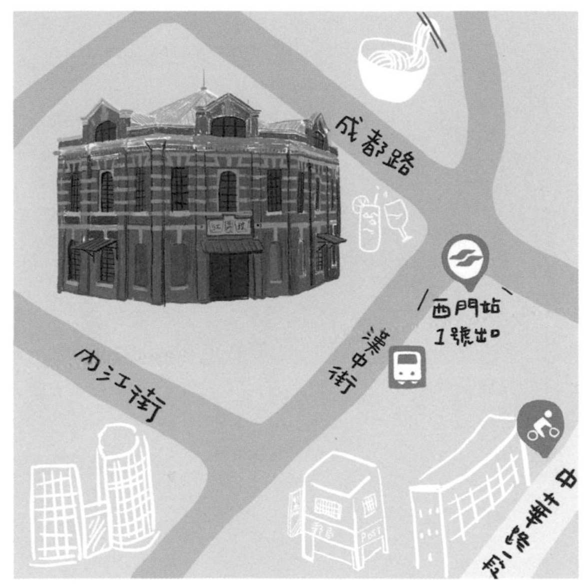

河岸留言－西門紅樓展演館

台北市萬華區西寧南路 177 號

搭乘捷運板南線或松山新店線至「西門」站下車步行 3 分鐘。

| 雨萱打工的飲料店 |

老賴茶棧松山店

台北市松山區光復南路 3 號

搭乘捷運板南線至「國父紀念館」站下車步行 11 分鐘，或捷運松山新店線至「南京三民」站下車步行 10 分鐘。

| 子維工作室 |

南海藝廊

台北市中正區重慶南路二段19巷3號

搭乘捷運淡水信義線或松山新店線至「中正紀念堂」站下車步行5分鐘。

＊南海藝廊內部為藝文展覽空間，有展覽時才會對外營運開放。

| 雨萱子維跨年約會地點 |

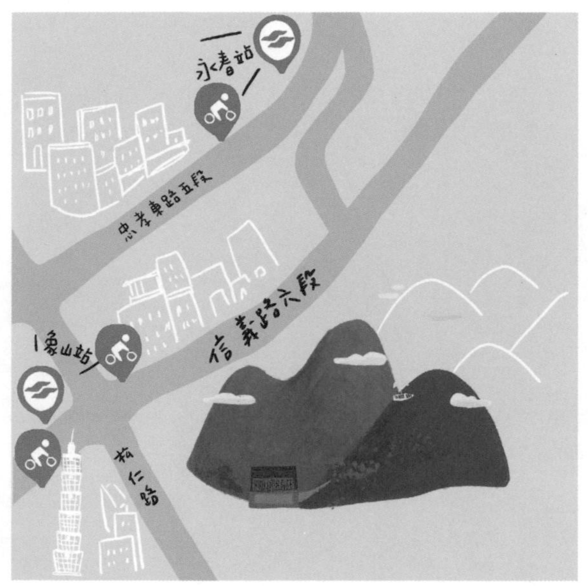

虎山親山步道 – 虎山峰觀景台

地圖定位請搜尋「虎山」

搭乘捷運板南線至「永春」站或淡水信義線至「象山」站，步行約 30 分鐘（從虎山步道上山）；自駕或騎車至「池瑤宮停車場」（台北市信義區松山路 677 之 26 號），以此為起登處步行 5 分鐘。

雨萱子維海邊約會（夢境）

清水海邊

宜蘭縣五結鄉季水路清水海邊

七股鹽田海堤觀夕步道

台南市七股區觀海樓旁

| 雨萱子緋騎車約會 |

將軍區濱海道路

台南市將軍區南 25-1 鄉道上

| 雨萱子維雨中奔跑街道（夢境） |

善化牛庄里活動中心

台南市善化區牛庄里 1382 號旁邊小路

| 鳳南高中三人組漫步街道 |

善化牛庄里小公園

台南市善化區牛庄 67 號對面

| 俊傑替韻如送別的火車站 |

林鳳營車站

台南市六甲區中社裡林鳳營 16 號

《電影原創劇本書》

原創IP	三鳳有限公司
電影發行	車庫娛樂股份有限公司
出品人	張心望 Wayne H. Chang、薛聖棻 Jason Hsueh
監製	林孝謙 Gavin Lin、陳芷涵 Chihhan Chen
導演	黃天仁 Tienjen Huang
原創故事	簡奇峯 Chifeng Chien、林欣慧 Hsinhuei Lin
編劇	呂安弦 Hermes Lu
製片人	麻怡婷 Phoebe Ma
執行製片人	范晉齊 Midori Fan

Love 006

想見你

Someday or One Day

《 電影原創劇本書 》

作　　者　原創 IP ／三鳳製作、原創故事／簡奇峯、林欣慧、編劇／呂安弦 - 電影發行／車庫娛樂
裝幀設計　犬良品牌設計
執行編輯　吳愉萱
內文校稿　林芝
地圖繪製　Dinner Illustration
行銷企劃　呂嘉羽、黃禹舜
封面詩詞　Alfred Tennyson（原文）、袁婉瑜（翻譯）

總 編 輯　賀郁文

出版發行　重版文化整合事業股份有限公司
臉書專頁　https://www.facebook.com/readdpublishing
連絡信箱　service@readdpublishing.com

總 經 銷　聯合發行股份有限公司
地　　址　新北市新店區寶橋路 235 巷 6 弄 6 號 2 樓
電　　話　(02)2917-8022
傳　　真　(02)2915-6275

法律顧問　李柏洋
印　　製　中茂分色製版印刷事業股份有限公司
裝　　訂　同一書籍裝訂股份有限公司

一版一刷　2023 年 04 月
定　　價　新台幣 460 元

國家圖書館出版品預行編目 (CIP) 資料

想見你電影原創劇本書 / 簡奇峯 , 林欣慧原創故事 ; 呂安弦編劇 . -- 一版 . -- 臺北市 : 重版文化整合事業股份有限公司 , 2023.04

面；　公分 . -- (Love ; 6)
ISBN 978-626-96846-4-9(平裝)

1.CST: 電影劇本

987.34　　112003494